名家选评中国文学经典

明清词举要

孙文光 彭国忠 著

中国古典文学研究名家
精选精注精评 精心结撰
带您走进中国古典文学的艺术殿堂
感悟经典文学作品的隽永意味和永恒魅力

安徽师范大学出版社

策　　划：侯宏堂
责任编辑：潘　安　王一澜
责任印制：郭行洲
装帧设计：杨　群　欧阳显根

图书在版编目(CIP)数据

明清词举要/孙文光著.—芜湖：安徽师范大学出版社，2015.2（2020.6重印）
（名家选评中国文学经典丛书）
ISBN 978-7-5676-1288-4

Ⅰ.①明… Ⅱ.①孙… Ⅲ.①词(文学)-注释-中国-明清时代 Ⅳ.①I222.84

中国版本图书馆 CIP 数据核字(2014)第 300621 号

MING QING CI JUYAO
明清词举要
孙文光　彭国忠　著

出版发行：安徽师范大学出版社
　　　　芜湖市九华南路 189 号安徽师范大学花津校区　　邮政编码：241002
网　　址：http://www.ahnupress.com/
发 行 部：0553-3883578 5910327 5910310(传真)　　E mail.asdcbsfxb@126.com
印　　刷：山东润声印务有限公司
版　　次：2015 年 2 月第 1 版
印　　次：2020 年 6 月第 3 次印刷
规　　格：700 mm×1000 mm　1/16
印　　张：24.5
字　　数：302 千
书　　号：ISBN 978-7-5676-1288-4
定　　价：49.80 元

目　　录

前　言 ……………………………………………………………… (1)

明　　代

刘　基
水龙吟(鸡鸣风雨) ………………………………………………… (1)
瑞龙吟(秋光好) …………………………………………………… (2)
如梦令(一抹斜阳) ………………………………………………… (4)
小重山(月满江城) ………………………………………………… (4)
千秋岁(淡烟平楚) ………………………………………………… (5)
杨　基
蝶恋花(新制罗衣) ………………………………………………… (7)
菩萨蛮(水晶帘外) ………………………………………………… (8)
夏初临(瘦绿添肥) ………………………………………………… (9)
张红桥
念奴娇(凤凰山下) ………………………………………………… (11)
高　启
沁园春(木落时来) ………………………………………………… (13)
石州慢(落了辛夷) ………………………………………………… (14)
瞿　佑
摸鱼子(望西湖) …………………………………………………… (16)
徐有贞
中秋月(中秋月) …………………………………………………… (18)

赵　宽

减字木兰花(寒风吹水) …………………………………………… (19)

史　鉴

解连环(销魂时候) …………………………………………… (20)

李东阳

雨中花(正爱月来) …………………………………………… (22)

唐　寅

一剪梅(雨打梨花) …………………………………………… (24)

文征明

满江红(漠漠轻阴) …………………………………………… (26)

满江红(拂拭残碑) …………………………………………… (27)

杨　慎

转应曲(银烛) …………………………………………… (29)

临江仙(滚滚长江) …………………………………………… (30)

陈　霆

踏莎行(流水孤村) …………………………………………… (31)

王世贞

渔家傲(细雨轻烟) …………………………………………… (33)

俞　彦

长相思(折花枝) …………………………………………… (35)

魏大中

临江仙(埋没钱塘) …………………………………………… (37)

施绍莘

谒金门(春欲去) …………………………………………… (39)

陈继儒

点绛唇(钟鼓沉沉) …………………………………………… (40)

孙承宗

塞翁吟(云叶才生雨) …………………………… (41)

水龙吟(平章三十年来) …………………………… (42)

徐石麒

祝英台近(雨中山) …………………………… (45)

阮大铖

减字木兰花(春光渐老) …………………………… (47)

陈洪绶

菩萨蛮(秋风袅袅) …………………………… (49)

陈子龙

诉衷情(小桃枝下) …………………………… (51)

谒金门(莺啼处) …………………………… (52)

唐多令(碧草带芳林) …………………………… (53)

画堂春(轻阴池馆) …………………………… (54)

山花子(杨柳迷离) …………………………… (55)

少年游(满庭清露) …………………………… (56)

浣溪沙(百尺章台) …………………………… (57)

点绛唇(满眼韶华) …………………………… (57)

二郎神(韶光有几) …………………………… (58)

方以智

忆秦娥(花似雪) …………………………… (60)

浪淘沙(风起恨青霄) …………………………… (61)

归　庄

锦堂春(半壁横江) …………………………… (63)

叶小鸾

南歌子(门掩瑶琴静) …………………………… (65)

王夫之

更漏子(斜月横) …………………………………………………… (66)

张煌言

柳梢青(锦样山河) ………………………………………………… (67)

满江红(萧瑟风云) ………………………………………………… (68)

屈大均

长亭怨(记烧烛) …………………………………………………… (71)

梦江南四首 ………………………………………………………… (72)

潇湘神(潇水流) …………………………………………………… (75)

夏完淳

卜算子(秋色到空闺) ……………………………………………… (77)

鱼游春水(离愁心上住) …………………………………………… (78)

婆罗门引(晚鸦飞去) ……………………………………………… (79)

一剪梅(无限伤心) ………………………………………………… (80)

烛影摇红(辜负天工) ……………………………………………… (81)

清　代

李　雯

菩萨蛮(蔷薇未洗) ………………………………………………… (83)

浪淘沙(金缕晓风残) ……………………………………………… (84)

吴伟业

生查子(香暖合欢襦) ……………………………………………… (86)

临江仙(苦竹编篱) ………………………………………………… (87)

贺新郎(万事催华发) ……………………………………………… (88)

吴　绮

醉花间(思时候) …………………………………………………… (90)

毛奇龄

南柯子(驿馆吹芦叶) …………………………………… (91)

陈维崧

醉太平(钟山后湖) …………………………………… (92)
点绛唇(晴髻离离) …………………………………… (93)
浣溪沙(涔涔淮河) …………………………………… (94)
虞美人(无聊笑捻) …………………………………… (95)
醉落拓(寒山几堵) …………………………………… (95)
解蹀躞(峡劈成皋古郡) ……………………………… (96)
满江红(丁字畦边) …………………………………… (97)
金浮图(为君诉) ……………………………………… (98)
沁园春(极目离离) …………………………………… (100)

朱彝尊

霜天晓角(青桐垂乳) ………………………………… (102)
高阳台(桥影流虹) …………………………………… (103)
桂殿秋(思往事) ……………………………………… (104)
卖花声(衰柳白门湾) ………………………………… (105)
百字令(崇墉积翠) …………………………………… (106)
卖花声(背郭鹊山村) ………………………………… (108)
霜天晓角(鞭影匆匆) ………………………………… (108)
解珮令(十年磨剑) …………………………………… (109)
生查子(密树引长堤) ………………………………… (111)
清平乐(齐心耦意) …………………………………… (111)

王士禛

浣溪沙(北郭青溪) …………………………………… (113)
虞美人(拔山盖世) …………………………………… (114)

曹贞吉

满庭芳(太华垂旒) ……………………………………………… (116)

徐　釚

减字木兰花(垂鞭欲暮) ………………………………………… (118)

孙朝庆

满江红(怒浪如山) ……………………………………………… (119)

顾贞观

金缕曲二首 ……………………………………………………… (121)

李天馥

忆王孙(妒春良夜) ……………………………………………… (124)

查慎行

生查子(青山淡欲无) …………………………………………… (125)

纳兰性德

台城路(白狼河北) ……………………………………………… (126)

浣溪沙(谁念西风) ……………………………………………… (127)

蝶恋花(辛苦最怜) ……………………………………………… (128)

长相思(山一程) ………………………………………………… (129)

金缕曲(德也狂生耳) …………………………………………… (130)

菩萨蛮(乌丝画作) ……………………………………………… (131)

生查子(东风不解愁) …………………………………………… (132)

厉　鹗

齐天乐(瘦筇如唤) ……………………………………………… (134)

百字令(秋光今夜) ……………………………………………… (135)

万　树

柳　枝(垂虹春水) ……………………………………………… (137)

吴敬梓

减字木兰花(卸帆窗下) …………………………………… (138)

吴锡麒

洞仙歌(黄鹂三请) …………………………………… (140)

沁园春(莫笑龙钟) …………………………………… (141)

黄景仁

减字木兰花(一肩行李) …………………………………… (142)

吴蔚光

喝火令(画阁层层上) …………………………………… (143)

凌廷堪

点绛唇(青粉墙西) …………………………………… (144)

张惠言

水调歌头二首 …………………………………… (145)

风流子(海风吹瘦骨) …………………………………… (146)

浣溪沙(山气清人) …………………………………… (147)

钱　枚

忆王孙(短长亭子) …………………………………… (149)

郭　麐

醉太平(竹风韵长) …………………………………… (150)

浣溪沙(两叶眉儿) …………………………………… (150)

满江红(雪白灯红) …………………………………… (151)

水调歌头(其上天如水) …………………………………… (152)

黄　仁

水龙吟(海天独障狂澜) …………………………………… (154)

改　琦

卜算子(借了一分秋) …………………………………… (156)

生查子(僧语出林间) …………………………………… (157)
邓廷桢
酷相思(百五佳期) ……………………………………… (158)
月华清(岛列千螺) ……………………………………… (159)
水龙吟(关河冻合) ……………………………………… (161)
姚　椿
永遇乐(天下奇才) ……………………………………… (163)
汤贻汾
采桑子(相逢相忆) ……………………………………… (165)
叶申芗
凤凰台上忆吹箫(粟影疑空) …………………………… (167)
满江红(斗大山城) ……………………………………… (168)
满江红(放眼溪山) ……………………………………… (169)
周　济
浪淘沙(迟日照房栊) …………………………………… (171)
虞美人(晓凉秋雨) ……………………………………… (172)
菩萨蛮(凉风初定) ……………………………………… (173)
木兰花(痴云白向) ……………………………………… (174)
六　丑(向浓阴翠幄) …………………………………… (175)
哨　遍(黄叶半林) ……………………………………… (176)
董士锡
南歌子(短港三篙水) …………………………………… (180)
顾　翰
满江红(一线阳光) ……………………………………… (182)
周之琦
思佳客(检点娇红) ……………………………………… (184)

芳草渡(朝非雨) …………………………………………… (185)
十六字令三首 ………………………………………………… (186)
谒金门(愁脉脉) …………………………………………… (187)
冯登府
忆旧游(忽帆移岸走) ……………………………………… (188)
浪淘沙(苦雨坐茅堂) ……………………………………… (189)
林则徐
高阳台(玉粟收余) ………………………………………… (191)
月华清(穴底龙眠) ………………………………………… (193)
金缕曲(绝塞春犹媚) ……………………………………… (194)
金　元
满江红(搔首长天) ………………………………………… (197)
蒋学沂
南歌子(春意柔如水) ……………………………………… (199)
龚自珍
卜算子(拜起月初三) ……………………………………… (200)
行香子(跨上征鞍) ………………………………………… (201)
鹊踏枝(漠漠春芜) ………………………………………… (202)
减　兰(人天无据) ………………………………………… (203)
百字令(深情似海) ………………………………………… (204)
湘　月(天风吹我) ………………………………………… (205)
金缕曲(我又南行矣) ……………………………………… (207)
浪淘沙(云外起朱楼) ……………………………………… (208)
丑奴儿令(沉思十五年) …………………………………… (209)
赵庆熺
生查子(青溪几尺长) ……………………………………… (211)

孙　超

三姝媚(微寒深夜峭) …………………………………… (212)

木兰花慢(望金鸡山色) ………………………………… (213)

赵　起

六州歌头(惊飙欻起) …………………………………… (215)

沈　蓥

一斛珠(珠尘玉屑) ……………………………………… (217)

项鸿祚

临江仙(有限春宵) ……………………………………… (219)

减字木兰花(阑珊心绪) ………………………………… (220)

清平乐(水天清话) ……………………………………… (221)

摊破浣溪沙(为有云屏) ………………………………… (222)

吴　藻

清平乐(一庭苦雨) ……………………………………… (223)

金缕曲(闷欲呼天说) …………………………………… (224)

顾　春

定风波(事事思量) ……………………………………… (226)

风蝶令(春水才平岸) …………………………………… (227)

沈兆霖

御街行(踏残黄叶) ……………………………………… (228)

谭　莹

凤凰台上忆吹箫(水绕珠江) …………………………… (230)

张金镛

采桑子(秋来滴滴) ……………………………………… (232)

姚　燮

水调歌头(三万六千顷) ………………………………… (234)

桃叶令(天百五) …………………………………………………… (235)

黄燮清

卜算子(辛苦为寻春) ……………………………………………… (237)

鹊桥仙(月斜香几) ………………………………………………… (238)

苏幕遮(客衣单) …………………………………………………… (239)

蝶恋花(小院愔愔) ………………………………………………… (239)

鹧鸪天(零乱相思) ………………………………………………… (240)

清平乐(旧游存否) ………………………………………………… (241)

卜算子(塔影指南康) ……………………………………………… (242)

蒋敦复

蝶恋花(眉月一丝) ………………………………………………… (244)

百字令(一堆黄土) ………………………………………………… (245)

疏　影(岁云暮矣) ………………………………………………… (246)

何兆瀛

卜算子(镜背一灯红) ……………………………………………… (249)

许宗衡

南乡子(举酒向谁倾) ……………………………………………… (251)

莫友芝

金蕉叶(秋随雨醒) ………………………………………………… (253)

龙启瑞

采桑子(杨花吹作) ………………………………………………… (255)

采桑子(凭肩共读) ………………………………………………… (256)

卜算子(山向眼前横) ……………………………………………… (257)

陈元鼎

望海潮(旌旗风卷) ………………………………………………… (258)

王　拯

瑞鹧鸪(那日萧郎) ……………………………………… (260)

杜文澜

谒金门(残漏苦) ………………………………………… (262)

端木埰

暗　香(翠阴如沐) ……………………………………… (263)

蒋春霖

甘　州(怪西风) ………………………………………… (265)

谒金门(人未起) ………………………………………… (266)

浪淘沙(云气压虚阑) …………………………………… (267)

金　和

忆秦娥(何曾睡) ………………………………………… (268)

江神子(临行不觉) ……………………………………… (269)

薛时雨

望江南(新月上) ………………………………………… (270)

踏莎行(苦竹沿溪) ……………………………………… (271)

浪淘沙(一夜响萧骚) …………………………………… (272)

鹧鸪天(不为看山) ……………………………………… (273)

周　闲

水龙吟(海门不限) ……………………………………… (275)

俞　樾

河满子(一样歌衫) ……………………………………… (277)

叶衍兰

菩萨蛮(遥山暗淡) ……………………………………… (279)

张景祁

望海潮(插天翠壁) ……………………………………… (281)

曲江秋（寒潮怒激） …………………………………………………… (283)
秋　霁（盘岛浮螺） …………………………………………………… (284)
齐天乐（客来新述） …………………………………………………… (285)
冯　煦
南乡子（一叶碧云轻） ………………………………………………… (288)
王鹏运
念奴娇（登临纵目） …………………………………………………… (290)
临江仙（歌哭无端） …………………………………………………… (291)
满江红（荷到长戈） …………………………………………………… (292)
三姝媚（蘼芜春思远） ………………………………………………… (294)
浪淘沙（华发对山青） ………………………………………………… (295)
玉漏迟（望中春草草） ………………………………………………… (296)
文廷式
鹧鸪天（万感中年） …………………………………………………… (298)
贺新郎（别拟西洲曲） ………………………………………………… (299)
翠楼吟（石马沉烟） …………………………………………………… (300)
郑文焯
月下笛（月满层城） …………………………………………………… (303)
谒金门三首 ……………………………………………………………… (305)
朱孝臧
声声慢（鸣螿颓城） …………………………………………………… (308)
洞仙歌（无名秋病） …………………………………………………… (310)
夜飞鹊（沧波放愁地） ………………………………………………… (311)
高阳台（短陌飞丝） …………………………………………………… (313)
况周颐
减字浣溪沙（绿鬓还堪） ……………………………………………… (315)

苏武慢(愁入云遥) …………………………………………………… (316)
摸鱼儿(古墙阴) ……………………………………………………… (317)
蝶恋花(柳外轻寒) …………………………………………………… (319)
黄　人
木兰花(问情为何物) ………………………………………………… (321)
金缕曲(双鬓萧萧矣) ………………………………………………… (322)
刘毓盘
卜算子(半晌换轻容) ………………………………………………… (324)
浣溪沙(旧恨空中) …………………………………………………… (325)
张　鸿
霜花腴(重来望眼) …………………………………………………… (326)
祝英台近(晚烟平) …………………………………………………… (327)
吴保初
长相思(生别离) ……………………………………………………… (329)
梁启超
浣溪沙(老地荒天) …………………………………………………… (330)
金缕曲(瀚海飘流燕) ………………………………………………… (331)
贺新郎(昨夜东风里) ………………………………………………… (332)
潘之博
浣溪沙(破晓扁舟) …………………………………………………… (335)
解连环(唾壶敧缺) …………………………………………………… (336)
张尔田
虞美人(天津桥上) …………………………………………………… (338)
秋　瑾
满江红(小住京华) …………………………………………………… (340)
鹧鸪天(祖国沉沦) …………………………………………………… (341)

王国维

蝶恋花(独向沧浪) …………………………………… (342)
点绛唇(暗里追凉) …………………………………… (343)
蝶恋花(昨夜梦中) …………………………………… (344)
减字木兰花(乱山四倚) ……………………………… (345)
蝶恋花(落日千山) …………………………………… (346)
蝶恋花(百尺朱楼) …………………………………… (347)
蝶恋花(窗外绿阴) …………………………………… (348)

周曾锦

水龙吟(世间那有) …………………………………… (349)

吴　梅

临江仙(短衣羸马) …………………………………… (351)
洞仙歌(万山环守) …………………………………… (352)
蝶恋花(虮虱浮生) …………………………………… (353)
高山流水(半生落落) ………………………………… (354)
鹧鸪天(立马吴山) …………………………………… (356)

叶玉森

甘　州(乘长风) ……………………………………… (358)
水调歌头(三万六千日) ……………………………… (359)

前　言

一

在中国词史上，明代向被视为词的衰落期。人们不但批评它在近三百年的时间里，没有苏（轼）、辛（弃疾）、秦（观）、柳（永）那样的大家出现，还遗憾读不到真正脍炙人口的作品。有些文学史著作，便不列“明词”之目，不谈明词，仿佛这是一片空白地带。但是，如果我们愿意放弃那种“鸟瞰”式的“高视”态度，而采取一种切合实际的走近它的宽和方式，就会发现：这里并不是完全的“空白”，而是良莠并生的贫瘠田地；这里虽然没有楩楠豫章等参天大树，毕竟还生长着一些青翠的灌木；虽然没有姚黄魏紫，也还点缀着几朵娇艳的鲜花。

从时间流程上看，明词较为可读的是首尾两段。盖明初诸家，身遭元末社会动乱，朝代的兴盛衰亡，人民的幸福苦痛，个人的安危否泰，时时困扰着他们，激励着他们，使他们为之思考，为之奋斗，这样，发乎乐章，每从心中来，不但真诚，亦且自有境界，自成佳构。刘基《水龙吟》“鸡鸣风雨潇潇”一阕，将对乱世的纷繁印象、思“君子”以纾难的情怀，年岁老大而功业无成的壮士之悲，流离无依而极目乡关的贫士之叹杂糅成一团，婉转低抑，复又感喟激昂，诚所谓“出豪雄于婉约”“百炼钢化为绕指柔者”（夏承焘等《金元明清词选》）。张以宁《明月生南浦》以五代南汉王所遗铁柱为兴，抒发怀古幽情，“千古兴亡知几度，海门依旧潮来去”，见出历史的无情，涂抹上元、明易代时的伤感色彩。另外，明初离宋不远，与元代尤近，前贤风范，尚可追摹。正如清代王昶《明词综序》所称：“盖明初词人，犹沿虞伯生（集）、张仲举（翥）之旧，不乖于风雅。”故刘昺所作不多，而“词笔宛转如意，犹凤林《草堂》之遗（按：指元代凤林书院所辑刊《名儒草堂诗余》）”；董纪词仅存六首，而“稳沉淡泊，大有元代许鲁斋（衡）之风”，其《点绛唇》“谁在秋千，却是风来袅”之句，“一转一入，深思多致，盖元《草堂》之余派也”。王偁《唐多令》一首“取法龙洲（按：指宋刘过），得其神似”（均见赵尊岳《明词提要》评语）。高启才隽而早卒，词作或“以疏旷见长”，或“又缠绵之极”（沈雄《古今词话》），杨基的小令清新别致，等等，亦足以自成一家。

清人赵翼为元好问集题辞有云：“国家不幸诗家幸，赋到沧桑句便工。”朱明王朝末年，朝廷上宦官擅权，民不聊生；关外满族统治者大举南下，生灵涂炭，明末的词坛，便因了这“内忧外患”而绽放异彩。孙承宗、卢象升、吴易等所作之词，大声镗鞳，沉雄悲慨；曹元芳、张煌言、朱一是等人词作，尤多故国之思。陈子龙、夏完淳师徒亦以抗清殉国，而陈词托体甚高，所指甚大，其早期作品风流蕴藉，“刚健含婀娜”，后期之词，则变为凄恻绵邈，或以为是明词转变风气第一人。夏完淳之《玉樊堂词》，“慷慨淋漓，不须易水悲歌，一时凄感，闻者不能为怀”（沈雄《柳塘词话》）。故论者有以明末比之南宋者。自然，就格律、意境、成就诸方面看，二者实不能同日而语。不过，谈明末词，不应无视它对清初词坛的贡献。陈、夏师徒，及李雯，宋征璧、宋征舆兄弟，宋存标、宋思亚、宋泰渊等，均为云间词派成员，标举南唐、北宋，推尊二主、周（邦彦）李（清照），以为“境由情生，辞随意启，天机偶发，元音自成”（陈子龙《幽兰草词序》），对清初词风颇有影响。其后期成员周氏一门三代（茂源、纶、稚廉）和计南阳、吴骐等，入清后又驰骋词坛数十年，直接促进了清词的发展。柳州词派作为云间派之一翼，虽是地域性流派，但其成员前后多达二百余位，对清词的演化略有帮助。屈大均、梁佩兰、陈恭尹、金堡诸人为岭南词派主要成员，入清后尚有创作活动，其清雍声韵，至乾隆、嘉庆间犹风行一时。谭莹《乐志堂诗集》卷六论词绝句甚至以“岭南三家”（屈、陈、梁）为清初开创风气者。所以，从发展传承观点看，明词实不容一笔抹杀。

明词的真正衰落，恐怕是指中期。宋人亦有不少以小道视词者，但填词是宋人在诗、文创作之外的一种主要文学活动，是其抒发性灵、寄托艺术追求和理想的一种重要方式，故宋词的成就相当可观。明人大多仍把词当作“小道”，但他们除了诗、文之外，戏曲成为托意的文学载体，词则沦为余技小才，是“小道”中的“小道”，故吟花鸟台阁，献寿献谀者大量充斥于明词中。此外，明自“永乐以后，两宋诸名家词，皆不显于世。唯《花间》《草堂》诸集，独盛一时。于是才士模情，辄寄言于闺闼；艺苑定论，亦揭橥于香奁。托体不尊，难言大雅”（吴梅《词学通论》）。故艳情绮靡之作滥入词苑，此最易遭人诟病者。再者，自金灭北宋，蒙古灭南宋，词谱声律之学迭经丧乱，渐渐失传。明人尤昧倚声之道。创作中，“排之以硬语，每与调乖；窜之以新腔，难与谱合”（朱彝尊《水村琴趣·序》），或“才为句掩，趣因理湮，体段虽存，鲜能当行”（钱允治《国朝诗余序》），作家虽多，而“求其专工称丽，千万之一耳”（同上）。至有句读不辨、音律乖谬者。杨慎、王世贞、汤显祖等人博闻强识，才力富赡，自视高而往往逞才炫博，“强作解事”，圆润、蕴藉之美不足，自然、纯真之气也欠缺。倒是一些作家随意敷写，或包含着隐约情事的抒情之作，颇能打动读者之心。

明词的这个发展轨迹，上异于两宋，下异于清代，是颇为特别的。

二

清代号称词的中兴时期。其词作家人数之众，作品数量之多，甚至超轶两宋。叶恭绰《全清词抄》初选得词人四千余家，成编则为三千一百九十六人。正在编纂中的《全清词》，仅清初顺治、康熙二朝，即录词人二千一百余家，词作五万余首，“可以完全有把握地说，一代清词总量将超出二十万首以上，词人也多至一万之数”（严迪昌《清词史·绪论》）。

清代是词坛流派呈异、风格竞艳的时代。顺康年间，阳羡词派活跃了四十年左右，其成员足有百人之多，陈维崧《湖海楼词》、史唯圆《蝶庵词》、蒋景祁《罨画溪词》等二三十家的词集，至今仍流传于世，而为人称道。康熙至乾隆年间，“浙西词派”出现，并风靡词坛一个世纪。朱彝尊、汪森、李良年、李符等人，为挽救明以来词的衰落，高举南宋旗号。嘉庆以后，常州词派登场，其影响几至清末近代，张惠言、周济等，堪称一代宗师。清末复有临桂词派，王鹏运、朱孝臧、郑文焯、况周颐等，确是清词的殿军。由明入清的云间、柳州、岭南三派，也各自活动了一段时间；以毛先舒等“西泠十子”

组成的西泠词派，可以看作是云间派的嗣响。一部清词史，无异于流派活动史。更为难得的是，这些具有明显的乡土地域及血缘宗族特色的词派，大多数都有自己较为明确的词学主张和审美趣尚。如阳羡词派“效法苏、辛，唯才气是尚”（蔡嵩云《柯亭词论·清词三期》），提倡阳刚之美，豪放风格（当然，该派实有多种风格并重之意），认为“婉约固是本色，豪放亦未尝非本色也。后山评东坡词‘如教坊雷大使舞，虽极天下之工，要非本色’，此离乎性情以为言，岂是平论！”（徐喈凤《词证》）。浙西词派推尊南宋姜夔、张炎，崇尚醇雅，讲究声律词藻，以救明词纤弱浮泛之弊。浙派发展到后来，过分追求形式美，忽视作品的思想内容，即如其大家厉鹗所作，也难免窳弱饾饤之失。针对这个弊端，常州词派以唐五代词为标榜，强调词的内在意蕴和象征意义。要求词作有“寄托”，而又“非寄托不入，专寄托不出”（周济《介存斋论词杂著》）。临桂词派重立意，同时也重格律。柳州词风则近乎“花间”。这些词派差不多都编辑过词选，或录自己所崇尚的前贤佳作，或采派中名家之词，为其理论张本。它们严乎藩篱，并补济他派之不足。不同风格词的相存并重，极大地促进了清词的繁荣，丰富并提高了清词的美学趣味。

清词较为广阔地反映了清代的社会现实，也较为深刻地展现了清代知识分子的心路历程。清代社会的一些大事，诸如鸦片战争、太平天国运动、甲午海战、台湾战事、戊戌变法等，在词中都有反映。甚至一些更为具体的事件，如纤夫的家人之别（陈维崧《贺新郎·纤夫》）、定海城的失守、慈禧携光绪帝西逃、珍妃沉井等等，也在词中留有不磨的印痕。而“举凡明清易代之初山崩海裂般的震颤，‘科场案’‘通海案’‘奏销案’等等诡谲不测的政坛风云触发起的旧巢既覆、新枝难栖的悲慨与惶惑，‘三藩’乱定后号称康、乾‘盛世’与‘十全王朝’时期文网高张，才人志士们的抑郁寂寥、惊恐莫名，嘉、道以还外侮频仍、烽火遍地以及‘宗庙’倾圮的愤怒、凄怨、彷徨、惊悚……”（严迪昌《清词史·绪论》），种种情绪感受，思想感情，无不在词作中得到透露和渲泻。这一方面极大地发挥了词的“反映”功能，另一方面也充分地扩大、丰富了词的抒情功能。从而也提高了清词的地位，打破了长期存在的词为“艳科”“小道”的观点。清词创作实践的如此成就，与各家各派自觉的、进步的“尊体”意识密切相关。阳羡词派认为：“夫诗之为骚，骚之为乐府，乐府之为长短歌，为五七言古，为律为绝，而至于诗余，此正补古人之所未备也，而不得谓词劣于诗也”（任绳隗《学文堂诗余序》）。词不比诗劣，甚至还可与诗、与经、与史相提并论。故他们认为“选词所以存词，其即所以存经史也乎”（陈维崧《今词苑序》）；作词则以情意为本根，上以反映现实生活、民生疾苦，下以抒发个人的遭际遇合、喜痛苦乐。常州词派更直接提出：“感物而发”“缘情造端”，词作要有“论世”之功用，“感慨所寄，不过盛衰；或绸缪未雨，或太息厝薪，或己溺己饥，或独清独醒，随其人之性情、学问、境地，莫不有由衷之言。见事多，说理透，可为后人论世之资”（周济《介存斋论词杂著》）。在常州词派看来，词确与诗、文等正统文学没有什么两样。以晚清四大家为主要成员的临桂词派，继承并发展了常州词派“意内言外”之旨，强调词的品格要高。即使浙西词派，朱彝尊在重复“词者诗之余”、词为“小技”的不正确观点同时，还是承认它“通之于离骚变雅之义”（《红盐词序》）。更有汪森认为“自古诗变为近体，而五七言绝句传于伶官乐部，长短句无所依，则不得不更为词。……古诗之于乐府，近体之于词，分镳并骋，非有先后；谓诗降为词，以词为诗之余，殆非通论矣”（《词综序》）。尊体方能注意其社会影响，重视其情性志趣，追求并完善其艺术技巧。清词的这个特点，若与明词相比，更加明显。

清代词坛的创作大家、名家，往往同时是词学家。他们或是编纂词选，张扬自己或本流派的审美主张；或是校正、整理韵书，研讨音律声韵；或是撰写词话，撰写有系统的理论建树的词论著作。如陈维崧是阳羡词派代表作家，一生创作数千首词，今存者尚有一千六百余阕，为古今所仅见，而其所主编的《今词苑》，篇幅巨大，汇辑了大量当时词人的作品。《今词苑序》提出“为经为史，曰诗曰词，闭门造车，谅无异辙”的词与经史并重观点，以及“志”“气”“变”“通”几个范畴，可以看作是该派的理论标帜。王鹏运为“晚清四大家”之冠，词作经自己大量删削后存留近两百首（其中有五十首是朱祖谋编存的），与朱氏合校《梦窗词》，并校刻词集，成《四印斋所刻词》《四印斋汇刻宋元三十一家词》。郑文焯亦为四大家之一，又“精于词律，深明管弦声数之异同，上以考古燕乐之旧谱，姜白石自制曲，其字旁所记音拍，皆能以意通之”（俞樾《瘦碧词序》），时有“律博士”之称。所著《词源斠律》为凌廷堪《燕乐考源》后重要著作。况周颐亦为四大家之一，撰有《玉栖述雅》专论闺秀词，又作《蕙风词话》及《续编》，宣扬“重”“拙”“大”等主张，被誉为“自有词话以来，无此有功词学之作”（朱祖谋语）。四大家的另一家朱祖谋，校刻宋金元词一百六十三家、一百七十三种，成《彊村丛书》，代表近代词籍校勘的最大成果。另辑有《词莂》一卷、《湖州词征》三十卷、《国朝湖州词录》六卷、《沧海遗音集》等。其他较为著名的，如李渔有《耐歌词》四卷，撰《笠翁词韵》《窥词管见》。沈谦名列“西泠十子”中，有词三卷，著《填词杂说》一卷，《词韵略》一卷。毛先舒同为“西泠十子”之一，存词三卷，著《填词名解》《填词图谱》《词学全书》。万树为阳羡派名家，其《香胆词》达五百首，又独力编纂《词律》一书。蒋敦复撰《芬陀利室词》五种五卷，著《芬陀利室词话》二卷，等等。据大致统计，其存词在百首或二卷以上，而编有词选或撰有词话、词论，校勘词律、词籍者，无虑有五六十家之多。其存世词作不多，发表过零星词学见解者，真不知有多少。理论是在总结创作实践经验，或是纠正某一创作或理论偏颇，阐述某一理论主张的基础上形成和发展的，反过来又对创作活动起指导、规范、制约作用。尽管有些人或有些流派的创作实践，难以符合其理论主张，甚至理论与创作完全脱节，但是，如此大规模的集理论与创作于一身的现象，在词史上还是少见的。

三

本书对明遗民的“朝代”归属，采用人们通行的安置方式。生于清而卒于1911年后者，其入选作品是可以确定为1911年前的作品。选录的标准是：作品内容健康，审美趣味纯正，艺术技巧圆熟。而不受派别、风格的限制。不因人废词，不因人选词。少数词，内容平平，但艺术上确有出众之处，也被收入，聊备一格而已。

体例上，本书以作家时代先后为序。作家时代，先考虑生年，其次是卒年，次是科第。生卒年不详者，以其活动的时代大致推测而排列。作家名下，先是小传，次是作品，次注释，次导读。小传主要包括词人生卒年、字号、籍里、科第、仕宦、著作名称诸项。作品以通行本为准，一些重要异文，则在注释中指出。常见词语不再作释义。纯属语法现象如词句倒装等，基本上不注。一些冷僻字、异声字，加注拼音。前文已注后文又出现的词语，用“参见”注处理，有时径不注。导读部分以疏通词意、剖析创作思路、欣赏精彩之笔为主，多数是点到为止，不做更深的发挥、挖掘，仅起“导”的作用，真正的“读”和欣赏，还靠读者自己完成。

由于时间紧张，加上我们能力有限，错误和疏漏之处一定不少，敬请广大读者指正。

明　代

刘基（1311—1375）

字伯温。青田（今浙江文成）人。元末进士，官高安丞，后弃官归。朱元璋定括苍，受聘至金陵，佐之翦灭群雄，遂定天下，迁御史中丞。与宋濂等计定明初诸大典制，封诚意伯。后遭诋毁，忧愤卒。博通经史，尤精象纬之学。所作诗文，自成一家。有《诚意伯文集》《郁离子》等。

水龙吟

鸡鸣风雨潇潇①，侧身天地无刘表②。啼鹃迸泪③，落花飘恨，断魂飞绕。月暗云霄，星沉烟水，角声清袅④。问登楼王粲⑤，镜中白发，今宵又添多少。　　极目乡关何处，渺青山髻螺低小。几回好梦，随风归去，被渠遮了⑥。宝瑟弦僵，玉笙指冷，冥鸿天杪⑦。但侵阶莎草⑧，满庭绿树，不知昏晓。

【注释】

①鸡鸣句：《诗·郑·风雨》："风雨潇潇，鸡鸣胶胶"。潇潇：风雨的声音。一说暴疾貌。

②侧身句：侧身：戒慎恐惧，不敢安身。刘表：东汉人，字景升，官荆州刺史，时中原混战，荆州则较安宁，士民多归之。

③啼鹃迸泪：相传古蜀国望帝失国，魄化为杜鹃，啼泣不已。

④角：画角。古乐器名。其音清，余音不断。

⑤登楼王粲：王粲是东汉末人，避战乱，往依荆州刘表，尝登当阳城楼，作《登楼赋》。词中作者以王粲自比。

⑥渠：它，指风。

⑦冥鸿：高飞的鸿雁。天杪：天尽头。

⑧莎（suō）草：草的一种，有纺锤形细长根块，称香附子。

【品评】

此词为作者未遇时所写。上片发挥《诗·郑·风雨》“思君子”遗意，以“风雨鸡鸣”比喻元末风雨如晦、动荡不安的时势，并连用六个四字句，六种意象，从视、听两方面渲染黑暗、悲伤的氛围，“问登楼王粲”一句与“侧身天地无刘表”相照应，写世无可投之人和自己漂泊不定的遭遇，同时暗写“不遇”的处境。下片承上“登楼王粲”句意，既扣住“登”字写望归，又扣紧“王粲”写漂泊中的乡关之思。“几回好梦”三句虚宕一笔，将乡思幻入梦境，却连梦中也难返乡，可见归家之难。“宝瑟”三句则亦虚亦实，说笙瑟已传达不出他的归思，只有借飞鸿聊以寄托而已。结尾处实写住处景物，仿佛词人被圈在一个封闭的地方，已经失去归家的时间和空间，情绪上、意境上，都有迷茫若失之感。而“不知昏晓”在结构上又呼应首句，再示词人对时局的感慨。这首词将个人的乡思放到特大的时代背景中去表现，大处落墨，而细微处见情，出豪雄于婉约之中，“感喟激昂”（《草堂词评》）。

瑞　龙　吟

秋光好。无奈锦帐香销[①]，绣帏寒早。钩帘人立西风，送书过雁[②]，依然又到。　　故乡杳，空把泪随江水，梦萦江草。何时赋得归来[3]，倚松对柳，开尊醉倒。　　衰鬓不堪临镜。镜中愁见，蓬飞丝绕。门外远山，青青长带斜照。石泉涧月，辜负夜猿啸。伤心处，风凋露渚[4]，荷枯烟沼。燕去玄蝉老。满天细语鸣羁鸟。花蔓当檐袅。庭院静，遥闻清砧声捣。拥衾背壁，一灯红小。

【注释】

①锦帐：锦制之帐。

②送书过雁：汉武帝时苏武出使被拘北海，汉求武，匈奴言已死，汉使诡言帝射上林中，得北来雁，足系帛书，言武等在某泽中。匈奴因谢罪，武得归。后以喻书信。

③何时赋得句：东晋陶潜为彭泽令，不乐，归去，赋《归去来兮辞》以见意。喻归隐。

④渚：水中小块陆地。

【品评】

此词作三叠，前二叠即所谓“双拽头”。首叠写秋光无限好，无奈随着秋的到来，寒意早早地来到，“寒早”二字，乃词人对秋的独特感受，也是下文抒情的契机，“送书”虽是化用典故，但也为下文埋下伏笔。次叠即由“送书”之雁引出故乡之思和归家的打算，在泪水模糊中做着陶潜式的“倚松对柳，开尊醉倒”的归园田居之梦。除了“泪”之外，其它皆是虚想之笔。第三叠先写衰老之悲，由上叠“何时”而来，“不堪临镜”等，亦属虚写。“门外远山”四句借景物渲染“悲”的氛围，虽是抒情，但出现了真实景物。“伤心处”以下七句，顺势描写秋寒之景，将羁旅思归之情与秋日景物绾合一处，并从而绾合全篇头绪。末尾二句刻画返归不得之愁状，深婉蕴藉。

如 梦 令

一抹斜阳沙嘴①，几点闲鸥草际。乌榜小渔舟②，摇过半江秋水。风起，风起，棹入白蘋花里。

【注释】

①沙嘴：沙洲口。一端连陆地，一端突出水中的带状沙滩。河口或低海岸附近常有。

②乌榜：船橹。代指船。

【品评】

此是一幅秋天日暮山水图轴。淡淡几笔，绘出了天上斜阳天际风，陆地草滩，草中鸥鸟，水中渔船和白蘋花，空间层次感极强。这种空间层次，同时也大致符合由近而远的观察顺序，即先见沙滩和草地上景物，而后是水中景物，词人仿佛是站在陆地望沙嘴。此外，这首词数字的运用相当成功，“一”字见斜阳之少、天色之晚，“几”有稀疏、错落之妙，这对“闲鸥”神态的刻画可谓恰到好处，“半”字让整个空间和画面缩小很多，从而变“一江”的迷茫无际为视角、心理可控制的内在自足。这三个数字与“小渔舟”之“小”极其和谐，从而使整个画面透出玲珑可爱和暮归的温馨。

小 重 山

月满江城秋夜长。西风吹不断、桂花香。碧天如水露华凉。人不见①，有泪在罗裳。　　何许雁南翔②？堪怜一片影、落孤房[3]。百年浮世事难量[4]。空回首，天阔海茫茫[5]。

【注释】

①不：一本作“难”。

②何许：何处。南：一本作“翱”。

③孤房：一本作“潇湘”。

④百年句：一本作“百年身世费思量”。浮世：人间，人世。以为世事虚浮无定，故称。

⑤天阔句：一本作“故国渺苍茫”，故国，当指故乡。

【品评】

这是一首闺怨词。上片描写秋夜之景。它动用了几乎所有感觉：月满江城，属视觉；秋风吹，为听觉；桂花香，是嗅觉；露华凉，乃触觉。这数端不写人，却将人的种种行为感受毕现无遗，是不写之写。而结合全篇看，“月满”即月圆，实以月圆反衬人离；“秋夜长”亦暗以“长”字写离妇独守空房时那种特有的长夜难捱的心理感受。“人不见”三字，轻轻点题，使上文种种感觉有了归依，同时，也使抒情由“暗”而“明”，由缓而速。“有泪在罗裳”，终于正面写人，“泪”将情感完全公开、渲泄出来。下片进一步深入思妇的内心，写她的思想活动：秋天雁正南飞，可是，雁飞何处，能给他捎信吗（古诗词中，雁乃信使）？她觉得雁应该停下，等候在她的空房上。可是雁毕竟飞走了。“百年浮世”句带有一定的议论，当是她对自己命运的慨叹。末尾二句将无限的感慨寄托在无边的天海之上，可见出思妇情绪的悲伤，而境界浑茫，意蕴悠长。

千　秋　岁

淡烟平楚[1]，又送王孙去[2]。花有泪，莺无语。芭蕉心一寸[3]，杨柳丝千缕[4]。今夜雨，定应化作相思树[5]。　　忆昔欢游处，触目成今古。良会处，知何许，百杯桑落酒[6]，三叠阳关句[7]。情未了，月明潮上迷津渚。

【注释】

①平楚：指从高处远望，丛林树梢齐平。楚：丛木。

②王孙：泛指贵族子弟。也是对人的尊称。

③芭蕉心句：芭蕉叶大而花心小如卷，古人常以喻人愁眉不展。一寸：喻芭蕉心缩卷不展。

④杨柳句：古人常折柳以赠别。词中，"丝"又谐"思"音。

⑤相思树：一种大树。相传宋康王夺其舍人韩凭妻何氏，夫妻皆自杀，两冢相望，冢顶各生大梓木，两树屈体相就，相交于下，枝错于上，又有鸳鸯一双，恒栖树上，交颈悲鸣，宋人哀之，因号其木为相思树。见《搜神记》。

⑥桑落酒：《霏雪录》："河东桑落坊有井，每至桑落时，取水酿酒甚美，故名桑落酒。"

⑦三叠阳关：唐王维《送元二使安西》诗有"劝君更尽一杯酒，西出阳关无故人"句，后人入乐府，以为送别之曲，反复吟唱，谓之《阳关三叠》。

【品评】

此词写离别之苦。上片连用花、莺、芭蕉、杨柳、雨、相思树六种物事作渲染、衬托，以柳"丝"谐情"思"，并引进凄婉的爱情传说，表达双方情谊之深，抒发不忍离别的感情。下片则将时间前拉后伸，见前欢不可再，后会亦无期，从而将这次离别的苦楚，放大到整个人生，整个今古。"百杯"句，即"劝君更进"之意，劝酒以表关切，"三叠"句，即吟诗或作诗以赠别。末尾二句言反复叙别，尚未尽达其情，月已出，潮亦生，船就要开走了。"月明潮上迷津渚"七字融叙事、写景、抒情于一体，寄情于景，以景结篇，而又遥应开头，颇为巧妙。

杨基（1326-1378?）

字孟载，号眉庵。其先嘉定州（今四川乐山）人，后迁吴中（今江苏吴县）。初为张士诚记室，明初起为荥阳知县，后任山西按察使。因事夺官，罚作劳役，死于贬所。少有文名，得杨维桢赏誉，与高启、张羽、徐贲号“吴中四杰”。工书画，善文章。有《眉庵集》，词附于后。

蝶　恋　花

新制罗衣珠络缝，消瘦肌肤，欲试犹嫌重。莫信鹊声相侮弄①，灯花几度成春梦。　风雨又将花断送，满地胭脂，补尽苍苔空。独自移将萱草种②，金钗挽得花枝动③。

【注释】

①莫信句：相传鹊噪兆喜。鹊屡噪而行人不至，故言侮弄。侮弄：轻慢并加以戏弄，词中犹言欺骗。

②萱草：又名忘忧草。

③金钗：即金钗石斛。因石斛花叶形如钗，故名。此花经久耐干，又名千年竹。

【品评】

此词写别后相思。上片首三句是“为伊消得人憔悴”的形象化展开，见相思之苦。“欲”“犹”，极写伊人憔悴之状。“莫信”二句写在漫长的思念中，数闻鹊噪喜，屡见灯花爆，就是不见行人归来，以致迁怒喜鹊有意侮弄、灯花有意不灵。下片由“春”字而来，先写春红凋零，满地胭脂，再写失意之下，自己只有自我安慰，寻求精神上的寄托：种萱草企求忘忧，借金钗祝愿爱情长久。这首词，从不同角度形象地刻画了思妇多情、多思的形象，传达了相思状态中女性柔婉、细腻、曲折、丰富的内心世界。词中，风雨葬花意象，具有一定的象征意义，它让人联想到女子容颜的衰老、青春的消逝，甚至一切美好之物的惨遭破坏等等，情韵凄婉，哀丽动人。

菩　萨　蛮

水晶帘外娟娟月①，梨花枝上层层雪②。花月两模糊，隔帘看欲无。　月华今夜黑③，全见梨花白。花也笑姮娥④，让他春色多。

【注释】

①娟娟：月美好明媚貌。

②雪：指白色。

③月华：月光，月亮。

④姮娥：嫦娥，月之神。代指月。

【品评】

此词境界明亮，意象美好。全词在花、月上腾挪笔墨，此二物本即人间幸福、完美的象征，再加上水晶帘与洁白的雪作衬托，益见光明一片，宁静、纯净，令人顿生无限遐思与向往。而明月收华，独让梨花放白，又透出春风得意、独领风骚的自豪与洒脱。然词境不止于此，它还含有一些寓意。花月交辉，则两相模糊，“隔帘看欲无”，给人些许遗憾，而若月华今夜黑，即可衬出梨花之白。这就具有了生活哲理，给人多方面启发。月让花白，花笑月痴，拟人手法的运用，岂义山《霜月》

诗“青女素娥俱耐冷，月中霜里斗婵娟”遗意乎？

夏 初 临

瘦绿添肥，病红催老，园林昨夜春归。深院东风，轻罗试著单衣。雨余门掩斜晖。看梅梁、乳燕初飞[①]。荷钱犹小[②]，芭蕉渐长，新竹成围。　　何郎粉淡[③]，荀令香销[④]，紫鸾梦远[⑤]，青鸟书稀[⑥]。新愁旧恨，在他红药栏西[⑦]。记得当时，水晶帘、一架蔷薇。有谁知？千山杜鹃，无数莺啼。

【注释】

①梅梁：本指会稽（浙江绍兴）禹庙的大梁，泛指屋梁。《太平御览》引《风俗通》：“夏禹庙中有梅梁，忽一春生枝叶。”乳燕：雏燕。

②荷钱：荷叶初生时，形小如钱，故称。

③何郎粉：三国魏人何晏，字平叔，美姿容，面白如傅粉，人称“傅粉何郎”。

④荀令香：荀令，东汉荀彧，尝为尚书令，人称荀令君。相传他的衣带有香气，所到之处，香经日不散。

⑤紫鸾：传说中神鸟。

⑥青鸟：传说中西王母的信使。《汉武故事》载：七月七日，王母会见汉武，日正中，青鸟先使为报。此处代指使者或信使。

⑦红药：即芍药。芍药一名可离，古人将别时采以赠人。见《古今注》。

【品评】

这首词写情人（夫妻）别后之思。上片着眼于春老及初夏景物的描写，在种种新生之物成长的排列中，传递出这样的信息：离别的日子已经很长很长。下片首二句进一步写这种时间长度给思妇的感受，即对方留下的印象随着时间的过去，也渐渐模糊了。“紫鸾”句又将现实中的分别延伸到梦境，言她即使在梦里，也没有与他相会。“青鸟书稀”说对方连信也很少捎来。离别的旧恨，加上不得书信的新愁，在红药栏边一齐涌来……可这一切，又有谁知？“有谁知”，内涵很丰富，它含有一股幽怨，含有不被人知、没有想到等等情感上的迷惑和惘然。最后，以杜鹃和莺鸟的悲啼衬托她心中的愁苦，同时，以景结情，又有将那愁苦、迷惘引向无限之势。此词从时间上进行构思，以景物的变化写时间的流程，构思很巧妙。但更妙的是“记得当时，水晶帘、一架蔷薇”二句，因为蔷薇花开也只是春末夏初间，这与词中所写其它景色的季节特征大致相同，也就是说，对方离开她的时间并不久远。短时间而有长时间的感觉，这正是“一日不见，如三秋兮”所传达的心理时间，是相爱中的人所特有的一种情绪感受。

张红桥（生卒年不详）

洪武初闽县（今属福建）人。居红桥之西，因以为号。雅丽有诗名，嫁才士林鸿（字子羽。洪武初以人才荐授将乐县训导，历礼部精膳司员外郎）。鸿去南京，以词留别，红桥和之。次年，鸿寄《摸鱼儿》词及四绝小诗，红桥见之，感念成疾，不数月病卒。

念 奴 娇

次韵送外之金陵①

凤凰山下②，恨声声、玉漏今宵易歇③。三叠阳关歌未竟，城上栖乌催别④。一缕情丝，两行清泪，渍透千重铁。重来休问，尊前正是愁绝。　　还忆浴罢描眉，梦回携手，踏碎花间月。漫道胸前怀豆蔻⑤，今日总成虚设。桃叶津头⑥，莫愁湖畔⑦，远树云烟叠。剪灯帘幕，相思谁与同说？

【注释】

①此词为作者夫妻离别时唱和之作。外：指其丈夫林鸿。次韵：即指步和林鸿留别之作《念奴娇》（钟情太甚）词之韵。

②凤凰山：指福建同安北之大凤山。

③玉漏：玉制计时之漏。

④城上句：梁简文帝《金乐歌》："啼乌怨别偶，曙鸟忆离家。"词用之。城上：一作"哑哑"。

⑤豆蔻：此指红豆蔻，产于岭南，春时开花，实有芳香。喻年少而美之少女。词中指少女爱情。

⑥桃叶津：即桃叶渡，在江苏南京秦淮河畔。相传王献之在此歌送

其妾桃叶，因得名。

⑦莫愁湖：在南京水西门外，相传为莫愁旧居。

【品评】

这首词是作者夫妻离别的真实记录，故较一般的别离之作更动人。它采用时空交错、虚实对照的手法，将夫妻离别时的情感心理描写得淋漓尽致。就时间言，它写了三个时间段：一是现在时间，正在进行着人间最凄楚感人的男女离别；二是过去时间，回忆往日描眉携手的幸福情事；三是未来时间，设想丈夫独自一人在南京逆旅孤寂景况。就空间言，词中设计了两重空间：一是现实空间，在凤凰山下，包括离别场面和回忆中的场面；二是未来空间，即南京。未来空间与未来时间一致，但现实空间却包括离别与忆会两个场面。而只有离别场面真，忆会与未来空间皆虚。就这样重叠交汇，虚实结合，形象地展示了词人思前想后，错综复杂的内心感受。词末将未来的虚泛空间描写得逼真如在眼前，见出词人的关切及忧念之深。词中多用与送别相关的典故，而不着用典痕迹，它们以字面本身的意象融入写景、叙事当中，起到了很好的渲染氛围、抒发情感的作用。

高启（1336—1374）

字季迪，号青丘子。长洲（今江苏苏州）人。元末大乱，隐居不出。明初，召修《元史》，授翰林院国史编修。升户部侍郎，以年少固辞。后坐《上梁文》案，腰斩于市。警敏博学，邃于史学，工诗。与王行等十人号“北郭十友”，又号“十才子”。善属文，与杨基、张羽、徐贲齐名，称“吴中四杰”。有《青丘集》《扣舷词》等。

沁 园 春

雁

木落时来，花发时归①，年又一年。记南楼望信，夕阳帘外；西楼惊梦，夜雨灯前。写月书斜②，战霜阵整③，横破潇湘万里天。风吹断，见两三低去，似落筝弦④。　相呼共宿寒烟。想只在，芦花浅水边。恨呜呜戍角，忽催飞起；悠悠渔火，长照愁眠⑤。陇塞间关⑥，江湖冷落，莫恋遗粮犹在田。须高举⑦，教弋人空慕⑧，云海茫然。

【注释】

①木落二句：指雁秋天南飞，春天北归。

②写月书斜：指雁在月下斜飞。雁飞时排成“人”字或“一”字，称雁字。

③战霜句：谓雁冒霜飞行。

④似落筝弦：古筝柱排列，往往斜列作雁行。“落筝弦”即指此。

⑤悠悠二句：唐张继《枫桥夜泊》：“江枫渔火对愁眠。”此用其意。

⑥陇塞：古时陕、甘一带为边塞地区，故称。间关：道路崎岖难行。

⑦高举：高飞，远去。后喻指隐居。

⑧教弋人句：汉扬雄《法言·问明》：“治则见，乱则隐。鸿飞冥冥，弋人何慕焉?”鸿高飞入云，弋人不得射获。喻脱羁远害。弋人：用箭射鸟的人。弋：带丝绳的箭。词中指用箭射。

【品评】

这是一首咏物词。雁之南征北役，东行西宿，象征作者在元末天下大乱时的艰难处境；雁之高飞远举，也寄托了词人远祸避害的心理。全词采用“追忆”手法，以“记”字领率中间十六句，写雁的一次飞行经历，构成词的中心内容，是对首三句中“年又一年”的补充，也是引发后面六句议论的关键：不论路途多远，江湖多险，它们却不能迷恋稻粱，应该高飞远举，教弋人无所收获。其寓意是很明显的。读此词令人想到魏晋名教之网下士人灵魂的私语，但它与隋末唐初东皋子王绩诗歌中龟等的形象更为接近。但东皋子得保全身，而本词作者卒遭腰斩，实属不幸。无论如何，此词情调偏于消极，但词中群雁战寒霜，横破潇湘万里天的形象，神刚气健，颇具崇高之美。

石州慢

春感[①]

落了辛夷[②]，风雨频催，庭院潇洒。春来长恁，乐章懒按，酒筹慵把。辞莺谢燕[③]，十年梦断青楼，情随柳絮犹萦惹[④]。难觅旧知音，托琴心重写[⑤]。　妖冶[⑥]。忆曾携手，斗草阑边[⑦]，买花帘下，看到辘轳低转，秋千高打[⑧]。如今甚处，纵有团扇轻衫，与谁更走章台马[⑨]。回首暮山青，又离愁来也。

【注释】

①春感：一作“春思”。

②辛夷：香木名。一名木笔。

③莺、燕：莺和燕，皆春时鸟，以喻春光。亦暗指青楼女子。

④萦惹：犹言牵挂。

⑤琴心：寄心思（情意）于琴声。写：陶泻。

⑥妖冶：指美女。

⑦斗草：即斗百草，古代一种游戏。竞采花草，比赛多寡优劣。常于端午行之。

⑧打：对某些动作的统称。词中指荡秋千。

⑨走章台马：章台，章台街，在陕西长安故城西南，因章台宫而名。

【品评】

这首词写对一个青楼女子的刻骨相思。上片写他自从离别之后，一直是没精打采，春天也不能使他振作。世无知音，他只有将一片思念之情，寄托在琴上表达出来。下片前六句先回忆双方共度的好时光。接下三句，笔端转到眼前，写对方不知身在何处，令他劳思。“与谁更走章台马”一句情意凄恻，颇似唐韩翃《章台柳》诗的“纵使长条似旧垂，亦应攀折他人手”。结尾二句将暮山与离愁相合，引情入景，含蕴无限。清沈雄《古今词话》评云：“青丘乐府大致以疏旷见长，而《石州慢》又缠绵之极。”

瞿佑（1341—1427）

佑，一作祐，字宗吉，号存斋。钱塘（今浙江杭州）人。洪武中，为临安教谕，永乐中任周王府长史，因诗祸谪保安，洪熙中放还，复原职，内阁办事。学博才赡，著述丰富。有《存斋诗集》《乐府遗音》《归田诗话》《剪灯新话》等。

摸　鱼　子

苏 堤 春 晓[①]

望西湖、柳烟花雾，楼台非远非近。苏堤十里笼春晓[②]，山色空濛难认[③]。风渐顺，忽听得、鸣榔惊起沙鸥阵[④]。瑶阶露润[⑤]。把绣幕微搴[⑥]，纱窗半启，未审甚时分[⑦]。　凭阑处，水影初浮日晕，游船未许开尽。卖花声里香尘起，罗帐玉人犹困。君莫问，君不见、繁华易觉光阴迅。先寻芳信[⑧]，怕绿叶成阴，红英结子，留得异时恨[⑨]。

【注释】

①苏堤春晓：西湖八景之一。苏堤在杭州西湖，苏轼为杭州太守时筑。

②十里：苏堤自南山到北山，横截水面，绵亘数里。十里乃举其成数。

③山色空濛：苏轼《饮湖上初晴后雨》："山色空濛雨亦奇。"此用其成句。

④鸣榔：古人于捕鱼时以长木叩船舷惊鱼使入网，也用于击船应歌之节，犹叩船而歌之义。此指后者。

⑤瑶阶：台阶的美称。

⑥搴（qiān）：以手揭提。

⑦未审甚时分：不知道是什么时候。

⑧芳信：本指春天的讯息，词中转指有关女子的消息。

⑨怕绿叶三句：相传唐杜牧游湖州，得识一女，年才十余岁，牧为约十年迎娶。后十四年，牧为湖州刺史，访女，已嫁三年，生二子，乃作《怅诗》曰："自是寻春去较迟，不须惆怅怨芳时。狂风落尽深红色，绿叶成阴子满枝。"词用其事及其诗。

【品评】

上片描写"苏堤春晓"的自然美景。前四句皆自"望"中得来，写远景、全景。"风渐顺"三句转写听觉，以声音刺破那一丝柳烟花雾的空濛。"瑶阶露润"四句仍由"望"字来，却改遥望为近观，改全景为特写，使二者相为补充，将"苏堤春晓"全画了出来。同时，"瑶""绣"等字，也为下片做了铺垫。下片写"苏堤春晓"的人文景观，写游船、卖花之声、玉人娇卧等，将"春"字写成了游乐与绮情，将"晓"字落实到了"先寻芳信"上，表达一种及时行乐、莫待日后遗憾的思想。田汝成《西湖志余》云："瞿宗吉风情丽逸，……多偎红倚翠之语。"此词可见一斑。然其运用点面结合、远近互补的方式，将"苏堤春晓"的双重画面写得绘声绘色，较为真实地反映了明初西湖的文化风俗，手法确很高超。

徐有贞（1407—1472）

初名珵，字元玉，江苏吴县人。宣德八年（1433）进士。佐英宗复辟有功，升至兵部尚书，兼华盖殿大学士，封武功伯。先诬于谦、王文，中外侧目，后为石亨所构，徙金齿（云南永昌）为民，亨败，得归。平生究心经济之学，于天文、地理、兵法、水利、阴阳、方术之书，无不博览。著有《武功集》。

中　秋　月

中秋月，月到中秋偏皎洁。偏皎洁，知他多少，阴晴圆缺。　阴晴圆缺都休说，且喜人间好时节。好时节，愿得年年，常见中秋月。

【品评】

这首词以佳节圆月起，以月圆人寿终，皎洁、完美的月意象贯穿首尾，从而传达出追求美好、完满的人生愿望。中间虽然出现“知他多少，阴晴圆缺”的淡淡遗憾，但首先这是一种圆满后的不足之感，而非不圆满之悲。其次，这轻婉的叹息立即被“且喜人间好时节”的通达自我化解掉，它不但没有构成低势，反而衬托了词调的健朗。

形式上，它采用“联珠”格，以上句句末字为次句首字，以上、下片第二句后三字为第三句，前后衔接，环环相扣，语气连贯。尤其是以上片末句为下片首句（前四字），以下片末句后三字为上片首句，更是上递下接，形成一连环结构，圆滚转动，自然流畅，在字句的反复中咏叹着人生的美好。

DP

赵宽（？—1497？）

字栗夫，号半江。江苏吴江人。成化十七年（1481）进士。官刑部郎中，出为广东按察使。善书，行草颇清润。为文雄浑秀整。有《半江集》。

减字木兰花

姚江阻雨①

寒风吹水，微波皱作鱼鳞起。白雨横秋，秋色萧条动客舟。　疏钟何处？知在前村黄叶树。茅屋谁家？荒径无人菊自花。

【注释】

①姚江：在浙江余姚南，一名菁江，又名舜江。

【品评】

词写漂泊客愁。舟行江上，寒风惊水，白雨横空，词人的客愁也随小船而晃荡。远处的钟声证明前方有寺，可是，那钟声显得稀稀疏疏，通往茅屋的小路也冷清无人，只有野菊花在开。词人将秋景与客愁糅合在一处，写出了他独特的心理感受。词中，景物特别密集，意象疏快淡远，但景中寓情，象中含意，结尾一句尤以远景传达深情，韵味悠长。

史鉴（1434—1496）

字明古，号西村先生。吴江（今属江苏）人。喜读书，熟史事，留心经世之务，王恕巡检江南，深服其才。然隐居不仕。常著古衣冠，曳履挥麈于水竹亭馆间。有《西村集》。

解　连　环

送　　别

销魂时候①。正落花成阵，可人分手②。纵临别重订佳期，恐软语无凭③，盛欢难又。雨外青山，会人意，与眉交皱。望行舟渐隐，恨杀当年，手栽杨柳。　　别离事，人生常有。底何须为著④，成个消瘦。但若是两情长，便海角天涯，等是相守⑤。潮水西流，肯寄我，鲤鱼双否⑥？倘明年，来游灯市⑦，为侬沽酒。

【注释】

①销魂时候：指别离之际。江淹《别赋》："黯然消魂者，唯别而已矣。"

②可人：原指德才可取之人，词中指可爱的人。

③软语：柔婉温和的话。也指语音柔和，即"吴侬软语"。词中兼取"软"字面义，巧达其情。

④底：的确，实在。何须：何用，不用。

⑤但若是三句：化用秦观《鹊桥仙》"两情若是久长时，又岂在朝朝暮暮"句意。等是：同样是。词中有"等同于"之义。

⑥肯寄我二句：古诗："客从远方来，遗我双鲤鱼。呼童烹鲤鱼，

中有尺素书。”鲤鱼双，即双鲤鱼，代指书信。

⑦灯市：指元宵节前后放灯的地方，古时男女可以于此自由相会。

【品评】

此词全是女子声口。上片通过落花成阵、雨外春山、水边杨柳三景，勾勒别离场景，同时渲染、烘托、反衬她的惜别心理。下片则以别离时她安慰对方、劝他来信、望他明年来游三事，表达她未别先盼再会的急切情怀。妙在上片全以景物写人，下片全以虚拟（假设）语气达意；既已感到“纵临别重订佳期，恐软语无凭”，却偏要做来年灯市之约；自己尚且不忍于别，却偏要劝慰对方不要为别消瘦，……总之，曲曲折折，婉转尽意；虚虚实实，巧妙传情。

李东阳（1447—1516）

字宾之，号西涯。茶陵（今属湖南）人。天顺八年（1464）进士。选庶吉士，授编修，后官至吏部尚书、华盖殿大学士。卒谥文正。有清节，刘瑾专权时，曾周旋以保全善类。为文先主平正典雅，后宗沉博伟丽。论诗崇唐，取法老杜，重格律、音节和用字。为茶陵派领袖。有《怀麓堂集》。

雨　中　花

正爱月来云破①。那更柳眠花卧②。帘幕风微，秋千人静③，酒尽春无那④。　　迢递高楼孤寂坐⑤。缥缈笛声飞堕。恨曲短宵长，院深墙迥，凭仗风吹过。

【注释】

①月来云破：张先《天仙子》“云破月来花弄影”，此用其句意。

②柳眠：《三辅故事》：“汉苑中柳状如人形，曰人柳，一日三眠三起。”词中借以与花卧状夜深之景。

③帘幕二句：张先《青门引》：“楼头画角风吹醒，入夜重门静。那堪更被明月，隔墙送过秋千影。”此化用其境。

④无那：无奈，无可奈何。又有无限义。

⑤迢递高楼：李商隐《安定城楼》：“迢递高城百尺楼。”迢递：高峻貌。

【品评】

此词写情怀之孤寂。春夜，月来云破，风微秋千闲；夜渐深，柳已睡去，花也卧下，酒也饮尽，人，将何以为怀？隔墙高楼飘下几缕笛声，缥缈若无，聊慰我孤寂。奈曲声太短，如风来，如风逝；院正深，楼正高，夜正长。——全词弥漫着浓郁的静谧之气，诉说着抒情主人公内心的孤独和寂寞。其中，云、月、风、笛，以动衬静；柳、花、秋千、酒，则以物衬人；爱、无奈、孤寂、恨，直接传情；正、那，又以虚词委婉达意。

若将吹笛人与抒情主人公作一人理解，词中又有知音难觅、情思难托之意。而这情意，也非止于爱春惜春，爱情、人生等义蕴亦可包含其中。

唐寅（1470—1523）

字伯虎，一字子畏，号桃花庵主、六如居士等。吴县（今江苏苏州）人。弘治十一年（1498）应天解元。少颖悟，乡试之文得程敏政赏识，程被劾，寅为株累下狱，谪为吏，耻不受，益放浪纵诞。宁王厚币聘之，自露丑秽得放还，筑桃花坞，日与客醉饮其中。尝自署曰“江南第一才子”。善书，尤以画名，与文征明、沈周、仇英合称“明四大家”。文词敏快，诗尚才情，与文征明、祝允明、徐祯卿合称“吴中四才子”。有《六如集》《画谱》等。词名《六如居士词》。

一剪梅

雨打梨花深闭门。孤负青春[①]，虚负青春。赏心乐事共谁论。花下销魂，月下销魂。　　愁聚眉峰尽日颦。千点啼痕，万点啼痕。晓看天色暮看云。行也思君，坐也思君。

【注释】

①孤负：同“辜负”。

【品评】

此词以女子声口，写离别相思。上片首句，即以重重门关横亘在画面上，它阻断了内外的联系，隔绝了春天，从而表明思妇对红尘的自觉放弃，对所思之人的忠贞挚爱。以下五句，似乎是思妇的内心独白，但更像“画外音”，是对“深闭门”情节的议论。下片正面描写为情感而自我封闭状态中思妇的形象，通过皱眉洒泪、看天看云、行行坐坐几个连续动作，表达其坐卧不安的无边相思。全词十二句，却有四对八句采用相同的句式和字数，而这四对的每一对仅仅第一个字不同，其余三字完全相同。这不同的一个字，或是层面转移，或是数量增加，从而将愁、苦在空间上扩大，在时间上延伸，在程度上加深；相同的三个字，则以不变的形式，显示相思之愁的无处不在，无时不有，显示女主人公思念的深厚、执著。除了相思之外，她已无其它任何生活和思想。同时，这种句式，也易造成循环流转的声律效果，使词具有自然动听的谐婉之美。

文征明（1470—1559）

初名壁，字征仲，号衡山居士。长洲（今江苏苏州）人。正德末以岁贡生荐试吏部，授翰林待诏。嘉靖时，与修《武宗实录》，侍经筵，致仕归。能书，尤长绘画，与沈周、唐寅、仇英合称“明四大家”。工诗文，诗学白居易、苏轼，与祝允明、唐寅、徐祯卿合称“吴中四才子”。有《甫田集》等。

满　江　红

漠漠轻阴[1]，正梅子、弄黄时节。最恼是，欲晴还雨，乍寒又热。燕子梨花都过也，小楼无那伤春别[2]。傍阑干、欲语更沉吟，终难说。　　一点点，杨花雪。一片片，榆钱荚。渐西垣日隐[3]，晚凉清绝。池面盈盈清浅水，柳梢淡淡黄昏月。是何人、吹彻玉参差[4]，情凄切。

【注释】

①漠漠：迷蒙貌。

②无那：无奈。

③西垣：犹西城。

④玉参差：镶玉的无底排箫。或言指玉笙。

【品评】

此词一本题作《春暮》，所写时节正是春末夏初。它先将这个时节天气的种种恼人之状细细叙来，逗出对燕子飞舞，梨花盛开的美好春天的怀念，进入伤春这一主题。词的下片，则先写视觉中杨花飞舞，榆荚生长，以象征春天的一点点离去，夏天的一点点来临。“渐”字所引领的四句，接着写视觉中景物，而实际却是以日暮清凉、月色昏暗来衬托词人伤心哀婉的情感心理。末尾十一字，词人别出机杼，舍视觉而取听觉，用缕缕箫（笙）声打破画面的寂静，将一腔凄切之情倾吐出来，并引向夜色朦胧之中。统观全词，景物意象密集，感情氛围浓厚，而对伤春之情的抒发只有很少的部分，做到不温不火，淡而隽永。

满　江　红

题宋高宗赐岳侯手敕刻石[①]

拂拭残碑，敕飞字、依稀堪读[②]。慨当初，倚飞何重，后来何酷[③]。果是功成身合死[④]，可怜事去言难赎。最无辜，堪恨更堪悲、风波狱[⑤]。　　岂不念，中原蹙[⑥]。岂不念，徽钦辱[⑦]。念徽钦既返，此身何属？千载休谈南渡错[⑧]，当时自怕中原复。笑区区、一桧亦何能[⑨]，逢其欲。

【注释】

①题一作《题宋思陵与鄂王手敕墨本，石田先生同赋》，宋思陵即宋高宗，鄂王即岳飞，岳飞死后，嘉定四年（1211），被追封鄂王。石田先生指沈周。

②飞：指岳飞。

③何：多么。

④果是句：汉《淮南子·说林》：“狡兔得而猎犬烹。”《史记·越王勾践世家》：“飞鸟尽，良弓藏；狡兔死，走狗烹。”为词所本。果：一作“岂”。

⑤风波狱：宋大理寺狱在风波亭，位于旧按察司狱署之右，土地庙前，即今浙江杭州小车桥附近。相传岳飞被害于此。

⑥蹙（cù）：减缩。《管子·水池》："昔先王受命，有如召公日辟国百里。今也，日蹙百里。"

⑦徽钦辱：指宋靖康年间（1126），徽宗、钦宗二帝相继被执。

⑧南渡：指宋室慑于金人侵逼，渡江南迁，建立南宋政权。

⑨桧：指秦桧。

【品评】

上片围绕高宗赐岳飞手书之事，引出高宗对岳飞的先信后疑，议论岳飞风波亭的冤狱。下片由岳飞之事扩大到整个南宋社会，交待岳飞始被倚重，终被杀害的原因，将高宗为了自身利益而不顾徽、钦二帝，不愿恢复中原的卑劣心理暴露无遗，"当时自怕中原复"，可谓诛心之笔。全词夹叙夹议，词笔贞刚，议论纯正。上片使用感叹句，下片使用反问句和排比句，气势凛然，撼人魂魄。词人于岳飞之事，用了"慨""可怜""恨""悲"等字，深表同情；于高宗皇帝，则采用质问语气，大声挞伐；于秦桧，则一"笑"置之，认为其"区区"不值挂齿，见轻视之至。细微之处，爱憎分明。

杨慎（1488—1559）

字用修，号升庵。新都（今属四川）人。正德六年（1511）进士第一。授翰林编修，官经筵讲官。直谏忤旨，廷杖谪戍云南永昌。博闻广识，善诗、文、词、曲。论诗主“永言缘情”“尊唐不可卑六代”。作诗法六朝，然有拟古倾向。贬谪后，多感慨怀归之作。词好入六朝丽字，然妙处亦能过人。有《升庵集》《陶情乐府》《升庵诗话》等。

转　应　曲

银烛，银烛，锦帐罗帏影独。离人无语消魂，细雨斜风掩门。门掩，门掩，数尽寒城更点。

【品评】

这首词将一位孤独的思妇放在寂静的寒夜中，通过内外环境的描写，通过她的行为，去刻画她的别离之思。门，是内外的联结点。门内银烛高烧，锦帐罗帏，勾起她对相聚时日的无限回忆；门外细雨斜风，如织如缕，惹起她对“那个人”的种种挂念。她掩上门，试图关上思绪，可是，那湿重的更点声，仍伴着她一夜不眠。词人充分发挥该词调形式上回环重沓的特征，以一种咏叹的基调，写尽思妇辗转反侧的相思神态。婉转曲折，令人回味。

临　江　仙

《廿一史弹词》第三段秦汉开场词[①]

滚滚长江东逝水，浪花淘尽英雄。是非成败转头空。青山依旧在，几度夕阳红。　　白发渔樵江渚上，惯看秋月春风。一壶浊酒喜相逢。古今多少事，都付笑谈中。

【注释】

①《廿一史弹词》：杨慎所作长篇弹词，取材于正史，敷衍历朝史事，唱文为十字句，后系以诗或曲。其第三段，说的是秦汉故事，此为其开场词。

【品评】

这首词以滚滚滔滔的长江破题，劈空而来，气势非凡。但“浪花淘尽英雄”六字，却让可以冲决一切的大江，洗刷尽了世间英雄及其业绩，显得无比残酷。接下三句，顺此意向，以青山、夕阳的永恒存在，衬托成败是非的转瞬即逝，令人感慨无穷。下片则出以江渚上渔樵的白发老人，在秋月春风和平岁月中，对饮浊酒，娓娓谈古。这既是顺着上片“空”字申发而来，同时又承中有转：那已逝去的英雄，和他们的功业，毕竟还有人记起，有人述说。这是对历史的公正，也是对英雄的慰藉。成功地运用辩证对比手法，是此词的一大特色。上、下片各自的意象及意境固是对比，以青山、夕阳反衬千古风流，以渔樵笑谈古今大事，也都有力地对比出了历史的冷酷无情。另外，词中几个颜色字：青、红、白，极刺目惹眼，它们在词中也起到渲染悲壮色彩的作用。

陈霆（？—1515？）

字声伯。德清（今属浙江）人。弘治十五年（1502）进士。授刑科给事中。正德初，以事忤刘瑾，谪判六安。瑾诛，起历山西提学佥事。博洽多闻，工诗、古文、词。有《水南稿》《渚山堂诗话》《渚山堂词话》等。

踏　莎　行

晚　　景

流水孤村①，荒城古道②，槎牙老木乌鸢噪③。夕阳倒影射疏林，江边一带芙蓉老。　　风暝寒烟，天低衰草，登楼望极群峰小。欲将归信问行人，青山尽处行人少。

【注释】

①流水句：秦观《满庭芳》："斜阳外，寒鸦数点，流水绕孤村。"此用之。

②荒城古道：元马致远《天净沙》："古道西风瘦马。"

③槎（chá）牙：错杂不齐貌。乌鸢：乌鸦和老鹰，均贪食之鸟。

【品评】

此词堪当深秋日暮图。它不避物之丑陋，选用表示荒凉、衰败的字眼，如"荒""古""老""衰""疏"等，表示低矮、寒冷、颜色不鲜艳的字眼，如孤、寒、低、小、青、少等和枯朽、残破的意象，如孤村、荒城、古道、老木、夕阳、枯荷、衰草等，将秋意刻画得萧瑟、冷寞、苍白，没有一点热情和生意，似乎比马致远《天净沙》尚多几分失意。“登楼望极”三句转写客思，与前文秋景图相互申发，相互补映。全词物象衰瑟，境界苍茫，极具“丑之美”。

王世贞（1526—1590）

字元美，号凤洲，自称弇州山人。太仓（今属江苏）人。嘉靖二十六年（1547）进士。官至刑部尚书。工诗、古文。与谢榛、梁有誉等称“五子”，又与李攀龙、吴国伦、徐中行等号“后七子”。论诗主张学盛唐，但晚年有所改变，反对模拟，认为“诗以陶写性灵，抒纪志事而已”“有真我而后有真诗”。有《弇州山人四部稿》《弇山堂别集》《艺苑卮言》等。

渔家傲

细雨轻烟装小暝，重衾不耐春寒横①。袅尽博山孤篆影②。闲自省，天涯有个人同病。　　十二巫峰围昼永③，黄莺可唤梨花醒。雨点芳波揩不定④。临晚镜，真珠⑤簌簌胭脂冷。

【注释】

①重衾句：南唐李煜《浪淘沙》：“罗衾不耐五更寒。”词化用之。

②袅尽句：袅：飘舞。博山：博山炉的简称。表面雕刻作重叠山形装饰的香炉。篆：指盘香或香的烟缕，因其形如篆字而名。

③十二巫峰句：巫山之上，群峰连绵，相传著名的有十二峰。围：围屏，可以环绕障隔的屏风。词中指画有十二巫峰的曲折如围的屏风。

④芳波：春水。似也指女子的泪水。

⑤真珠：同珍珠，指女子泪水。

【品评】

此词打破上下片界限，以首句写季节和外面环境，第二句至第六句写室内摆设及女主人公春眠，七八二句又转到室外，写外面春景，照应首句，结尾二句写女主人公临晚方起，对镜梳妆，却一任泪水簌簌，湿了胭脂。除了黄莺的鸣叫，整个画面都是静止无声的，这与主人公重衾昼卧的气氛和孤寂难耐的内心世界十分谐和。这首词在大笔渲染其孤卧而难眠之事外，同时兼顾到以“寒”的皮肤触觉和内心感受，“自省（明白）”的思想活动，刻画其情感心理。另外，“雨”字二见，再加上“波”和“真珠”所代指的泪，使整首词蒙上湿漉漉的情绪氛围，从而揭示女主人公伤春怀人的沉郁情怀。

俞彦（？—1615？）

字仲茅，上元（今江苏江宁）人。万历二十九年（1601）进士。历官光禄寺少卿。长于词，尤工小令，以淡雅见称。集已佚，所作散见于各种选本。

长 相 思

折花枝，恨花枝，准拟花开人共卮①，开时人去时。怕相思，已相思，轮到相思没处辞，眉间露一丝②。

【注释】

①准拟：打算。卮（zhī）：酒杯。

②眉间句：范仲淹《御街行》："都来此事，眉间心上，无计相回避。"李清照《一剪梅》："此情无计可消除，才下眉头，却上心头。"此化用之。

【品评】

词写离别相思之苦，然角度颇新。上片着意于花开不能共赏同乐的遗憾，下片侧重于无法躲避相思的苦恼。这二者皆由离别而来，与离别同属一种情感类型，词人特分而述之，从而真实地传达了别离时细腻的情绪感受。为送别而折花枝，以寄别情，却又极恨这花枝（没有它，或许就不用离别），恨而折，折而恨，一字之易，形象地刻画了主人公复杂多变的怀抱。下片的"怕相思，已相思"云云，先作情绪铺垫，造成情势上的反跌，这样也加重了"没处辞"三字的实际份量。难得的是，词写的是千古旧题，却给人新鲜之感，就像词中主人公的第一次品尝离别一样。同时，这首词语言精工，构思巧妙，风格淡雅，它传递了如此丰厚的情感信息，却不让人感到浓腻，正如着糖于水，味甚甘醇而水仍清澈。此词堪称上品。

魏大中（？—1624？）

字孔时。浙江嘉善人。万历四十四年（1616）进士。历任工科给事中、吏科都给事中。力与魏党抗争，卒死于狱中。崇祯时，追赠太常卿，谥忠节。

临　江　仙

钱塘怀古①

埋没钱塘歌吹里②，当年却是皇都③。赵家轻掷与强胡④。江山如许大，不用一钱沽⑤。　　只有岳王泉下血⑥，至今泛作西湖。可怜故事眼中无。但供依醉后，囊句付奚奴⑦。

【注释】

①钱塘：今浙江杭州。

②歌吹：歌舞吹奏。

③当年句：指南宋王朝建都临安（杭州）。

④赵家：指赵宋皇室。强胡：指金、元。

⑤江山二句：唐李白《襄阳歌》："清风明月不用一钱买。"词句由此化出。

⑥岳王：指岳飞。岳飞于嘉定四年被追封为鄂王，墓在杭州栖霞岭。

⑦囊句句：奚奴：小奴。李商隐《李长吉小传》："每旦日出，与诸公游，恒从小奚奴，骑跛驴，背一古破锦囊，遇有所得，即书投囊中。"指作诗。

【品评】

词由空间进行构思，由钱塘而引出当日赵宋王室在此建都、歌舞升平，终至灭国之事，并将岳飞冤死之血与西湖之水联系起来，跨越时间界限和事物间实质区别，产生令人触目惊心的效果，让人在古与今之间搭起联系的桥梁，在时事中看到古事的影子，从而抒发词人忧时忧国的“怀古”之情。上片“当年”，下片“至今”，恰恰点出了词人的用意。“轻掷”之词与“江山”二句语含嘲讽与婉惜，有廷对怒吼气象，结篇二句，则愤激而伤心，让人想见词人痛悼国事不可为时的莫可奈何之状。

施绍莘（？—1628？）

字子野，号峰泖浪仙。松江华亭（今上海松江）人（一言浙江嘉兴人）。屡试不第，放浪声色以终。尝营别业于西佘，复移家于泖滨，置三影斋、竹妙斋、秋水庵等诸胜，植松竹桃柳等花卉，与名士隐流往来于三泖、西湖、太湖间。少负俊才，后以词、曲著名。有《花影集》等。

谒金门

春欲去，如梦一庭空絮。墙里秋千人笑语，花飞撩乱处。

无计可留春住，只有断肠诗句。万种消魂多寄与，斜阳天外树。

【品评】

此词写惜春情怀，“如梦”等语，真切传达出惘然若失的情状。然“断肠”所示伤心之深，“万种”所包感慨之多，恐又非惜春一端而已。春，正是一切美好事物的象征，诸如青春年华、美满生活等，而在词中，惜春也未尝没有国事江河日下之痛在内。“墙里秋千”二句，写出于春去无动于衷的另外一种人，故结尾二句只得将愁思寄与斜阳天外树，在立意上，它有世无同类，欲说还休等深层蕴义，在艺术上，它以景结情，情景相融，篇终情绪浑茫，意境悠远，韵味无穷。

陈继儒（1558—1639）

字仲醇，号眉公，又号麋公、麋鹿道人、无名钓徒。华亭（今上海松江）人。诸生。隐居昆山，后筑室东佘山，闭门著述，屡征皆以疾辞。书法苏米，能绘事，工诗善文，短翰小词亦极工致。一生撰述甚丰，辑有《宝颜堂秘笈》，撰有《眉公十种藏书》等。

点 绛 唇

钟鼓沉沉，寺门落叶归僧独。晚鸦初宿，影乱墙头竹。
长啸风前，清簌飞空谷。松如沐，炊烟断续，杯底秋山绿。

【品评】

上片描写僧寺日暮时分的萧索景色，寺门寂静，落叶无声，僧人独自归来，亦悄然如影——无声的佛国，庄严肃穆。下片一开始，即石破天惊，以一声长啸，伴着风声，划破万籁俱寂的暮空，飞过空谷。上片静，下片动；上片是佛界庄严，下片有人间烟火，这二者被构组在一幅画面中，作者到底要表现什么？是僧人心底的生命律动，还是参禅者的最初体验？总之，既然那一声清啸破空而来，我们也只有在各自的心中去体味那段波动了。

孙承宗（1563—1638）

字稚绳。高阳（今属河北）人。万历三十二年（1604）进士第二人及第。授翰林院编修，以左庶子充熹宗日讲官，至兵部尚书。抗清有功，辞归，家居七年，会清兵攻高阳，率家人拒守，城陷殉节。追赠太师，谥文忠。有《孙文忠公词》。

塞　翁　吟

云叶才生雨①，楼外铁马嘶风②，报急水，小河东。飞一箭青骢。倚天剑、破长风浪③，小结画影腾空④。漫道是，长杨词赋⑤，细柳豪雄⑥。　　匆匆。脱跳荡⑦，惊帆辔满⑧；走躞蹀⑨，蟠花带松⑩。有渝海、堪凭洗恨⑪，看今日、蹀血玄菟⑫，痛饮黄龙⑬。鸭江醅发⑭，鹿岛萍开⑮，谁是元功⑯？

【注释】

①云叶：叶状层云。

②铁马：檐下悬挂的马形铁片，风吹发声。也叫风铃、风马儿。

③倚天剑：宋玉《大言赋》："长剑耿介，倚乎天外。"

④结：整理行装。小结谓草草整装。

⑤长杨词赋：长杨：长杨宫，在陕西周至东南，汉扬雄有《长杨赋》。

⑥细柳豪雄：细柳：在陕西咸阳西南细柳营，汉周亚夫于此屯兵备胡，号令严明。

⑦跳荡：阵前突袭破敌。

⑧惊帆：快马名，为曹真所有，以其驰骤如烈风之举帆疾也。见

《古今注·杂注》。

⑨躞（xiè）蹀（dié）：小步行走貌。

⑩蟠花带：马肚腰带。蟠花乃美称。

⑪渝海：渝水，即辽宁大凌河。

⑫蹀血：杀人流血，踏血而行。玄菟：古郡名，汉武帝置，在吉林南境一带。

⑬痛饮黄龙：岳飞尝谓将士曰："直抵黄龙府，与诸君痛饮耳。"黄龙：地名，契丹所置府，辽称黄龙府路。今吉林农安。或言在辽宁开原境内。

⑭鸭江：鸭绿江，出吉林经辽宁，入黄海。以水绿如鸭头而名。醅（pēi）：新酿而未滤的酒。词以江水之绿想到酒。

⑮鹿岛：在辽宁庄河东南海中。

⑯元功：大功绩。

【品评】

这首词由云叶生雨、檐马嘶风起兴，将檐间报风报雨的铁马幻化成风驰电掣、杀敌立功的战马，形象地表达了词人在外族入侵时，誓扫顽敌、"直捣黄龙"的雄心壮志。全词节奏鲜明，境界开阔，倚天剑、破长风浪、腾空、跳荡等意象，或雄奇突兀，或充满张力；渝海洗恨、玄菟蹀血、黄龙痛饮等，也表现出大志愿，令人情绪激昂、眉扬气伸。下片出现五个东北地名、水名，显以暗指满族清人，从而使词具有鲜明的时代特征。

水　龙　吟

平章三十年来[①]，几人合是真豪杰[②]。甘泉烽火[③]，临淮部曲[④]，骨惊心折[⑤]。一老龙钟[⑥]，九扉鱼钥[⑦]，单车狐搰[⑧]。念山河百二[9]，玉镡罢手[10]，都付与，中流楫[11]。　　快得熊罴就列[12]，更双龙陆离光揭[13]。一朝推毂[14]，万方快睹[15]，百年殊绝[16]。玄菟新障[17]，卢龙旧塞[18]，贺兰雄堞[19]。看群公撑住[20]，乾坤大力，了心头血。

【注释】

①平章：评论、评议。

②几人句：宋辛弃疾《水龙吟》："渡江天马南来，几人真是经纶手。"此处用之。合是：真正是，该当是。

③甘泉烽火：甘泉：秦汉宫名，在陕西淳化甘泉山上。据《汉书》载，汉文帝时匈奴十万骑入朝那萧关，遂至彭阳，使骑兵入烧回中宫，烽火及甘泉宫。

④临淮部曲：临淮：西汉郡名。泛指淮河一带。部曲：行伍部队。此句似指南宋时金兵南侵，与宋隔江对峙，淮河一带布满金兵。

⑤骨惊心折：犹言惊心动魄。江淹《别赋》："使人意夺神骇，心折骨惊。"

⑥一老：有德行的人，词中泛指一个老人。龙钟：身体衰惫貌。

⑦九扉：犹言九重天，指代朝廷。鱼钥：鱼形锁钥。古代门上锁常做鱼形。九扉鱼钥：形容人权势极大。

⑧单车：单独一辆车，有单枪匹马义。狐搰（hú）：即狐埋狐搰。相传狐性多疑，埋物地下，旋又挖出以视。比喻做事难成。

⑨百二：《史记·高祖纪》："秦，形胜之国，带河山之险，县（悬）隔千里，持戟百万，秦得百二焉。"一说谓得百中之二，秦地险固，二百人足当诸侯百万；一说得百之二倍，诸侯持戟百万，秦兵当二百万也。形容山河险固。

⑩玉镡（xín）：镡本指刀、剑之柄与刀、剑之身连接处的两旁突出部分，因此喻险要地势。玉镡乃美称。

⑪中流楫：东晋初，祖逖任豫州刺史，渡江北伐苻秦，中流击楫而誓曰："祖逖不能清中原而复济者，有如大江！"比喻决心收复失地的

壮烈气概。

⑫熊罴：二者皆猛兽，以喻勇士。

⑬更双龙句：双龙：代指双剑。《晋书·张华传》载："华补雷焕为丰城令，使掘狱屋基，觅得二剑，一曰龙泉，一曰太阿。二人各佩其一。华诛，剑失；焕卒，其子尝佩剑行延平津，剑忽于腰间跃出，堕水，使人没水取之，不见剑，但见双龙各长数丈，蟠萦有文章，须臾，光彩照人，波浪惊沸，于是失剑。"陆离：形容光彩斑烂绚丽。屈原《离骚》："长余佩之陆离。"

⑭一朝：犹言满朝（文武），而非言时间之"一朝（zhāo）"。推毂（gǔ）：推车前进。喻协助以成事功。

⑮万方：犹言四方。

⑯殊绝：特出，超绝。

⑰玄菟：见前首注。陴（pí）：城上女墙，上有孔穴，可以窥外。

⑱卢龙：古塞名，在河北喜峰口附近一带。

⑲贺兰：山名，旧说在内蒙古阿拉善旗东界，近年新说指河北磁县贺兰山。堞：城上如齿状的矮墙。

⑳群公：指朝中众位大臣。也指万众。

【品评】

这首词为清兵入关而作。上片首二句总评近来人物，认为没有几个人是真正的豪杰。这也是为下文张本。下片，词人从正面立论，陈言只有众人齐力，才能取得天下快睹、超轶百年的不世之功。末三句乃申发总结，希望万众一心，上下合力，挽颓波，撑乾坤，了却心头宏愿。全词正反结合，有立有破，当一篇形势策论看，未尝不可。但它形象鲜明，尤其是多用与战争相关的烽烟、武器、勇士和众多的雄关险隘，气象峥嵘，威力逼人，故并不给人枯燥之感。词中洋溢着强烈的爱国主义激情和赶走外敌的必胜信心，下片一路畅想而下，颇得老杜《闻官军收河南河北》"即从巴峡穿巫峡，便下襄阳向洛阳"遗意，格调高朗，鼓舞人心。

徐石麒（1578—1645）

字宝摩，号虞求。嘉兴（今属浙江）人。天启二年（1622）进士，授工部营缮主事，忤魏党，被诬削籍。崇祯三年（1630）起为南京礼部主事，迁考功郎中，官至刑部尚书，改吏部尚书。遭马士英等排挤，去职回乡。清兵破城，朝服自缢。善画花卉，精制曲，工诗词，有《坦庵词曲六种》《坦庵词三种》。

祝英台近

难后怀蕙庵[1]

雨中山，山下渡，犹是旧时路。指尽征帆，都向日边去[2]。萧萧红蓼西风[3]，白蘋秋水，望岭表苏郎何处[4]？　莫回顾，只有烟雨鸣鸠，惊飞夕阳隖[5]。断刹荒邱，再赋鲍照赋[6]。归来又恐伤心，人非物换[7]，空一座锦城如故[8]。

【注释】

①难后：指清灭明之后。蕙庵：徐宗麟，字慧（一作蕙）庵，江都人，官杭州游击十六关副将。甲申（1644）后隐于西湖。

②日边：指天边极远之处。喻京都附近或帝王左右。

③蓼：草本植物，叶味辛香，花淡红或白色。

④岭表苏郎：本指宋代苏轼，曾谪居岭南，词中指作者朋友蕙庵。

⑤隖（wù）：即“坞”。

⑥鲍照赋：鲍照：刘宋时人，字明远，工诗，为临海王参军，有《芜城赋》。

⑦人非物换：喻国家灭亡。

⑧锦城：本指四川成都，古称锦官城，此泛指城郭。

【品评】

上片以物是人非，写对旧友的怀念，下片以人非物换，在怀友的情感中增加亡国的痛楚。上片是寻友，可是望尽秋风秋水，红蓼白蘋，朋友何处？下片是与朋友的心灵对话：他劝朋友既不在家，就不要归来，归来看到这些断刹荒邱，这幅夕阳烟雨罩空城图，会像他一样伤心的。据蕙庵籍贯及“再赋鲍照赋”等语，此词约写于作者回乡途经扬州时，扬州早已被屠，只剩一座空城。词对秋景、暮景及乱后荒凉之景的描写，渲染了萧瑟、凄惨的情感氛围，“红”“白”二色，在风雨如晦的背景中，尤易伤人心弦。

阮大铖（1587—1646）

字集之，号圆海，一号石巢，又号百子山樵。怀宁（今属安徽安庆）人。万历四十四年（1616）进士。天启时，历任吏科都给事中，附魏党，为士人不齿。魏败，失职。福王时，马士英执政，以兵部侍郎进兵部尚书，专翻魏氏逆案，中外愤怒。清兵渡江，走金华，遭绅士逐，转投方国安，寻降清，后投崖死。颇富文才，所作传奇有《燕子笺》等十种。诗文有《咏怀堂全集》。

减字木兰花

春光渐老，流莺不管人烦恼①。细雨窗纱，深巷清晨卖杏花②。　　眉峰双蹙，画中有个人如玉③。小立檐前，待燕归来始下帘。

【注释】

①流莺：婉转鸣唱的莺鸟。流：谓莺鸣声婉转。

②细雨二句：宋陆游《临安春雨初霁》："小楼一夜听春雨，深巷明朝卖杏花。"此化用其句。

③画中句：陆游《新晴泛舟至近村偶得双鳜而归》："青嶂会为身后冢，扁舟聊作画中人。"词化用之，形容女子貌美。人如玉：亦言其容颜姣好。

【品评】

这首词写法较为独特。它的上片致力于写春光老去的季节景物，写细雨深巷、清晨卖花的窗外世界，是背景描写。下片用特写镜头，写一个女子容貌姣美，眉峰双锁，她小立檐前，待燕子归来才放下窗帘。全词语言不多，画面简单，笔墨也很淡，但读了却给人旨味醇厚之感，仿佛一曲轻音乐，一幅山水小品。“春光渐老”四字，当然可以引导人做这样的臆测：那如画如玉的青春女子是在惜春，是为春之离去而伤感；但也让人感到：她仿佛是为自己的青春年华而伤心，岁月空老，她却深锁闺中。而这又进一步启人思虑：是尚在待字，还是心上人离去？……仿佛是这一切，又仿佛一切都不是。这首小词不用一笔正面描写女主人公的情感心理，却让人产生无穷的遐想，并在这种种想象中，完成各自心灵轨迹的描画。

陈洪绶（1599—1652）

字章侯，号老莲。诸暨（今属浙江）人。明监生。崇祯间，召入供奉为中书舍人。明亡后，自称老迟，或称悔迟、弗迟，混迹浮图，纵酒自放。书法遒逸，善画山水，尤工人物。与北平崔子忠齐名，号南陈北崔。诗有逸致，得朱彝尊、王士禛赏赞。词多清刚之气。有《宝纶堂集》。

菩　萨　蛮

秋风袅袅飘梧叶①，博山炉里沉香热②。绿绮手中弹③，挥弦白雪寒④。　明珠声一串⑤，变作英娥怨⑥。风雨暗潇湘，哀音应指长。

【注释】

①袅袅句：袅袅：吹拂貌。屈原《九歌·湘夫人》："袅袅兮秋风，洞庭波兮木叶下"。此化用之。

②沉香：沉水香，一种珍贵香料，传说出自越南等地。

③绿绮：古代名琴，相传为司马相如所有。

④白雪：古曲调，相传春秋晋师旷作，高雅难懂。宋玉《对楚王问》言有人歌《阳春》《白雪》，国中和者仅数十人。

⑤明珠句：歌声圆润如明珠流转。

⑥英娥怨：舜崩苍梧，二妃娥皇、女英奔哭，泪洒竹上，竹尽斑。

【品评】

简单看，这是一次歌唱演出。上片首句写的是季节，次句写时间

（晚上）及室内小环境，三句写以名琴伴奏，四句写曲调高雅。下片首句方写歌声美妙，次句写自己对歌声的理解和感受，三四句写背景景物。实际上，词人是借他人歌喉抒发自己亡国哀思。“变作英娥怨”五字是全词主题（“英娥怨”实点出“帝崩”）。前此几句安排了秋风、落叶、暗夜、寒冷等意象，并用这些作铺垫，造成先声夺人之势；后此二句由“怨”字伸衍开去，进一步渲染情感气氛，并以“哀”字加深“怨”的程度。它以景起，以景结，且“秋风”与“风雨”照应，首句的典故地点与末尾的“潇湘”相反复，不但扩大了词境，还给人哀怨无限之感。

陈子龙（1608—1647）

字人中，一字卧子，号大樽。华亭（今上海松江）人。崇祯十年（1637）进士，选绍兴推官，擢兵科给事中。清兵入关，上防守要策于南京福王廷，不纳，辞归。南京陷，在松江起兵，败，避山中。后联络太湖义军图事，事泄被捕，投水死。工诗词古文，骈体尤精，词风婉丽。有《湘真阁稿》《白云草庐居稿》等。

诉衷情

春　游

小桃枝下试罗裳，蝶粉斗遗香[1]。玉轮碾平芳草[2]，半面恼红妆[3]。　风乍暖，日初长，袅垂杨。一双舞燕，万点飞花，满地斜阳。

【注释】

①蝶粉：李商隐《酬崔八早梅有赠兼示之作》诗："何处拂胸资蝶粉"。

②玉轮：装饰华美的车子。

③半面恼红妆：《南史》载梁元帝眇一目，徐妃每以半面妆俟之，帝见则大怒去。

【品评】

上片记游，以小桃枝、蝶粉、玉轮等衬托人。下片写游中所历春景：时间已是暮春，风暖日长，垂杨袅袅，花正飘谢，飞红万点，在斜阳中洒落。下片不写人，却将人惜花惜春的情感神态刻画了出来。词末写花落，本属伤心之事，词人却安排一个阔大的场面，并用满地夕阳作为衬托，使之极哀艳悲壮，所谓“以哀景写乐，以乐景写哀，一倍增其哀乐”，颇得艺术辩证法三昧。

谒　金　门

五　月　雨

莺啼处，摇荡一天疏雨。极目平芜人尽去[①]，断红明碧树[②]。　　费得炉烟无数，只有轻寒难度。忽见西楼花影露[③]，弄晴催薄暮[④]。

【注释】

①平芜：杂草繁茂的原野。

②断红：飘零的花瓣。

③影：指前文所说的莺鸟等。

④弄晴：禽鸟初晴时鸣啭、戏耍。

【品评】

词从室中人的角度，描写五月天气的特点及一场疏雨刚下便晴的经过。上片写雨来情景：莺鸟正啼，忽然一天疏雨落下来，外面的人全部避雨走了，只有残花还留在树上。下片首二句写雨时室内轻寒难度，烧了许多火也没用。过了一段时间，雨停了，黄莺鸟的身影忽然在西楼出现，它又欢快地叫起来。而这时，天也快黑了。这首小词撷取日常生活中富有戏剧性的一段，情味浓厚，情趣盎然，而意境飘渺滃宕，用笔灵活轻快。

唐　多　令

寒　　食①

碧草带芳林②，寒塘涨水深，五更风雨断遥岑③。雨下飞花花上泪，吹不去，两难禁。　　双缕绣盘金④，平沙油壁侵⑤，宫人斜外柳阴阴⑥。回首西陵松柏路，肠断也，结同心⑦。

【注释】

①寒食：节令名。

②芳林：春天的树林。

③遥岑：远山。岑：高而小的山。

④双缕绣盘金：大概是两面都用金线刺绣的缕衣。盘金：用金线在绣品图案上再加工。

⑤油壁：用油漆彩饰的车子，多为妇女所乘。

⑥宫人斜：古代宫人的墓地。唐刘威、陆龟蒙等人有《宫人斜》诗。

⑦回首三句：古乐府《钱塘苏小歌》："何处结同心，西陵松柏下"。词用之。西陵：即南朝齐钱塘名妓苏小小的墓。松柏路：古人多于墓地种松柏，以其能历久长存。

【品评】

这首词极力摹写寒食日风雨不住、寒塘水深那样一种湿漉漉、沉甸甸、冷惨惨的环境景物和人的心理感受，并巧妙地通过花，将雨水与泪水滴洒在一处，以"两难禁"三字收尾。上片写雨水，同时开启下片写泪水。而雨水和泪水以及围绕二者所构成的种种意象，实际上又都是为了渲染那种哀伤悲痛的氛围，以表达深深的凭吊之情。而凭吊不一定实有其事，心祭也是一种寄托方式。词末的“肠断也”，表示伤痛之深，“结同心”，表示忠爱之诚。以凄艳的色彩，写悲伤之情，以男女“同心”感念亡国，深得《离骚》“香草美人”笔意。

画　堂　春

雨中杏花

轻阴池馆水平桥，一番弄雨花梢。微寒著处不胜娇，此际魂销。　　忆昔青门堤外①，粉香零乱朝朝。玉颜寂寞淡红飘②，无那今宵③！

【注释】

①青门：汉长安城东南门，本名霸城门，以其色青，俗呼为青门。代指京城。

②玉颜：指杏花。

③无那：即无奈。那是“奈何”的急读。

【品评】

此词写杏花在风雨的摧打下，一幅娇弱欲绝的模样，这令人联想起一向柔弱的女性，想起白居易《长恨歌》中“梨花一枝春带雨”式的杨贵妃，进而想到遭受外势力侵害的一切美好事物，并引起人对这雨中杏花的同情，对那风雨的痛恨。而词的下片，作者由此处雨中杏花，联想起往昔京城郊外正在飘谢的杏花，这无疑为我们提供了新的解读导向。晚唐李商隐在外任期间，所作的咏柳诗中，常由眼前柳的不如意处境回想到京城柳的春风得意，对此词作者特意拈出“青门”，似也可作如此对待。所不同者，义山是渴望回到京城，得到重任，此词作者则是想起了往昔那段不堪回首的京城浩劫；义山柳诗充满欣羡和渴望，此词则充满痛苦和悲伤。词中的杏花，属于悲壮美之列。

山 花 子

春 恨

杨柳迷离晓雾中[①]，杏花零落五更钟。寂寂景阳宫外月[②]，照残红。　　蝶化彩衣金缕尽[③]，虫衔画粉玉楼空[④]。惟有无情双燕子，舞东风。

【注释】

①迷离：模糊。

②景阳宫：南朝宫殿，在南京玄武湖畔。齐武帝以宫深不闻端门鼓漏声，置钟于景阳楼上，宫人闻钟声，早起装饰。

③蝶化彩衣：《罗浮山志》：“山有蝴蝶洞，在云峰岩下，古木丛生，四时出彩蝶，世传葛仙遗衣所化。”词本此。

④虫：飞鸟。古人称禽为羽虫。画粉：白垩。玉楼：装饰华丽的楼房，喻宫殿。

【品评】

题曰“春恨”，实为凭吊明末南京小朝廷而作。上片以夜月为背景，写景阳宫一带杨柳迷离，杏花零落，春夜寂寂，一派花落春去景象，这是表面之“恨”。下片写白日景阳宫之景：蝴蝶翩翩，飞禽忙碌，双燕飞舞。但词人巧妙地由彩蝶引出蝶化彩衣的神话传说，并将彩衣与昔时官人的金缕衣重迭，“彩衣”在，金缕尽，怎能不让人伤悲！“虫衔”句也是以飞禽的忙碌反衬人亡楼空；而燕子呢，春天已去，它们却在兴奋地舞蹈，则又是以燕之无情反衬人之多情。上片以花之

“无”写春去，下片以他物之“有”反衬春之去，同时暗写人之无，上静下动，动静相兼，从而将春去之恨与国亡之恨同时写出。陈廷焯《白雨斋词话》评云：“凄丽近南唐二主，词意亦哀以思矣”（卷三），亦着眼于“春恨”的象征意义。

少 年 游

春 情

满庭清露浸花明，携手月中行。玉枕寒深[①]，冰绡香浅[②]，无计与多情。　　奈他先滴离时泪，禁得梦难成。半晌欢娱[③]，几分憔悴，重叠到三更。

【注释】

①玉枕：玉制枕。相传是帝辛与妲己同用之物。见王嘉《拾遗记》七。泛指精美之枕。

②冰绡：薄而洁白的丝绸。

③半晌：犹言片时。

【品评】

这首词词境优美，景物明丽，所写又是少年男女的情爱，故颇为动人。它不但写了朦胧的月景，宜人的室内摆设和衣饰，还刻画出了小儿女会、别时的种种情态和心理：与所爱携手步月，令其无比愉悦，竟疑为是在月中行走；正在欢愉中，想到马上就要到来的离别，她不禁先洒下泪水；他忍受不了那泪水的侵扰，却不说出，而嗔怪她使得他的美梦做不成……总之，词将实境、幻境合糅一处，通过喜、乐、嗔、怨几种情感体验，以主人公自己的声、口较为真实地传达了小儿女相爱时独特而微妙的心理。前人评曰：“朦胧宕折”（邹祗谟语），所言不虚。

浣　溪　沙

杨　　花

百尺章台撩乱飞[1]，重重帘幕弄春晖。怜他飘泊奈他飞。
淡日滚残花影下，软风吹送玉楼西。天涯心事少人知。

【注释】

①章台：汉长安城中街道名。多种杨柳，为歌楼舞馆所在地。

【品评】

这首词咏杨花。它抓住杨花在春光中撩乱飞舞，嬉弄晴晖，而终于逃脱不了漂泊天涯的悲苦命运这一特点，宛然塑造了一个“章台柳”的悲剧形象，赋予它“心事”的人格力量，并通过“怜”“奈”“少人知”等，表示作者的同情之心。而这一切又不露痕迹，阅读者自可做出许多种感受和认读，所谓“不著色相，咏物神境”（王士禛评）是也。

点　绛　唇

春日风雨有感

满眼韶华[1]，东风惯是吹红去。几番烟雾，只有花难护。
梦里相思，故国王孙路[2]。春无主。杜鹃啼处，泪染胭脂雨[3]。

【注释】

①韶华：春光，美好时光。

②故国句：刘宋谢灵运《悲哉行》："萋萋春草生，王孙游有情。"又，杜甫《哀王孙》："可怜王孙泣路隅"。

③杜鹃二句：相传蜀帝杜宇失国，魄化为杜鹃，泣血哀鸣，见《华阳国志》。白居易《琵琶行》："杜鹃泣血猿哀鸣"，词暗用之。泪染句：谓血泪染红了雨水。胭脂：红色化妆品，代指红色。

【品评】

这首词采用象征和意象重迭手法，由花在风雨中飘零，引出乱世中王孙末路；将雨水与泪水，落红与泣血，叠映在一起，在"春无主"的怅惘、遗憾中，融入亡国的哀思。词中，风雨如晦、烟雾迷濛、梦境惝恍，营造出一个梦幻般的境界，形象地传达了词人哀伤若毁的情感状态。"满眼""惯是""几番""只有"，含着种种叹惋和失意，"春无主"三字几成无边的感喟，"胭脂雨"本指落红混和着雨水，于词中又指杜鹃所啼之血，一词二义，而悲伤更加深沉。

二　郎　神

清明感旧

韶光有几①？催遍莺歌燕舞②。酝酿一番春，秾李夭桃娇妒③。东君无主④。多少红颜天上落⑤，总添了数抔黄土⑥。最恨是年年芳草，不管江山如许。　何处。当年此日，柳堤花墅。内家妆⑦，搴帷生一笑，驰宝马汉家陵墓⑧。玉雁金鱼谁借问⑨，定令我伤今吊古。叹绣岭宫前⑩，野老吞声⑪，漫天风雨。

【注释】

①韶光：春光。

②莺歌燕舞：莺啼如歌，燕飞若舞。喻春光明媚，万物欢悦。

③秾李夭桃：指桃李开得秾艳茂盛。

④东君：司春之神。

⑤红颜：代指花。又指美女。

⑥数抔黄土：指几处坟墓。抔：用手捧。后遂以一抔土称坟墓。

⑦内家妆：指宫内的妆饰式样。内家：指皇宫、宫廷。

⑧宝马：名贵的骏马。汉家：汉朝。这里暗指明代。

⑨玉雁金鱼：大约是指金、玉做成的雁形、鱼形首饰，宫人生时戴，死时陪葬。

⑩绣岭宫：唐宫名。故址在今河南陕县，唐高宗显庆三年（658）建。词中代指明故宫。

⑪野老吞声：唐杜甫《哀江头》："杜陵野老吞声哭"，词用之，并以"野老"自称。

【品评】

清明时节，祭墓时候。百花零落，红惨绿愁。更何况花下墓中，掩埋着如花的宫女。透过那抔抔黄土，词人仿佛看见她们，她们仍是当日内家妆束，乘着香车宝马，搴帷一笑，驰向皇家陵墓……这首词运用了作者常用的象征衬托手法，以花之零落，象征宫女之死亡。同时，词人又展开浪漫主义想象，活现出宫女当日的精神态度，堪与上片写花开时之"秾李夭桃娇妒"媲美，得映照之法。而千娇百媚的宫女们竟以粲然之笑迎接死神，堪称神奇之笔。题中所谓"感旧"即是感怀宫女们当日殉国的一幕，"东君无主""不管江山如许""伤今吊古"云云，都是为明朝之覆亡而嗟悼。词的上下片均以问句开头，突兀而来，正见出心怀激荡。结尾处，迁恨于芳草的无情年年绿，一以吞声无语面对漫天风雨，含有不尽之思，而意境阔远，余韵悠长。

方以智（？—1670？）

字密之，号鹿起。桐城（今属安徽）人。崇祯十三年（1640）进士，授检讨。明亡，流落岭表，改名弘智，字无可，一字愚者，号药地。后为桂王右中允，擢侍讲学士，拜礼部侍郎东阁大学士，罢相，屡征不起，后为僧。与陈贞慧、冒襄、侯方域并称“明季四公子”。博涉多通，精于考据。有《通雅》《物理小识》《稽古堂文集》等。

忆秦娥

花似雪，东风夜扫苏堤月[①]。苏堤月，香销南国，几回圆缺。　　钱塘江上潮声歇，江边杨柳谁攀折[②]。谁攀折，西陵渡口[③]，古今离别。

【注释】

①苏堤：在杭州西湖，北宋元祐年间苏轼知杭州时所筑。为西湖名胜之一。

②江边句：古人折杨柳以赠别，见《三辅黄图·桥》。

③西陵渡：即西兴渡，在浙江萧山西。宋苏轼《八声甘州·寄参寥子》：“问钱塘江上，西兴浦口，几度斜晖？不用思量今古，俯仰昔人非。”此多从苏词化出。

【品评】

此词由东坡《八声甘州·寄参寥子》化出，而反用其意，它通过西湖一带自然景观的变化，表达作者身世之恨和家国之悲。此词出现风、花、雪、月、柳等极柔婉意象，和香销、（月）圆缺、攀折、离别等极易令人心软情弱之事，但实际上，“东风夜扫苏堤月”，暗示美好事物横遭破坏；“钱塘江上潮声歇”，存在着乾坤倒转式的大力，“江边杨柳”云云，也是对千古“规则”的违背，由于增加了许多“负面的力度”，所以，这首词的情调变得沉痛、悲愤。

浪淘沙

示陈涉江①

风起恨青霄②，堆砌无聊③。乱红催语肯相饶④。九十春光留不住⑤，只在今朝。　旧泪洒横桥⑥，那更吹箫⑦？一声断处血难消。夜半子规啼不尽⑧，只见花飘。

【注释】

①陈涉江：未详。

②青霄：青天、高空。喻帝都、朝廷。

③堆砌无聊：谓无聊甚多。

④肯：不肯。

⑤九十春光：指整个春天（三个月，九十日）。

⑥横桥：古桥名。秦建于长安附近渭水上，唐后毁。此处泛指桥梁。

⑦吹箫：吹奏箫管。

⑧子规：即杜鹃，又叫杜宇。

【品评】

方以智博览群书，以儒雅为世人推重。入清后，削发为僧，不屈事新朝、自污名节。是词上片写春景。首二句以“无聊”一词喻世之争斗，有禅家超然心境。下三句只是说春景，字字无不话凄凉。下片述愁意。“一声断处血难消”，以凄厉之音振起，而结以“只见花飘”，大出人想像之外，笔力恣肆，玄机难测。通观全词，水流花谢之中寓禅心剑气，自具一种风味。

归庄（1613—1673）

一名祚明，字玄恭，号恒轩，又号归妹、普明头陀、鏖钜山人等。昆山（今属江苏）人。明诸生，复社成员。明亡，奔走山泽间，以恢复为事。晚年寄食僧舍。性好奇，与邑人顾炎武之怪齐名。善书画，工文辞，著《万古愁》曲子，全祖望以为“盖《离骚》《天问》一种手笔”。有《恒轩集》等。

锦 堂 春

燕 子 矶[1]

半壁横江矗起，一舟载雨孤行。凭空怒浪兼天涌[2]，不尽六朝声。　　隔岸荒云远断，绕矶小树微明。旧时燕子还飞否[3]？今古不胜情。

【注释】

①燕子矶：在江苏南京附近观音山上。以其俯瞰大江，形如飞燕而名。

②凭空句：杜甫《秋兴八首》之一“江间波浪兼天涌”，词化用之。

③旧时句：唐刘禹锡《乌衣巷》：“旧时王谢堂前燕，飞入寻常百姓家。”词由此出。又《水经注》记载有石燕山，石燕于雷风天群飞。

【品评】

上片由燕子矶俯瞰大江，描写江上波浪滔滔、铺天横江之景，下片回目燕子矶，结合石燕群飞的传说和刘禹锡《乌衣巷》诗，抒发江山易主的感慨。词中，怒浪意象极富阳刚之美，“载雨孤行”潜含着不畏艰险、奋勇向前的人格象征意义。“不尽六朝声”，由浪声引渡出六朝的繁华热烈声，从而由空间描写进入时光追溯，在今古声音的错觉中完成主题变奏。下片“旧时燕子”一句乘势由燕子矶的形状联想到石燕飞的神话传说，由燕飞再过渡到“旧时燕子（王谢堂前燕）”的易代不同，一线绾系现实、传说、古代，“今古不胜情”顺势作结，使全词成功地表达了作者面对美好江山所涌起的沧桑巨变的动荡情怀。

叶小鸾（1616—1632）

字琼章，一字瑶期。吴江（今属江苏）人。叶绍袁、沈宜修季女。年十七，字昆山张氏，未嫁而卒。早聪慧，四岁诵《离骚》，七岁能为对。善书法，工诗。有《疏香阁遗集》。

南　歌　子

门掩瑶琴静，窗消画卷闲。半庭香雾绕阑干，一带淡烟红树隔楼看。　　云散青天瘦，风来翠袖寒。嫦娥眉又小檀弯[1]，照得满阶花影只难攀。

【注释】

①嫦娥：代指月。檀：浅红色。女子用以晕眉。此代指月晕。弯：指月初或月末的弦月。

【品评】

此词写秋夜景色，随观察视线的移动，而变换景致及感受。首二句写室内，突出“静”“闲”，是近视。次二句写庭中和隔楼之物，“香”“红”写得真切，属远望。下片前三句将目光移向高空，分写云、天、风及月本身，“小檀弯”则包括大小、颜色、形状三事，形象地刻画了秋月的变化多姿，同时启下。“寒”字一片冷意，“瘦”字比较独特，大概祖述老杜“日瘦气凄惨”（《垂老别》）。眼前庭院的台阶，兼以月影写月。全词扣住“月”字写秋夜美景，及自己独自赏月的心绪感受，意境清新，音调和雅，具有多情女词人特有的细腻、谐婉的风格。

王夫之（1619—1692）

字而农，号姜斋。居衡阳之石船山，学者称船山先生。湖南衡阳人。明崇祯十五年（1642）举人。曾起兵抗清，任南明桂王行人之职。兵败隐居著述四十年。有《船山遗书》。其词收在《鼓棹》初、二集与《潇湘怨》中，共274首。

更　漏　子

斜月横，疏星炯[1]，不道秋宵真永[2]。声缓缓，滴泠泠，双眸未易扃[3]。　霜叶坠，幽虫絮[4]，薄酒何曾得醉！天下事，少年心，分明点点深。

【注释】

①炯：光亮。
②永：指时间长。
③眸：眼睛。扃：闭上。
④絮：言语叨絮。

【品评】

王夫之从瞿式耜抗清失败后，遂隐居著述，成为开有清一代学风的著名学者。是词反映了他作为学者冷峻而深思的一面。虽有深沉的亡国哀思而以平淡语出之，尽量不显露自己的感情，与一般遗民词的伤感有别，可称百炼钢化为绕指柔。结三句直叙自己的人生态度，令人振起。使我们想起“六经责我开生面，七尺从天乞活埋”的船山先生是如何默默地准备着。

张煌言（1620—1664）

字玄箸，号苍水。鄞县（今浙江宁波）人。崇祯十五年（1642）举人。1645年在浙东抗清，官至权兵部尚书。1659年与郑成功合兵围南京，克皖二十余城。兵败后退居悬嶴岛，被俘不屈而死。有《张苍水集》。词名《张尚书词》。

柳　梢　青

锦样山河①，何人坏了，雨嶂烟峦②。故苑莺花③，旧家燕子④，一例阑珊⑤。　此身付与天顽⑥。休更问、秦关汉关⑦。白发镜中，青萍匣里⑧，和泪相看。

【注释】

①锦样山河：河山如锦绣一样美丽。

②雨嶂烟峦：一作“雨锁烟环”。

③莺花：一作“莺雏”。

④旧家燕子：刘禹锡《乌衣巷》：“旧时王谢堂前燕，飞入寻常百姓家。”

⑤阑珊：衰落。

⑥天顽：老天。顽：“心不则德义之经为顽”（《书·尧典》传）。或言天顽乃自谦之辞，言自己天赋愚顽，不能顺从时势。

⑦秦关汉关：泛指边关。

⑧青萍：宝剑名。《抱朴子·博喻》：“青萍、豪曹，剡锋之精绝也”。

【品评】

这首词抒发了词人深沉的亡国之痛，表现其岁月空老而不能挥剑杀敌的悲愤情感。词的开头，就出现一个问句，情绪强烈，直有问罪权奸之意。“锦样”三句，实即“何人坏了锦样山河……”句式的倒置，流露出词人对大好河山的热爱之情。“故苑莺花”三句，以举目凋零的春景，象征国家的破灭，语意沉痛。下片转头二句乃愤激之语，言国破后自身难安，哪里还能过问这山河是秦关还是汉关。称“天”为“顽”，见出词人心中的激荡不平。末三句进一步写自己衰老无力，只能和泪拭剑的悲惨处境。全词颇有南宋抗战派词人辛弃疾《清平乐》词“布被秋宵梦觉，眼前万里江山”之境，而“青萍匣里”二句，亦与“醉里挑灯看剑”（《破阵子》）同一悲愤。

满　江　红

萧瑟风云，埋没尽、英雄本色。最发指①，驼酥羊酪②，故宫旧阙。青山未筑祁连冢③，沧海犹衔精卫石④。又谁知、铁马也郎当⑤，雕弓折⑥！　谁讨贼？颜卿檄⑦；谁抗虏？苏卿节⑧。拚三台坠紫⑨，九京藏碧⑩。燕语呢喃新旧雨，雁声嘹唳兴亡月。怕他年、西台恸哭人⑪，泪成血。

【注释】

①发指：头发竖起，形容愤怒之至。

②驼酥羊酪：本为北方一些民族的食物饮料。代指清军。

③祁连冢：汉霍去病破昆邪于祁连山，令卒后墓冢像祁连山以旌功。

④沧海句：传说炎帝少女女娃游于东海而溺死，化为精卫鸟，常衔

西山木石以填海。见《山海经·北山经》等。

⑤铁马：披甲的战马。代指精锐骑兵。郎当：破败，混乱，词中指失败。

⑥雕弓：刻画有文彩的弓。折：断折。

⑦颜卿檄：唐颜真卿，京兆万年人，安禄山反，真卿时为平原太守，倡义传檄讨伐叛贼。

⑧苏卿节：汉苏武，武帝时为中郎将，使单于，被拘留，坚不降，持汉节牧羊十九年。

⑨拚（pān）：舍弃。俗言豁出去。三台：汉官制，尚书为中台，御史为宪台，谒者为外台，是为三台。紫：紫衣，紫袍，古时公卿大夫等贵者所服，为显贵者的标记。三台坠紫即言被罢官。

⑩九京：九原，晋卿大夫之墓。藏碧：《庄子·外物》："伍员沉于江，苌弘死于蜀，藏其血，三年而化为碧。"指大臣遭谗而冤死。

⑪西台恸哭：西台，在浙江富春山严子陵垂钓处，与东台对，各高数十丈。元初，宋遗民谢翱曾登西台设文天祥神位于亭隅，再拜号哭，并写有《西台恸哭记》。词指痛哭明亡。

【品评】

此词大约作于某次重大军事行动之后，可能是指郑成功兵败。词的上片，感叹在险恶的形势下，英雄失却本色。清兵占领故宫，腥膻遍地，令人发指。自己未能建功立业，反要衔负亡国之恨。层次分明，而悲伤的情绪则逐层增加，越来越浓。下片一开头，词人就禁不住大声呼唤，呼唤时代的英雄，呼唤本朝的颜真卿、苏武能够站出来，去与敌人抗争，去豁出官爵性命，可是，回答词人这呼唤的，只有燕子在风雨中的呢喃声，只有夜雁在寒月中的凄鸣声。——词境至此，词人的失望已至绝望，词的悲伤情绪也无以复加了。结尾处，词人以西台恸哭人自称，言他年自己若作西台恸哭，哭出来的恐怕是血而不是泪了。与上片的逐层失望不同，下片则有个起伏，"谁讨贼"六句，字少句短，语气急促，大声镗鞳，振奋人的斗志，是为起，而这起，实为接下去的

“伏”做反衬，使悲哀之情反跌得愈烈。这样，词的情感抒发显得抑扬有致，给人回肠荡气之感。

屈大均（1630？—1697）

初名绍隆，字翁山，又字介子，番禺（今属广东）人。明末诸生，明亡后出家，名今种，字一灵，一字骚余。中年返初服，改今名。早年北走燕赵，有复明之志。后读书祁氏寓山园，五月不下楼。复游吴、秦，与李因笃等交。性豪纵。工诗，长于描写山林边塞景物，以五言近体出名，与陈恭尹、梁佩兰号“岭南三大家”。有《九歌草堂集》。

长亭怨

与李天生冬夜宿雁门关作①

记烧烛雁门高处。积雪封城，冻云迷路②。添尽香煤③，紫貂相拥夜深语。苦寒如许④。难和尔，凄凉句。一片望乡愁，饮不醉，垆头驼乳⑤。　　无处。问长城旧主。但见武灵遗墓⑥。沙飞似箭，乱穿向草中狐兔。那能使口北关南，更重作并州门户⑦。且莫吊沙场，收拾秦弓归去⑧。

【注释】

①李天生：李因笃，字天生，富平人，明末诸生。雁门关：在山西代县北，自古戍守重地。

②冻云：下雪前积聚的阴云。

③香煤：古时妇女画眉用品，词中借指煤炭。

④苦寒：严寒。

⑤垆：酒店安放酒瓮、酒坛的土台子，垆头代指酒店。驼乳：北方少数民族的一种饮料。

⑥武灵遗墓：战国时赵武灵王，名雍，曾胡服骑射以教百姓，扩地北至燕代，西至云中九原。其墓在沙邱（今河北平乡东北）。

⑦并州：古九州之一，约当今河北保定、正定，山西太原、大同一带。

⑧秦弓：秦地有南山所产檀柘，可作弓干。

【品评】

上片描写严冬苦寒情景及双方添灯夜语、饮乳唱和情事，下片由雁门一带的史迹自然引出对当时国势的慨叹。“积雪封城”二句，写尽自然界峥嵘之状，“烧烛雁门高处”则以黑夜中的一点光明凸现主人公斗寒抗冷的形象，“沙飞似箭”数句暗示清军南侵、长城无主的严峻事态。结尾二句，出现秦弓意象，似有坚持斗争之志。全词大气磅礴，纵横捭阖，颇有力度。

梦　江　南四首

一

悲落叶，叶落落当春。岁岁叶飞还有叶，年年人去更无人。红带泪痕新[①]。

【注释】

①红带：红色衣带。

【品评】

这首词发挥唐代刘希夷《代悲白头翁》“年年岁岁花相似，岁岁年年人不同”诗意，见落叶而兴悲，以叶飞还有叶，反衬人去更无人，表达出对生命逝去的悲痛之情。唯其中“叶落落当春”一句，所指特别，又隐约含有青春早逝的情事。这首词情调较低，但哀婉艳丽，凄恻感人。

二

悲落叶，叶落绝归期。纵使归来花满树，新枝不是旧时枝。且逐水流迟。

【品评】

此词仍以悲落叶起兴，但与上首不同的是，它复以叶落之悲为主题，表达一种永无希望的绝望之情。“纵使”二句，让人联想到中唐韩翃《章台柳》的“纵使长条似旧垂，也应攀折他人手”，或晚唐杜牧《怅诗》的“绿叶成阴子满枝”之类，含有无穷的惆怅。而在结构上，它起了蓄势作用，使“绝归”之悲更加深沉。结尾处，“‘且逐水流迟’五字，含有无限凄惋，令人不忍寻味，却又不容已于寻味”（况周颐《蕙风词话》）。

三

清泪好，点点似珠匀[①]。蛱蝶多情元凤子[②]，鸳鸯恩重是花神，恁得不相亲[③]。

【注释】

①清泪二句：暗用鲛人泣珠典。晋张华《博物志》载：南海水底有鲛人，不废织绩，眼能泣珠。尝从水中出，寓人家累日，卖绢将去，从主人索一器，泣而成珠满盘，以与主人。

②蛱蝶：蝴蝶。凤子：崔豹《古今注》：“蝶一名凤子，一名凤车。”

③恁（nèn）得：怎（么）能。

【品评】

此词描写（追忆）洒泪而别的情景，并由洒泪引出双方相亲相得的情感，中间出以具体的蛱蝶、鸳鸯意象，象征双方相爱之深，末句又用反问语气增加程度。全词不言“苦”，只是用“情”“恩”“亲”把爱的基础加了又加，从而就写足了“苦”的韵味。

四

红茉莉，穿作一花梳①。金缕抽残蝴蝶茧②，钗头立尽凤凰雏③，肯忆故人姝④？

【注释】

①穿作一花梳：指用茉莉花穿成串，插在头上。宋姜夔《好事近·赋茉莉》：“朝来碧缕放长穿，钗头墨层玉。”可参看。

②金缕：代指线缕。蝴蝶茧：代指茧。

③钗头句：谓钗饰是小凤凰形状。

④肯忆句：肯忆，还想到吗？姝：美好；美女。

【品评】

前首从相亲之深写相离之苦，此首则以容颜之美写相思之切，笔触很不相同。在写法上，前首写相亲以蛱蝶、鸳鸯作象征比喻，此首写美貌则用首饰妆束作烘云托月的衬托，同时，出现“红”“金”之字，和“蝴蝶”“凤凰雏”纯修饰性的词语，浓墨重彩，以渲染效果。虽都结以问句，前首反诘中带着气势，此首疑问中透出伤心和迷惘。写法不同，而各臻其胜。

这四首词颇似义山无题诗，读来给人扑朔迷离之感。倘把四首当作一个整体系列欣赏，似可得出另外的理解：它们以女主人公口吻，写她正当妙年之时，无端遭抛弃，被迫像一片落叶一样离开。第一首总写离开所爱时的痛苦心情，次首写她自感回归无望，即使回来，一切恐怕也会变成另外一副样子。第三首写她追忆双方相亲相得的好时光，希望从情感上打动对方，第四首重申自己容颜姣好，期待自己的美貌能让对方回心转意。四首词，如四幅小图，形象展示了主人公别离时的心路历程。从这方面看，它又像《诗·邶·谷风》。

当然，若孤立每一首词，人们将得到各不相同的解读。这也是符合艺术欣赏规律的。

潇　湘　神选一

零　陵　作[①]

潇水流[②]。湘水流[③]。三闾愁接二妃愁[④]。潇碧湘蓝虽两色，鸳鸯总作一天秋[⑤]。

【注释】

①零陵：今属湖南。

②潇水：在湖南，源出九嶷山，北流零陵入湘水。

③湘水：湖南最大河流，发源于广西海阳山，入湖南至零陵与潇水汇合，称潇湘。

④三闾：战国楚屈原曾任三闾大夫，故以三闾指屈原。二妃：娥皇、女英，传说中尧的女儿，舜妃，舜南巡崩于苍梧，二妃哭奔，渡湘水而溺焉。

⑤鸳鸯：鸟类，雌雄偶居不离，人以比夫妇。秋：飞貌。

【品评】

此词从空间进行构思，由潇、湘二水逗出屈原忠而被毁的千古之冤，以及娥皇、女英二妃忠情于舜的爱情美谈。正如潇之为湘衬一样，屈原之冤在词中只是烘托、渲染悲愁的氛围，词的主意在于爱情的忠贞和坚定。“鸳鸯”句把相爱不分离的情鸟形象以“特写”镜头放大到整个空间，并弥漫开来，从而演化出超越时间限制的爱情永恒的真理寓言。词中，多次出现“水”字或“水”旁字，两次使用“愁”字，“碧”“蓝”也与特定的水色及情感底色一致，故全词笼罩在一片凄婉动人的悲剧气氛中，给人无穷的美感享受。

夏完淳（1631—1647）

原名复，字存古。华亭（今上海松江）人。十五岁随父允彝起兵抗清，允彝兵败自杀，他与陈子龙继续奔走抵抗。受鲁王封为中书舍人。陈子龙被杀，他被拘至南京，洪承畴因其年幼，欲为开脱，他痛骂不已，从容就义。七岁能诗文，诗词悲壮慷慨。有《大哀赋》《玉樊堂词》《夏内史集》等。

卜　算　子

秋色到空闺，夜扫梧桐叶。谁料同心结不成①，翻就相思结②。　　十二玉阑干③，风有灯明灭④。立尽黄昏泪几行，一片鸦啼月。

【注释】

①同心结：以锦带制成的菱形连环回文结，表恩爱绸缪之义。

②翻：反，反倒。

③十二玉阑干：指曲曲折折的栏干。十二：言其曲折之多。玉乃美称。

④明灭：时隐时现，忽明忽暗。

【品评】

此为闺怨词。首句“秋色到空闺”有笼罩全篇之势。“秋”与下文夜、黄昏、月（色）的背景气氛相一致，也与梧桐叶、玉阑干、灯等景物的色调相吻合，从而渲染出充满冷意的情感空间。“空”字为一篇词“眼”，因为闺空才发现到秋色，感受到秋意才有立尽黄昏、倚遍十二阑干，泣泪直到鸦啼月上。“谁料”二句，写女主人公的内心活动，乃“怨”之所在，而语言上，巧妙地运用“结”字传情，由“同心”而至“相思”，极自然、精工。下片的种种情状，实为“相思”二字的展开。这首词写的是传统题材，词人能够匠心独运，却不给人陈旧之感。有人以为“泪几行”云云，有国破家亡的身世之感在内，似略显穿凿。

鱼游春水

春　暮

离愁心上住[①]，卷尽重帘推不去。帘前青草，又送一番愁句[②]。凤楼人远箫如梦[③]，鸳枕诗成机不语[④]。两地相思，半林烟树。　　犹忆那回去路，暗浴双鸥催晓渡。天涯几度书回，又逢春暮。流莺已为啼鹃妒[⑤]，蝴蝶更禁丝雨误[⑥]。十二时中[⑦]，情怀无数。

【注释】

①离愁：别离的愁恨。

②帘前二句：李煜《清平乐》：“离恨恰如春草，更行更远还生。”此本李词。句：一作“绪”。

③凤楼句：传说秦穆公时有萧史善吹箫，公女弄玉好之。公以弄玉妻之，遂教弄玉作凤鸣，吹似凤声，凤凰来止，为作凤台，后二人随凤飞去，见《列仙传》。词用此典。凤楼：专指妇女居处。

④鸳枕：即鸳鸯枕，绣着鸳鸯的枕头，为夫妻合用。机：指织机。枕：一作“锦”。

⑤流莺：莺鸟，流谓其鸣声圆转。

⑥丝雨：细雨。

⑦十二时：指一日。

【品评】

题曰《春暮》，而对暮春景物的描写仅有青草、半林烟树，及下片“流莺”二句，词的主体是由春恨衬托着写离愁。“愁”本虚幻，在词中，它却仿佛有质有形，它是如此之多之重，以致一开篇，词人就将它搬来横亘在人的眼前。它长住在主人公心头。她卷尽重帘想把它推出去，可不但不能，反而因窗口青草的出现，又使它加重了份量。词的末尾，以“情怀无数”四字，打住了男主人公的思绪，仍给人“意犹未尽”之感。这首词以男女双方“心灵对话”的形式，写暮春时节小儿女的异地相思，声态宛然，生动感人。结合词人经历看，此词当为代言体，但开篇二句以实写虚，“犹忆”二句坐虚为实，都富有情趣。

婆罗门引

春尽夜

晚鸦飞去，一枝花影送黄昏。春归不阻重门。辞却江南三月，何处梦堪温。更阶前新绿[①]，空锁芳尘[②]。　　随风摇曳云。不须兰棹朱轮[③]。只有梧桐枝上，留得三分。多情皓魄[④]，怕明宵还照旧钗痕。登楼望，柳外销魂。

【注释】

①新绿：嫩绿色。

②芳尘：尘。芳乃美称。

③兰棹：兰舟。朱轮：本高官所乘之车，以朱红漆轮而名。词中代指装饰华丽之车。

④皓魄：明月。

【品评】

词写惜春留春情怀。它将时间选择在春日将尽的最后一个夜晚，这个时间本身就令人伤惋。接着便写春归。“不阻重门”四字，写出了春归的必然和无情，下四句从空间构笔，分列江南大范围，再到近处阶前小范围，随着空间的缩小，可见出词人对春归的无奈。如果说上片是写惜春、留春心理，下片则是寻春、留春的行为。这首词围绕着“春归”之事，在时间、空间上腾挪笔致，通过行为、心理的多方面描写，传达出词人惜春的情感。它与中唐贾岛《三月晦日送春》诗同一构思，而机杼各别，妙处同臻。

一　剪　梅

咏　柳

无限伤心夕照中。故国凄凉，剩粉余红①。金沟御水日西东②。昨日陈宫③，今岁隋宫④。　往事思量一晌空⑤。飞絮无情，依旧烟笼⑥。长条短叶翠濛濛。才过西风，又过东风。

【注释】

①剩粉余红：谓春事将毕，百花零落。

②金沟句：金沟：宫苑内的溪流。御水：指流入宫内的河道。古时御沟旁多植柳。日西东：杜牧《柳长句》：“日落水流西复东”。

③陈宫：陈宫与杨柳有何关联不详。

④隋宫：似指隋炀帝开通济渠和邗沟，旁筑御道并植杨柳。白居易有《隋堤柳》诗。

⑤一晌：片刻。

⑥飞絮二句：唐韦庄《台城》：“无情最是台城柳，依旧烟笼十里

堤。”词用之。飞絮：柳絮。

【品评】

词中，柳是弱小、柔弱无助者的化身，命运坎坷，饱经风霜。词人笔下的柳，一生都是悲剧，而词人的目的，似乎也正在于通过这种悲剧，传达出“伤心”“凄凉”的情绪感受，及在特定的事件中，人不自主其命运的那样一种漂泊无定、惶惑不安的人生体验。当然，这所谓的“特定事件”，指的是国破族灭之类，故其中的故国之思是很沉痛的。而至于柳到底象征什么，似已无关宏旨。

烛影摇红

辜负天工①，九重自有春如海②。佳期一梦断人肠，静倚银釭待③。隔浦红兰堪采④。上扁舟，伤心欸乃⑤。梨花带雨，柳絮迎风，一番愁债。　　回首当年，绮楼画阁生光彩。朝弹瑶瑟夜银筝，歌舞人潇洒。一自市朝更改⑥。暗销魂，繁华难再。金钗十二⑦，珠履三千⑧，凄凉千载。

【注释】

①天工：自然形成的工巧，与人工相对。

②九重：传说天有九重，因以指天。春如海：形容春光繁丽，浩荡如海。

③银釭（gāng）：银白色的灯盏、烛台。代指灯。

④红兰：兰草的一种。

⑤欸（ǎi）乃：行船摇橹声。

⑥市朝：本指市场和朝廷，这里偏指朝，谓朝廷。

⑦金钗十二：即金钗十二行，后以喻姬妾或侍女众多。

⑧珠履三千：珠履，珠饰之履，代指有谋略的人。

【品评】

上片以佳期如梦、情人离去、雨败梨花、风吹柳絮等不如意情事，极力渲染愁怨的氛围，传达出伤心断肠的情绪。下片则描摹当年绮楼画阁、歌舞欢乐的场面，作为繁华、兴盛的象征，感叹“市朝更改”后的凄凉。全词多用对比手法，上片悲苦，下片（前部）欢乐；上片实，下片虚。上片境界中多“水”（海、浦、扁舟、雨），底色较暗，下片则为绮楼画阁，光彩夺目。上片写愁绪，借“春如海”这样阔大浩荡的场面和“红”这样强烈的色彩作衬托；下片追忆当年的繁华，甚至包括“金钗十二，珠履三千”这样的绮丽、豪奢在内，都是为了表达芳春如梦的愁苦，为了表达哪怕连最低限度的“繁华”也不可能出现的悲怨，从而表现出词人对国家倾覆的无限感伤。

清　　代

李雯（1608—1647）

字舒章，松江（今属上海）人。明崇祯十五年（1642）中举，清初任中书舍人。曾与陈子龙、宋征舆同为“云间词派”首领，称“云间三子”。有《蓼斋词》。

菩　萨　蛮

蔷薇未洗燕支雨[①]，东风不合催人去。心事两朦胧，玉箫春梦中。　　斜阳芳草隔，满目伤心碧。不语问青山，青山响杜鹃。

【注释】

①燕支：即胭脂。一种红色的颜料，妇女用作化妆品。

【品评】

作者是明朝的举人，清朝的中书舍人。遗民的兴亡之感、故国之思虽不敢直陈出来，却往往借词隐隐地透露。上片借昔日情事透露矛盾心态。蔷薇喻佳人，蔷薇沐雨有如佳人梳妆，而东风不与“周郎”便，已是无暇顾及了。只得在幽梦中去时时与“佳人”相会，一切已是情过境迁。“心事两朦胧”即近写实。下片直陈自己的伤心之情。斜阳芳草引来无限愁思，“萋萋刬尽还生”。面对昔日故国山河，能够说些什么？杜鹃是南方之鸟，总使人想见那个南明的桂王，他在缅甸被执，以身殉国。谭献以“亡国之音”“《九辩》之遗”评李雯词（《箧中词》），甚为剀切。

浪淘沙

杨花

金缕晓风残[①]，素雪晴翻[②]。为谁飞上玉雕阑[③]？可惜章台新雨后[④]，踏入沙间。　沾惹忒无端[⑤]，乱扑征鞍。一春幽梦绿萍闲[⑥]。暗处销魂罗袖薄，与泪偷弹。

【注释】

①金缕：金黄色的柳丝。晓风残：本柳永《雨霖铃》词：“杨柳岸晓风残月”。

②素雪：指雪白的杨花。晴翻：在晴空中飞舞。

③玉雕阑：用玉饰成的阑干，指华贵人家。

④章台：汉、唐首都长安的街名。

⑤沾惹：雨沾风惹。

⑥一春句：苏轼《水龙吟·次韵章质夫杨花词》：“晓来雨过，遗踪何在，一池萍碎。”自注：“杨花落水为浮萍，验之信然。”

【品评】

本篇以杨花自况，花即人，人即花，写来若即若离。却不难从中窥见作者仕清后的心态：一方面迫于无奈，一方面又有隐痛在心。花已是残花，喻已经过摧折而衰微。“玉雕阑”喻清廷。“为谁飞上”指不知为谁而做官，盖非出己愿。“章台”已是明指京城了。经过风风雨雨后，花被“踏入沙间”，指己并不得志而被弃。下片首句喻己像杨花一样随风飘堕，无处着定。“一春”句喻结局。真是人生如梦！自己到头来仍不过是水中浮萍，若又有风来，则不知再飘往何处。结末二句是实写。“暗处”指无颜见人。“销魂”指情惨已极。“泪偷弹”伤心无从说起。作者年轻时曾是“云间派”三子之一，与陈子龙、宋征舆齐名。陈子龙亢志有节，以身殉国，作者当不会忘记。

吴伟业（1609—1671）

字骏公，号梅村，江南太仓（今属江苏）人。崇祯辛未（1631）科会试第一，廷试第二，官至少詹事。南都立，与马士英、阮大铖不合，假归。清世祖久闻其名，力迫入都，累官国子监祭酒，以病乞归。著有《梅村家藏稿》《梅村词》等。

生　查　子

香暖合欢襦①，花落双文枕②。娇鸟出房栊，人在梧桐井③。　　小院赌红牙④，输却蒲萄锦。学写贝多经⑤，自屑金泥粉⑥。

【注释】

①合欢襦：绣有对称图案花纹的短衣，服于单衫之外。

②双文：谓花纹成双。

③梧桐井：四周长有梧桐的水井。

④牙：牙牌。一种用来赌博的骨牌。

⑤贝多经：贝多：梵语音译，意为树叶，古印度常以多罗树叶写经。贝多经借指佛经。

⑥自屑：屑：弄碎。金泥粉：用以饰物的金屑。

【品评】

吴伟业小令词托兴浑远，可直逼《花间》。此篇即是代表作之一。上片写女子所居环境，纯用温庭筠笔法，撷取四个场景，能做到静中见动。多为香奁组织之辞，意在以物衬人。结句“人在梧桐井”有“琴瑟友之”之意，暗示相思情绪。下片写女子打发闲日，颇有情趣。因输锦写经意在责己。吴氏生丁乱世，被迫屈事新朝，中年以后多有幽忧悲凉之词。此篇“香暖合欢襦”逗漏出难言之情，而“自屑金泥粉”则自示有忏悔之意。

临　江　仙

过嘉定感怀侯研德①

苦竹编篱茅覆瓦②，海田久废重耕③。相逢还说廿年兵④，寒潮冲战骨，野火起空城。　　门户凋零宾客在，凄凉诗酒侯生⑤！西风又起不胜情⑥。一篇思旧赋⑦，故国与浮名⑧。

【注释】

①侯研德：嘉定抗清英雄侯峒曾的小侄儿侯涵（表字研德）。乡党谥为贞宪先生。

②苦竹：高六七丈，节长于他竹，可编为篱笆。

③海田：靠近海边的田。

④相逢句：1645 年清兵攻破嘉定县城后，曾进行三次大屠杀。

⑤侯生：用战国魏隐士侯嬴，称美侯研德。

⑥不胜情：情感上承受不了。

⑦思旧赋：《晋书·向秀传》：“嵇康既被诛，向秀乃作《思旧赋》。”这里借指此词。

⑧故国：明朝。浮名：吴伟业名声太大，被迫屈事新朝，成为一生的污点。

【品评】

此词是作者在康熙初年路过嘉定，想起二十年前的清兵三次大屠杀，感慨而作。上片写战后凋敝景象。首二句写战乱后恢复艰难。因无力建筑好的房子，不得不用苦竹编篱当墙，茅草覆顶代瓦。海田本来贫瘠，又荒废已久，因而更难耕作了。目睹此景，朋友相逢自免不了回忆当年的惨况："寒潮冲战骨，野火起空城。"下片写侯研德的凄凉生活，并感叹自己为了"浮名"抛弃了故国。侯生门户虽破败但依然有宾客往来，说明遗民们是不会忘记他的。"西风又起不胜情"是词人的痛苦心情的表白。时人既不理解他，甚至又讥评他，他只得把这种心情写进词中。结句悔过之心甚明。此词发沉郁悲凉之思，造语平淡而感慨良深，字里行间流露出黍离之悲，很能打动读者。

贺 新 郎

病 中 有 感

万事催华发，论龚生[①]，天年竟夭，高名难没。吾病难将医药治，耿耿胸中热血。待洒向西风残月。剖却心肝今置地，问华佗[②]、解我肠千结？追往恨，倍凄咽。　　故人慷慨多奇节[③]。为当年、沉吟不断，草间偷活。艾炙眉头瓜喷鼻[④]，今日须难诀绝。早患苦、重来千叠。脱屣妻孥非易事[⑤]，竟一钱不值何须说[⑥]。人世事，几完缺？

【注释】

①龚生：龚胜，西汉哀帝时为光禄大夫。王莽篡国，遣使征之不从，绝食而死。有老父来吊，哭甚哀，既而曰："嗟乎，薰以香自烧，膏以明自消，龚生竟夭天年，非吾徒也。"事见《汉书》。

②华佗：三国时名医。

③故人：指作者平生故旧，如陈子龙、夏允彝、完淳父子等，明亡时多慷慨赴国难。

④艾炙眉头瓜喷鼻：《隋书·麦铁杖传》："辽东之役，请为前锋，顾谓医者吴景贤曰：'大丈夫性命自有所在，岂能艾炷炙额，瓜蒂喷鼻，治黄不差，而卧死儿女手中乎？'"

⑤脱屣妻孥：《史记·封禅书》："嗟乎！吾诚得如黄帝，吾视去妻子如脱蹝耳。"《汉书·地理志》注："蹝屣同，谓小履无跟者。"妻孥：妻和子。

⑥一钱不值：谓事新朝有污名节，不值得去做。《史记·魏其武安侯传》："（灌）夫乃骂临汝侯（灌贤）曰：生平毁程不识不直一钱。"

【品评】

在遗民看来，屈膝事新朝是有辱名节的事。而吴伟业入仕清廷，实在是由于被逼无奈，不可与一般新贵等量齐观。尽管如此，受到讥评仍在所难免。此词即是万般苦闷的渲泄。上片将自己与西汉的龚胜作对照。龚胜抱着"旦莫入地，岂以一身事二姓，下见故主"（《汉书·龚胜传》）之想法，饿死守节。自己竟不能如年迈的龚胜有气概，守志不坚，如今已是"病"得不轻了，洒血无地，剖心无术，唯有郁郁愁肠。下片将自己与故人相比。故人指陈子龙等人，说他们是"慷慨多奇节"，这在当时的环境中无疑是一声呐喊，表现了一定的勇气。故人精神长存，仍不能激励自己振奋，竟与儿女辈厮混，难以自拔。"脱屣妻孥非易事"也反映出作者不能脱离清廷的一个原因。敢于说仕清廷是"一钱不值"也是有胆量之人。通观全词：上片稳稳叙来，愁绪盈盈；下片几至不能自抑，愤恨丛生。陈廷焯《白雨斋词话》云："悲感万端，自怨自艾。千载下读其词，思其人，悲其遇，固与牧斋（钱谦益）不同，亦与芝麓（龚鼎孳）辈有别。"

吴绮（1619—1694）

字园次，一字丰南，号听翁，一号蘧叟，别号红豆词人，江苏江都（今扬州）人。清顺治十一年（1654）拔贡生，荐授中书舍人。迁兵部主事，出知湖州府。有《艺香词钞》四卷、《萧瑟词》一卷。

醉花间

春闺

思时候，忆时候，时与春相凑。把酒祝东风，种出双红豆。　　鸦啼门外柳，逐渐教人瘦。花影暗窗纱，最怕黄昏又。

【品评】

此篇写女子触春景而伤悲，是传诵一时的名篇，与王士禛《蝶恋花》异曲同工。上片写触春。一个“凑”即突出春景来得不是时候，因女子正在思正在忆，思绪必被大好春景撩拨，睹物何能不思人？一个“种”字即写出相思之深，其根必在心里。下片写春愁。一个“瘦”字即写出相思之重。虽然秦观写了“人与绿杨俱瘦”（《如梦令》），李清照写了“人似黄花瘦”（《醉花阴》），此篇“瘦”字兼具秦、李之妙，更突出瘦的渐变。读者不难设想，如果春景再长一些，她不知瘦到什么程度。一个“怕”字又写出相思之苦，黄昏每天都来，可谓天天都受煎熬。通观全词，炼字精深，音词谐畅，自被广为传诵。

毛奇龄（1623—1716）

字初晴，原名甡，又字大可，一字于一，又字齐于，别号河右，又号西河。浙江萧山人。康熙十八年（1679）以荐举博学鸿词科，授检讨，充《明史》纂修官。有《桂枝词》六卷。

南　柯　子

淮西客舍得陈敬止书有寄①

驿馆吹芦叶，都亭舞柘枝②。相逢风雪满淮西，记得去时残烛照征衣。　　曲水东流浅，盘山北望迷③。长安书远寄来稀，又是一年秋色到天涯。

【注释】

①淮西：淮河以西之地。《元史·地理志》：庐州路，宋为淮西路。陈敬止，未详。

②都亭：人所停集之处。柘枝：舞曲名。

③曲水：指流经淮西地区之河流。盘山：形容蜿蜒山势。

【品评】

此词抒发客居驿馆思友之情。上片回忆与友人分别情景。首二句奇工极整，古色照人，悲凉沉郁之情笼盖全篇。次二句写别时之情景，脱尽儿女伤悲泣别俗态，有如战士赴疆场，苍凉满怀。下片写今日孤独之感。首二句亦工对，一“迷”字甚见思友之情，非思之深何能迷？结句有凄清之感。是篇与毛氏他作大不相类，陈情铸景，寖成绝调，同时词家罕能方驾。

陈维崧（1625—1682）

字其年，号迦陵。江苏宜兴人。清康熙十八年（1679）应博学鸿词试，授检讨，与修《明史》。与朱彝尊合刻《朱陈村词》，流传禁中。领袖清初词坛，开创阳羡词派。有《湖海楼词集》。

醉　太　平

江口醉后作

钟山后湖①，长干夜乌②，齐台宋苑模糊③，剩连天绿芜。
估船运租④，江楼醉呼。西风流落丹徒⑤，想刘家寄奴⑥。

【注释】

①钟山后湖：代指南京。钟山：在南京中山门外。后湖：玄武湖，在城东北玄武门外。

②长干：古建康里巷名，在今南京市南。夜乌：夜中的乌鸦。

③齐台宋苑：指南北朝齐、宋诸朝的宫殿、楼台、苑囿等。

④估船：贩货商人的船。估：商人。

⑤丹徒：清代为江苏镇江府治。词中指镇江。

⑥刘家寄奴：南朝宋刘裕字德舆，小字寄奴。自其高祖随晋渡江，即居于晋陵郡丹徒县之京口里。少时以贩履为业。曾在京口起兵，讨伐桓玄，终至建功立业，为开国帝王。

【品评】

此词是词人置身江口远望南京，感慨而作。他看到昔日繁华胜地的六朝古都笼罩在一片荒芜的绿草中，顿生黍离麦秀之悲。又看到成批的商船正把大量的租税输送新朝，心中不平之气喷薄而出，大呼昔日此地神明英豪的刘寄奴，他不是出师北讨过么？词人正流落此地，一如当年贩履为业的寄奴一样穷困，又值故国沦亡，很自然地以其揽辔澄清的抱负自期。此词笔力尤重，境界阔大。词中小令，不可多得。

点　绛　唇

夜宿临洺驿[①]

晴髻离离[②]，太行山势如蝌蚪。稗花盈亩[③]，一寸霜皮厚[④]。　　赵魏燕韩[⑤]，历历堪回首。悲风吼，临洺驿口，黄叶中原走。

【注释】

①临洺：地名，在今河北永年县西。驿：驿馆、驿站，供往来行人休息打尖处所。

②晴髻：晴空中山峰如女子发髻。离离：分布貌。

③稗：稻田中的杂草。

④一寸霜皮厚：谓大片稗花变成白色如霜的草皮。

⑤赵魏燕韩：战国时四个国家。在今山西、河南、河北等地。此指作者曾游历过的地方。

【品评】

是词通过小小的临洺驿描绘大景观。设想奇特，如喻太行山为蝌蚪。笔力陡健，如“赵魏燕韩，历历堪回首”，非足下行万里路者何能轻轻道出？结句以景结情。陈廷焯《白雨斋词话》云：“其年诸短调，波澜壮阔，气象万千，是何神勇。如《点绛唇》云云。”又云：“迦陵词沉雄俊爽，论其气魄，古今无敌手，若能加以浑厚沉郁，便可突过苏、辛，独步千古。”

浣 溪 沙

蚌 埠 即 事[1]

漭漭淮河杳似年[2]，森森蚌岭远攒天[3]。风来吹作鲎帆圆[4]。　　柰熟叟擎千颗雨[5]，柳浓儿浴一溪烟[6]。黄瓜凉粉趁墟船[7]。

【注释】

①蚌埠：今安徽蚌埠市。

②漭漭：水广远的样子。杳：深远而不见踪影。年：岁月。

③森森：树木茂密的样子。蚌岭：山名。攒：通“钻”。

④鲎（hòu）帆：鲎：介类。鲎腹部甲壳可以上下翘动，上举时，人称鲎帆。此指船帆。

⑤柰（nài）：果木名，林檎的一种。也称花红、沙果。千颗雨：喻柰果雨点般落下。

⑥柳浓句：柳阴正浓，满溪烟雾，小孩在溪中洗澡。

⑦墟船：集市上的船。

【品评】

此词可作蚌埠的风俗画来观。上片写优美的自然景观。抓住最突出的两点来写，一是淮河奔腾不息，河上鼓起片片风帆，二是蚌岭上的森林高插云天。气势壮观，笔致粗放。下片对蚌埠的人事作细致描绘，老汉打沙果，小儿水中戏，行人吃着黄瓜凉粉去赶集，给人以“黄发垂髫怡然自乐”（陶渊明《桃花源记》）的感受。

虞 美 人

无 聊

无聊笑捻花枝说[①]，处处鹃啼血。好花须映好楼台，休傍秦关蜀栈战场开[②]。 倚楼极目添愁绪，更对东风语。好风休簸战旗红，早送鲥鱼如雪过江东[③]。

【注释】

①捻：用指拈物。

②好花二句：秦关：指秦中一带的关隘。陕西古称秦。蜀栈：四川的栈道。

③江东：长江以东之地。江东之称，始于汉初。

【品评】

本篇针对清初战事而发，题为“无聊”，一方面为自托之词，一方面有讥讽之意。词中地名不一定要坐实，理解为泛指战争之地更好。好花休傍战场开，“好风休簸战旗红”，反复申言反战之意。是词措语委婉，而更见力度。

醉 落 拓

鹰

寒山几堵[①]，风低削碎中原路。秋空一碧无今古。醉袒貂裘[②]，略记寻呼处[③]。 男儿身手和谁赌？老来猛气还轩举[④]。人间多少闲狐兔？月黑沙黄，此际偏思汝[⑤]。

【注释】

①堵：座。

②醉袒句：乘着酒兴，敞开貂袍。

③寻呼：吹胡哨，召鹰寻猎。

④轩举：飞举。

⑤汝：谓鹰。

【品评】

此篇没有正面写鹰，若除掉标题，读者也不难想到鹰。造成这种艺术效果得力于传神之笔，神者何？即鹰能在月黑沙黄风低的恶劣环境下，以轩举之姿猛扑狡禽。这正是作者所向往的。故虽老而仍能醉袒貂裘，不乏猛气。结句点明本篇主旨。陈廷焯《白雨斋词话》评云：“声色俱厉，较杜陵‘安得尔辈开其群，驱出六合枭鸾飞’之句，更为激烈。”

解蹀躞

夜行荥阳道中

峡劈成皋古郡[①]，人杂猿猱过。断崖怒走[②]，苍龙立而卧[③]。此乃广武山乎[④]？噫嘻古战场哉[⑤]！悲来无那[⑥]。　卸鞍坐，烟竹吹来入破[⑦]，一林纤月堕[⑧]，雁声不歇，砧声又搀和[⑨]。历历五点三更，马前渐逼荥阳，城关灯火。

【注释】

①成皋：地名，在今河南荥阳市汜水镇西。春秋郑时名虎牢，后改成皋。故称“古郡”。

②怒走：健行。

③苍龙：形容山势。

④广武山：在荥阳市东北。

⑤噫嘻：蜀中方言，表惊异。古战场：秦末楚汉两军隔广武对阵，刘邦项羽相与临广武而语。

⑥无那：无奈。

⑦烟竹：烟雾中的竹林。入破：唐宋时以大曲之遍中繁声入破，如水调歌凡十一叠，第六叠为入破；以曲半调入急促，破其悠长而转为繁碎，故名破。此处指竹林中随风而来的声响。

⑧纤月：新月。

⑨砧声：捣衣声。

【品评】

此篇写夜行荥阳所见。陈廷焯《词则·放歌集》卷四评点中有“夜行如画”四字，可谓抓住此词的最大特点。首四句描写广武山的绝险山势。一“劈”字写出山势陡峭，令人怵目惊心；一“怒”字写出气势不可遏制，几令人退避九舍。所以词人情不自禁地惊叹，联想这里曾进行天翻地覆的大决战，岂不悲从心来！而行程之艰难自不言而明，所以要解鞍稍作休息。耳里传来的是竹林中急促的风声、雁的哀鸣声、凄清捣衣声、稀疏的打更声；眼中所见是淡淡的一弯新月。这一切过于清冷，令人不敢久坐。当词人接近荥阳城时，他欣喜望见了灯火，那可是经过艰难跋涉才能望得到的灯火。通篇写景，以景纪行，以景说艰辛。

满　江　红

江 村 夏 咏

丁字畦边①，见一带、阴阴夏木。扶疏甚②，钓丝斜漾，菱丝大熟③。莺暖鲴鱼新上市，草香蚕子齐登簇④。喜炊烟一缕袅江边，然湘竹[5]。　　茭鸡唱[6]，溪流足；姑恶叫[7]，山光绿。听樵歌声断，渔歌又续。泥滑妇愁微雨馌[8]，村深儿趁朝凉读。更柳塘吹起牸牛风[9]，波如縠[10]。

【注释】

①畦（qí）：田陇，长条田块。
②扶疏：繁茂分披貌。
③菱丝：菱蔓。
④登簇：丛聚成团。
⑤然：通燃。湘竹：湘妃竹。
⑥茭鸡：鸟名。即鸡鹌。以居于茭菰中形如鸡而名。
⑦姑恶：水鸟名，以叫声似“姑恶”而得名。
⑧馌（yè）：给耕作者送食。
⑨牸（zì）牛：母牛。
⑩縠（hú）：绉纱。

【品评】

此词写初盛夏之交的江村生活。上片写景物。所谓“菱丝大熟”“鲴鲴鱼上市”“草香蚕子齐登簇”均是初盛夏之交的物候，亦可见出词人对丰年的欣喜之情。结二句是写渔民生活，意境清幽，令人神往。下片写人事。首四句用俗语入词，简洁明快地传出物候特征。陈匪石《旧时月色斋词谭》云：“至无语不可入，而自然浑脱。”甚是！复以山歌渔唱与水鸟的鸣叫相呼应，真是一曲大自然交响乐。结二句似弦外之响，作者余味未尽，而读者兴味正浓。此词处处扣住季节特征来写，体察入微，很能说明创作来源于生活的道理。

金　浮　图

夜宿翁村，时方刈稻[1]，苦雨不绝，词记田家语。

为君诉：今年东作[2]，满目西畴[3]，尽成北渚[4]。雨翻盆，势欲浮村去。香稻波飘，都做沉湘角黍[5]。咽泪频呼儿女，瓮头剩粒，为客殷勤煮。　　语难住。茅檐点滴，短檠青荧[6]，床上无干处[7]。雨声乍续啼声断，又被啼声、翦了半村雨[8]。摇手亟谢田翁[9]，一曲淋铃[10]，不抵卿言苦。

【注释】

①刈：割。

②东作：谓春时务农之事。

③畴：田亩。

④渚：水中的小块陆地。

⑤沉湘角黍：沉入湘水中的粽子。角黍：俗作粽。

⑥檠（qíng）：灯架。青荧：灯光。

⑦床上句：杜甫《茅屋为秋风所破歌》："床上屋漏无干处，雨脚如麻未断绝。"

⑧翦：减弱。此指哭声盖过雨声。

⑨亟（qì）：屡次。

⑩淋铃：即《雨霖铃》曲。

【品评】

此词写田家翁遇大雨，稻谷被水淹没，颗粒无收。老汉心情沉痛之极，但还是招呼儿女用剩存的粮食殷勤招待客人。此一细节十分感人。继写屋漏不挡雨，以至"床上无干处"，真是祸不单行。又闻哭声凄凄咽咽，终至嚎啕大哭。词人对此景此情寄以深刻的同情，写了此词，聊作安慰之辞。通篇明白如话，不事藻饰，与所写内容正相适应。

沁　园　春

咏　菜　花

极目离离①，遍地濛濛②，官桥野塘。正杏腮低亚③，添他旖旎④；柳丝浅拂，益尔轻飏⑤。绣袜才挑，罗裙可择⑥，小摘情亲也不妨⑦。风流甚，映粉红墙底，一片鹅黄。　　曾经舞榭歌场⑧，却付与空园锁夕阳。纵非花非草，也来蝶闹；和烟和雨，惯引蜂忙。每到年时⑨，此花娇处，观里夭桃已断肠⑩。沈吟久，怕落红如海，流入春江⑪。

【注释】

①离离：分披繁茂貌。

②濛濛：纷杂貌。

③杏腮：杏花。亚：低垂的样子。

④旖旎（yǐnǐ）：轻盈柔顺貌。

⑤益：更如。尔：你。与上文的“他”均指菜花。飏（yáng）：飞扬。

⑥绣袜、罗裙：女子所穿，均代指女子。

⑦小摘句：见到喜欢的也不妨摘一点儿。

⑧榭：在台上盖的高屋。

⑨年时：那时。指春末菜花开时。

⑩观（guàn）：道教的庙宇。此指玄都观，系化用刘禹锡《元和十一年自朗州召至京戏赠看花诸君子诗》及《再游玄都观》二诗之意。“观里夭桃”云云，即“玄都观里桃千树，尽是刘郎去后栽。”“百亩庭中尽是苔，桃花净尽菜花开。”夭桃：茂盛而艳丽的桃花。断肠：形容悲伤之极。此处指凋落。

⑪怕落红如海二句：怕如海的落花，飘入春江，随波流去。

【品评】

此词借咏菜花发伤春之意。上片写菜花妖美之姿。前六句遗貌取神，迦陵长于描写，于此可见一斑。至此，词人没有继续描写下去，而是插入女子采花情节，是词中离合之法。刘熙载云："上意本可接入下意，却偏不入，而于其间传神写照，乃愈使下意栩栩欲动。"（《艺概·词概》）有此情节相助，更能助人思绪。词人也不禁发出"风流甚"的感叹，复以"一片鹅黄"作结，画面补足完满。下片抒发感想。首二句写故地重游，昔日是舞榭歌场，热闹非凡；今日是空园一片，冷冷清清。唯有菜花"濛濛"，静静流溢鹅黄，遂有今昔盛衰之感。相传唐玄宗避安史乱至蜀，入斜谷，霖雨涉旬，于栈道中闻铃声，因悼念贵妃，心中凄苦，采其声制《雨霖铃》曲以寄恨。词中借以喻凄苦或雨淋之苦。结三句以惜春之意绾结全篇。此词咏物不沾滞于物，而寄托无限，可谓咏物词中上乘之作，也可视为迦陵的代表作之一。

朱彝尊（1629—1709）

字锡鬯，号竹垞，又号醧舫、金风亭长、小长芦钓鱼师。浙江秀水（今嘉兴）人。康熙十八年（1679）举博学鸿词，授翰林院检讨，典试江南。词名与陈维崧并驾，号称“朱陈”。尝辑唐、宋、金、元五百多家词为《词综》，开创浙西词派。有《曝书亭词》。

霜天晓角

早秋放鹤洲池上作①

青桐垂乳②，容易凝珠露。一缕金风飘落③，添几点，豆花雨④？　　帘户，剪灯语⑤，草虫飞不去。坐爱水亭香气⑥，是藕叶最多处。

【注释】

①放鹤洲：《嘉庆一统志·嘉兴府》：“滮湖在嘉兴县东南二里，又名东湖，与秀水鸳鸯湖相接，其西岸有放鹤洲，相传为裴休放鹤处。按：《至元嘉禾志》作陆宣公（即陆贽）旧宅放鹤处。”

②垂乳：谓桐树结子如垂乳状。

③金风：秋风。飘落：使露珠飘落。

④豆花雨：据梁宗懔《荆楚岁时记》，里俗称八月雨为豆花雨，以其时豆正开花。

⑤剪灯语：李商隐《夜雨寄北》：“何当共剪西窗烛，却话巴山夜雨时。”

⑥坐爱句：坐：因为；由于。杜牧《山行》诗：“停车坐爱枫林

晚，霜叶红于二月花。”

【品评】

通篇写景。上片写秋夜桐子垂露，极清幽之致，反映出词人恬淡心境。下片写人事。“剪灯语”写和睦的家居生活。而词人寻求的却是清香四溢、人迹不杂的荷塘，其求静远的旨趣可见一斑。陈世焜评此词云：“只写本地风光，不言情而情自胜，可与作者道耳。”（《云韶集》抄本）

高 阳 台

吴江叶元礼[①]，少日过流虹桥[②]，有女子在楼上，见而慕之，竟至病死。气方绝，适元礼复过其门，女之母以女临终之言告之，元礼入哭，女目始瞑。友人为作传，予记以词。

桥影流虹，湖光映雪，翠帘不卷春深。一寸横波，断肠人在楼阴。游丝不系羊车住[③]，倩何人、传语青禽[④]？最难禁，倚遍雕阑，梦遍罗衾。　　重来已是朝云散。怅明珠佩冷[⑤]，紫玉烟沉[⑥]。前度桃花[⑦]，依然开满江浔。钟情怕到相思路，盼长堤草尽红心[⑧]。动愁吟，碧落黄泉，两处谁寻？

【注释】

①叶元礼：叶舒崇，字元礼，吴江人。康熙丙辰（1676）进士，官中书舍人。

②少日：年少之时。流虹桥：在吴江县城外同里镇。

③羊车：晋武帝掖庭，并宠者众，莫知所适，乘羊车恣其所之。宫人乃取竹叶插户，盐汁洒地，以引帝车。见《晋书》。

④青禽：即青鸟，相传为西王母取食。喻使者。

⑤明珠佩冷：刘向《列仙传》："郑交甫至汉皋台下，见二女佩两珠，大如荆鸡卵，二女解与之。既行，反顾二女不见，佩珠亦失。"

⑥紫玉烟沉：干宝《搜神记》："吴王夫差小女名紫玉，说（悦）童子韩重，私许为妻。王不与，玉结气死。后魂归见，王夫人闻之，出而抱玉，如烟然。"

⑦前度桃花：刘晨阮肇，明帝永明中，同入天台山采药，失道，溪边有二女子，忻然如旧相识，迎归，食以胡麻饭，遂同居焉。后思归，求去，至家无人相识，子孙已七世矣。重到天台，迷途而返。见《列仙传》。

⑧草尽红心：《异闻录》："王生梦侍吴王，闻葬西施，生应教为诗曰：'满地红心草，三层碧玉阶。春风无处所，凄恨不胜怀。'"

【品评】

此词是朱彝尊的名篇，久为传颂。写的是一个催人泪下的爱情悲剧。上片专写女子对一陌生青年的爱慕，苦于不得相见，终于郁郁以终。只有"羊车"二字点及男子。下片全写男子，写其得知实情后极度悲伤，结句以天上地下两难寻觅表达绵绵长恨。陈廷焯《白雨斋词话》云："艳词至竹垞，仙骨珊珊，正如姑射神人，无一点人间烟火气。"此词正符合这一总评。全词所用典故，多是神话故事，刻意增香设色，造成一种迷离惝恍的艺术境界。

桂　殿　秋

思往事，渡江干，青蛾低映越山看①。共眠一舸听秋雨，小簟轻衾各自寒②。

【注释】

①青蛾：女子眉毛，此指女子。

②簟：竹席。衾：被子。

【品评】

这是一首写爱情的小词。“思往事”提挈全篇，以下均是回忆。“渡江干”指明事情发生的地点。“青蛾低映越山看”写舟中美人凝视水中的越山，越山也似乎注视水中的佳人，极富美感。结二句写舟中生活小景。“共”道出相遇的缘份，“各”表明难以亲近。“秋雨”给画面洒上一层冷色，增强了孤独的氛围。“寒”更是心理上觉得寒。全词韵味绵绵，含而不露。况周颐《蕙风词话》云：“或问国朝词人，当以谁氏为冠？再三审度，举金风亭长对。问佳构奚若？举《捣练子》（即《桂殿秋》）云云。”

卖 花 声

雨 花 台[①]

衰柳白门湾[②]，潮打城还[③]。小长干接大长干[④]。歌板酒旗零落尽[⑤]，剩有渔竿。　　秋草六朝寒[⑥]，花雨空坛。更无人处一凭阑。燕子斜阳来又去，如此江山。

【注释】

①雨花台：在今南京市内。

②衰柳句：白门：南京的代称。白门湾：即白门附近的长江边。白门古多种柳树。

③潮打城还：刘禹锡《石头城》：“潮打空城寂寞回”。

④小长干句：左思《吴都赋》："长干延属，飞甍舛互。"刘逵注："江东谓山冈间为干，建邺（南京）之南有山，其间平地，吏民居之，故号为干。中有大长干、小长干，皆相属，疑是居称干也。"

⑤歌板：打击乐器。用以定歌曲的节拍。酒旗：即酒帘，旧时酒家的标记，代指酒店。

⑥秋草句：王安石《桂枝香·金陵怀古》："六朝旧事随流水，但寒烟衰草凝绿。"

【品评】

此词借咏雨花台，发兴亡之感，间有故国之思。南京曾是六朝古都，所谓歌舞繁盛之地。明太祖在此开朝立国，南明福王又在此建都。如今只有衰柳、潮声、寒草、空坛和把弄钓竿的遗民。乌衣公子、燕子王孙来来去去，何其速也！"更无人处一凭阑"写得低回掩抑、悲呛呜咽。"如此江山"几至声泪俱下。谭献《箧中词》评此词云："声可裂竹。"

百　字　令

度居庸关①

崇墉积翠②，望关门一线，似悬檐溜③。瘦马登登愁径滑，何况新霜时候。画鼓无声，朱旗卷尽，惟剩萧萧柳。薄寒渐甚，征袍明日添又。　　谁放十万黄巾④，丸泥不闭⑤，直入车箱口⑥。十二园陵风雨暗⑦，响遍哀鸿离兽。旧事惊心，长途望眼，寂寞闲亭堠⑧。当年锁钥⑨，董龙真是鸡狗⑩。

【注释】

①居庸关：在北京昌平县西北，地势险要，古称九塞之一。

②崇墉：高高的城墙。积翠："居庸叠翠"为"燕京八景"之一。

③檐溜：屋檐下的冰柱子。关前之路狭峻，直上直下，如悬檐溜。

④黄巾：东汉末年张角领导的农民起义军，因头包黄巾而得名。此指李自成起义军。

⑤丸泥：汉王元说隗嚣以兵守函谷关东拒刘秀："今天水完富，士马最强……元请以一丸泥为大王东封函谷关，此万世一时也。"见《后汉书·隗嚣传》。后用为守险拒敌的典实。

⑥车箱口：疑指车箱渠，与京北昌平一带诸山相交之口。李自成军曾过此入京。在今北京市通县。

⑦十二园陵：即今十三陵，明代十三个皇帝陵墓的总称。此指李自成军攻克北京前，当时明思宗朱由检尚未亡故。

⑧亭堠：古代边境上用以瞭望和监视敌情的岗亭、土堡。

⑨锁钥：喻关防重地。

⑩董龙：南北朝时前秦尚书董荣之字。据《晋书·前秦载记》："龙专权，王堕疾之，同朝不与语，人劝之，堕曰：'董龙是何鸡狗，而令国士与之言乎？'"

【品评】

词人在初冬季节乘着一匹瘦马踽踽独行至居庸关，他注意到两个方面的情况：一是居庸关绝险的形势，尤其是关前一条路逼仄陡直，有"一夫当关万夫莫开"的防御态势。二是作为北京的防卫重地，居然偃旗息鼓，一切如死一般地沉寂，只有柳丝在风中萧萧作响。两相对比，国事沉沦之感骤生，遂有"寒甚"之语。并很自然地想起，昔日此地守官不战而逃，李自成军长驱直入，结果是陵庙在凄风苦雨中渐坏，孤鸿哀鸣其上，离兽栖息其间，触目都是凋敝凄凉之景。当他从沉思中回过神来，那曾作为嘹望之用的岗亭正冷冷地望着他，不禁发出"惊心"的感叹。结句强烈谴责鸡狗不如的守官。谭献评此词云："意深。"(《箧中词》卷二)

卖 花 声

背郭鹊山村[①]，客舍云根[②]。落花时节正销魂，又是东风吹雨过，灯火黄昏。　　独自引清尊，乡思谁论？声声滴滴夜深闻，梦到江南烟水阔，小艇柴门。

【注释】

①背郭：背靠外城。鹊山：在今山东省历城县，以扁鹊炼丹于此得名。

②客舍云根：谓客店着处甚高。云根：深山高远云起之处。

【品评】

上片写客居所见凄凉景象。首二句总写居处地势的特征。用“背郭”点明方位，用“云根”写其高耸，笔墨省净。接着写落花使人意伤，复又以东风急雨、灯火黄昏加以渲染，是加倍句法。下片写思乡之愁。独自饮酒排遣愁思，梦中重现家乡美景，唯雨声滴在心头，自是难熬。全词得北宋小令佳致，意远韵高。可视为朱氏小令代表作。

霜 天 晓 角

晚 次 东 阿[①]

鞭影匆匆[②]，又铜城驿东[③]。过雨碧罗天净[④]，才八月，响初鸿。　　微风何寺钟[⑤]？夕曛岚翠重[⑥]。十里鱼山断处[⑦]，留一抹，枣林红。

【注释】

①东阿（ē）：县名，属山东省。

②鞭影：挥鞭而不打，只让影子催马。

③铜城驿：在东阿。

④碧罗天：碧绿明净的天空。

⑤微风句：唐张继《枫桥夜泊》诗："姑苏城外寒山寺，夜半钟声到客船。"

⑥夕曛：日落的余光。岚翠：山气呈现的翠色。

⑦鱼山：在东阿西。

【品评】

词人有以词纪行的习惯。从词中有"又"字来看，曾不止一次到过东阿。上片写匆匆赶路及所见。"才八月，响初鸿"见出词人对时令早至感到有点意外，是旅行的特别感受。下片全写景。首二句工对。微风中的钟声像上片中的雁鸣一样，令人凄惶不已，而残阳中的岚翠无疑加重了暮色。这一切催促词人加紧赶路。待回首一望，鱼山枣林只剩下最后一线余晖，那可是如血的残阳。此词全写景，而情从景出。

解 珮 令

自 题 词 集

十年磨剑[①]，五陵结客[②]，把平生涕泪都飘尽。老去填词，一半是、空中传恨[③]，几曾围、燕钗蝉鬓[④]。　　不师秦七[⑤]，不师黄九[⑥]，倚新声、玉田差近[⑦]。落拓江湖，且分付，歌筵红粉。料封侯、白头无分！

【注释】

①十年磨剑：贾岛《剑客》："十年磨一剑，霜刃未曾试。今日把似君，谁为不平事。"

②五陵结客：五陵：指长陵、安陵、阳陵、茂陵、平陵，是西汉皇帝的陵墓，在咸阳以东。五陵多豪侠少年，曹植《结客篇》："结客少年场，报怨洛北芒。"

③空中：惠洪《冷斋夜话》："法云师尝谓鲁直（黄庭坚）曰：'诗多作无害，艳歌小词可罢之。'鲁直曰：'空中语耳，非杀非偷，终不坐此堕恶道。'"

④燕钗蝉鬓：代指美丽少女。

⑤秦七：北宋词人秦观排行第七，称秦七。

⑥黄九：北宋文学家黄庭坚排行第九，称黄九。

⑦玉田：南宋末年词人张炎号玉田。朱彝尊创立浙派，推尊南宋，尤师法张炎。

【品评】

上片述前半生经历。朱彝尊生当易代之际，目睹清军南下造成的无数劫难，曾奋起抗争，与魏耕、屈大均等抗清志士相结纳，从事反清复明的活动。终以大势已去不得成功。开端三句就是对这种斗争生活的高度概括。"老去填词"暗合柳永事迹，是迫于无奈。而所填之词竟有一半是"空中传恨"。所谓"恨"不仅指个人失意之恨，当也含亡国之恨。下片述后半生经历，提到作词的旨趣，为历代词评家所注目。作者为什么不师秦观、黄庭坚，而要向张炎学习？固然张炎所倡"词要清空"的主张深合作者趣向，更主要的是由于身世之感太相似。结句"料封侯、白头无分"并非在新朝未取得高官的悲叹，而是对复明无望功业无期的感慨。通观全词，主要是追叙自己身世履历，正别具一种怀抱，指明自己作词的主张倒显得是其次。

生 查 子

晓行郑州

密树引长堤①，重露微涓坠②。惟昕浦禽喧③，渐入行人队。　　隐隐望高城，路出高城外。初日未侵衣，先闪寒鸦背。

【注释】

①密树句：谓长堤延伸，密树随之铺延。

②涓：水滴。

③昕（xīn）浦：黎明时的水边。

【品评】

此词上下片首二句均从大处着眼，对所写景物作相对静态描写，能于静中见动。“引”“出”皆是极工炼处。后二句均从小处着眼，对所写景物作相对动态的描写，能于动中见静。陈世焜评“惟昕浦禽喧”二句云：“措语必真。”评“初日未侵衣”二句云：“写晓发情景，画所不到。”（《云韶集》抄本）

清 平 乐

齐心耦意①，下九同嬉戏②。两翅蝉云梳未起，一十二三年纪。　　春愁不上眉山，日长慵倚雕阑。走近蔷薇架底，生擒蝴蝶花间。

【注释】

①齐心耦意：齐心合意。《广雅·释诂》："耦，谐也。"

②下九：农历每月十九日。元伊世珍《嫏嬛记》中引《采兰杂志》："九为阳数。古人以二十九日为上九，初九日为中九，十九日为下九。每月下九，置酒为妇女之欢，名曰阳会。"

【品评】

此词是不是朱氏专写其妻妹冯寿常尚未有确证，似就词论词为好。上片写一个十二三岁的少女，长着很好看的头发，在下九日与同伴齐心合力地做游戏。下片写这个女孩整日无忧无虑，玩累了就靠在栏杆上休息，忽然看见蝴蝶在蔷薇花中飞来飞去，就悄悄地走过去把它捉住了。结二句尤为传神。可用"生香真色"评此词。

王士禛（1634—1711）

字子真，一字贻上，号阮亭，别号渔洋山人，济南新城（今山东桓台）人。顺治十五年（1658）进士，由扬州府推官累至刑部尚书。卒谥文简。填词主要在扬州推官任上，昼理公务，夜接词人，雅事余韵至今有传。有与邹祗谟合刻之《倚声初集》，单行刻本有《衍波词》《阮亭诗余》。

浣　溪　沙

红桥[①]同释庵、茶村、伯玑、其年、秋崖赋[②]。

北郭青溪一带流，红桥风物眼中收[③]。绿杨城郭是扬州[④]。

西望雷塘何处是[⑤]？香魂零落使人愁[⑥]，淡烟芳草旧迷楼[⑦]。

【注释】

①红桥：吴绮《扬州鼓吹词序》："红桥在城西北二里。"

②释庵：袁于令号，诸生。著有《西楼记》等。茶村：杜濬号，副贡生。湖北黄冈人，著有《变雅堂遗集》二十卷。伯玑：陈允衡字，江西建昌人。刻有《诗慰》等书。著有《宝琴馆集》。其年：陈维崧字，江苏宜兴人。著《湖海楼全集》《湖海楼词》。秋崖：朱克生字，江苏宝应人。

③风物：景物。

④绿杨城郭：隋炀帝开凿大运河抵江都（扬州），沿岸皆植柳。

⑤雷塘：在扬州西北，汉之雷陂。隋炀帝死后葬吴公台下，唐武德

五年（622）改葬于雷陂南平冈上，雷塘至宋代已湮废。

⑥香魂零落句：扬州西有玉钩斜，为隋炀帝葬宫女处。

⑦迷楼：《迷楼记》："隋炀帝游江都，项升进新宫图，经岁而成，千门万牖，工巧之极，自古无有，人误入者，虽终日不能出。炀帝幸之，大喜，顾左右曰：使真仙游其中，亦当自迷也。可名曰'迷楼'。"

【品评】

上片写远望扬州城所获得的印象。"绿杨城郭是扬州"为传诵一时名句。有人曾据以作画。下片发古以抒幽情。以爱慕扬州繁华著称的隋炀帝也不过是荒塚一堆，有鉴戒意义。上片押平韵，浏亮动听，与扬州明丽的景物相配合，见出作者愉快的情绪。下片押仄韵，抑塞曼促，与令人辛酸的史迹相配合，见出作者惆怅的感喟。谭献《箧中词》以"名贵"二字评此词。

虞 美 人

本　　意[①]

拔山盖世重瞳目[②]，眼底无秦鹿[③]。阴陵一夜楚歌声，独有美人骏马伴平生[④]。　　感王意气为王死[⑤]，名字留青史。笑他亭长太英雄[⑥]，解令辟阳左相监宫中[⑦]。

【注释】

①本意：指咏调名本来之意。即咏楚霸王项羽的妃子虞姬。

②拔山句：谓项羽力气很大，可以拔山。项羽，秦末起义英雄，称西楚霸王，后败于刘邦并在乌江自刎。重瞳：《史记·项羽纪赞》："吾闻之周生曰：'舜目盖重瞳子。'又闻项羽亦重瞳子。"重瞳：双眸子，为帝王之像。

③秦鹿：《史记·淮阴侯传》："（蒯通）对曰：秦失其鹿，天下共逐之，于是高材疾足者先得焉。"后因称国家分裂之时，竞争天下为逐鹿。秦朝已亡故无秦鹿可逐。

④阴陵二句：谓项羽在阴陵为汉军包围，汉军四面唱起了楚歌。阴陵：汗县名，故楚邑，即项羽兵败迷道处。美人：指虞姬。

⑤感王句：项羽善待虞姬，虞姬在垓下被围时殉情自杀。

⑥亭长：刘邦曾做过泗上亭长。

⑦解令句：《史记·吕太后本纪》："十一月（高后元年，前187），（吕）太后欲废王陵，乃拜为帝太傅，夺之相权。王陵遂病免归。乃以左丞相平为右丞相，以辟阳侯审食其为左丞相。左丞相不治事，令监宫中，如郎中令。食其故得幸太后，常用事。公卿皆因而决事。"

【品评】

此词赞颂虞姬对爱情的忠贞不渝。上片写气吞山河的项羽虽战败，虞姬仍然与他厮守到最后。下片写虞姬以死殉情，美名传扬。对刘邦的成功报以冷笑，他虽然建立了江山，但死后其夫人吕后却与审食其有暧昧关系。从情的角度来看待楚汉战争的成与败，立意全新。

曹贞吉（1634—1696）

字升阶，又字升六，号实庵。山东安丘人。康熙三年（1664）进士。官礼部员外郎，终以疾归。著有《珂雪词》二卷。《四库全书》以《珂雪词》为清初唯一词别集著录。

满 庭 芳

和 人 潼 关[①]

太华垂旒[②]，黄河喷雪，咸秦百二重城[③]。危楼千尺[④]，刁斗静无声[⑤]。落日红旗半卷[⑥]，秋风急、牧马悲鸣。闲凭吊、兴亡满眼，衰草汉诸陵[⑦]。　　泥丸封未得[⑧]，渔阳鼙鼓，响入华清[⑨]。早平安烽火[⑩]，不到西京[⑪]。自古王公设险[⑫]，终难恃、带砺之形[⑬]。何年月、铲平斥堠[⑭]，如掌看春耕？

【注释】

①潼关：在今陕西省。东汉建安中建造，形势险要，为兵家必争之地。

②太华句：太华：华山。垂旒：王冠前的垂玉。

③咸秦句：秦朝定都咸阳，所以称陕西为咸秦。百二：谓二万人足可当诸侯百万人。见《史记集解》。重城：内城与外城。

④危楼：潼关的高楼。

⑤刁斗：古代行军用具。如宫中传夜铃。

⑥红旗半卷：王昌龄《从军行》："红旗半卷出辕门。"

⑦汉诸陵：有五陵，是西汉皇帝的陵墓，在咸阳东面。

⑧泥丸句：《东观汉记》："隗嚣将王元说嚣背汉，曰：元请以一丸

泥，为大王东封函谷关。”

⑨渔阳二句：渔阳：地名。华清：骊山华清池，有温泉。

⑩平安烽火：《唐六典》：“镇戍每日初夜，放烟一炬，谓之平安火。”

⑪西京：长安。

⑫王公设险：《易·坎》：“王公设险以守其国。”

⑬带砺之形：《史记·高祖功臣侯者年表》：“封爵之誓曰：‘使河如带，泰山若厉，国以永宁，爰及苗裔。’”《集解》：“应劭曰：封爵之誓，国家欲使功臣传祚无穷。带：衣带也；砺：砥石也。河当何时如衣带，山当何时如厉石，言如带厉，国乃绝耳。”

⑭斥堠：放哨。也作“斥候”。

【品评】

作者于康熙三年（1664）举进士，入仕清廷。写作此词时已供职十二年了。海内已为清军掠定。本篇借潼关怀古以咏时事。明降将吴三桂于顺治六年（1649），摧毁农民军余部的抵抗，平定陕西，据有潼关天险，拥兵自雄。康熙十三年（1674）王辅臣响应吴三桂之变，起兵陕西，与清军对峙二年而败北。陕西统一。“落日红旗半卷，秋风急，牧马悲鸣”，正是战后形势的反映。此三句以境界阔大雄浑见长，为词中少见。“自古王公设险，终难恃、带砺之形”表现出作者较深刻的历史见解，是根据当时形势而得出的结论。作者没有遗民的激烈情绪，也未表现出其早期词作的兴亡之感，对明王朝的覆灭只用“衰草汉诸陵”一语轻轻带过，流露出淡淡的哀伤。而更希望海内晏安，力事农耕，早日抚平战争的创伤。词笔苍茫雄浑。

徐釚（1636—1708）

字电发，号虹亭，又号拙存，晚号枫江渔父。江苏吴江人。康熙十八年（1679）召试博学鸿词，官检讨。二十五年，罢归故里。后著述终身。生前所刻《菊庄词》，名震海内外。今传《菊庄词》初、二集，存词一百五十余首。又有《词苑丛谈》十二卷。

减字木兰花

垂鞭欲暮，踏遍天涯芳草路。扑面西风，昨夜浓香是梦中。　远山几点，牵惹离愁魂欲断。衰柳鸦啼，一片残阳在客衣。

【品评】

此词抒发旅程忆旧的愁绪。首二句写行程，“踏遍”二字颇见豪情。“昨夜浓香是梦中”点明已是别离。远山二句纳情于景中。结二句继以凄凉之景烘托“离愁魂欲断”。全词并不给人以过多的伤感，却能发人苍凉之思。盖作者在写景方面做到了绵丽幽深，而不措意于悲愁。词笔耐人寻味。

孙朝庆（生卒年未详）

字云门。江南宜兴（今属江苏）人。康熙二十一年（1682）进士。有《望岳楼词》，已佚。

满　江　红

渡　黄　河

怒浪如山，正急桨黄流争渡。看滚滚来从天上[1]，建瓴东注[2]。手挽狂澜原不易，石填大海终何补[3]？最堪怜、断岸泣遗黎[4]，悲难诉。　　待议浚[5]，茫无路；待议塞，浑无绪。问年来、谁是济川才具[6]？细雨绨袍全湿透[7]，斜风破帽惊吹去。恁艰辛[8]、犹是喜身闲，同鸥鹭[9]。

【注释】

①看滚滚句：李白《将进酒》："黄河之水天上来，奔流到海不复回。"

②建瓴东注：谓黄河东流居高临下，势不可挡。建瓴：建，倾倒。瓴：盛水瓶。

③终何补：终究于事无补。

④遗黎：遗民。

⑤浚：疏通。

⑥济川才具：辅佐帝王的人才。济川：犹渡河。"济川"比喻辅佐帝王。

⑦绨（tí）袍：平滑有光泽的丝袍。

⑧恁（nèn）：这样，如此。

⑨同鸥鹭：北齐刘昼《刘子·黄帝》："海上之人有好沤鸟者，每旦之海上，从沤鸟游。沤鸟之至者，百往而不止。其父曰：'吾闻沤鸟皆从女游，汝取来，吾玩之。'明日之海上，沤鸟舞而不下也。"后以指隐居自乐，不以世事为怀。

【品评】

孙朝庆是阳羡词派的一员，这派词人的一个特点就是关切现实问题。康熙朝，黄河屡次肆虐，为害非浅，大臣们束手无策，孙氏有感而作此篇。上片主要写治理黄河不易，黎民百姓饱受创痛。天灾固不易对付，再加上昏庸无能的官僚们瞎折腾，真是天灾人祸严相逼。下片继续揭露官吏的无能并抒发感慨。换头四句刻画了百官们议论纷纷，莫衷一是的丑态。此词敢拈大题目，做大文章，发大议论，很是可贵。而不事藻饰，自然流畅，气势充沛的艺术风格与内容很是配合。此词是清词中不可多得的佳构。

顾贞观（1637—1714）

初名华文，字华封，号梁汾。江苏无锡人。年二十余以诗受知于大学士魏裔介，超擢秘书监典籍。后魏被劾去职，贞观也落职南归。康熙十一年（1672）中举人，官内阁中书。十五年与纳兰性德订交。有《弹指词》二卷。编辑《唐五代词删》《宋词删》，并与纳兰性德合选《今词初集》二卷。

金缕曲二首

寄吴汉槎宁古塔，以词代书。丙辰冬寓京师千佛寺，冰雪中作①。

季子平安否②？便归来、平生万事，那堪回首！行路悠悠谁慰藉？母老家贫子幼③。记不起从前杯酒。魑魅搏人应见惯④，总输他、覆雨翻云手⑤。冰与雪，周旋久。　泪痕莫滴牛衣透⑥。数天涯、依然骨肉、几家能够⑦？比似红颜多命薄，更不如今还有。只绝塞苦寒难受。廿载包胥承一诺⑧，盼乌头马角终相救⑨。置此札，君怀袖⑩。

我亦飘零久，十年来、深恩负尽，死生师友。夙昔齐名非忝窃⑪，试看杜陵消瘦⑫，曾不减、夜郎僝僽⑬。薄命长辞知己别⑭，问人生、到此凄凉否？千万恨，为君剖。　兄生辛未我丁丑⑮。共些时、冰霜摧折，早衰蒲柳⑯。词赋从今须少作，留取心魂相守！但愿得、河清人寿⑰。归日急翻行戍稿⑱，把空名料理传身后。言不尽，观顿首。

【注释】

①吴汉槎：吴兆骞字，江苏吴江人。顺治十四年（1657）因科场舞弊案，被仇人诬告牵连，于次年流放宁古塔。宁古塔：地名，旧城在今黑龙江宁安县西海林河南岸旧街镇。丙辰：康熙十五年（1676）。千佛寺：北京戒坛寺有千佛阁，故名。冰雪中作：此词作于康熙十五年十二月并托苗焦冥所寄。

②季子：指吴兆骞。旧时兄弟排行一至四为伯、仲、叔、季。兆骞排行第四，故称季子。见李兴盛《吴兆骞年谱》。

③母老句：吴有继母杜氏，生母李氏。至康熙十五年，吴在塞外已十八年，子幼当指塞外所生三女、四女。此泛言之。

④魑魅搏人：暗指科场一案。魑魅：迷信传说称山神、鬼怪。即螭魅。

⑤覆雨句：喻反复无常。

⑥泪痕句：《汉书·王章传》：“初，章为诸生，学长安，独与妻居。章疾病，无被，卧牛衣中，与妻决，涕泣。”颜师古注：“牛衣，编鼠麻为之，即今俗呼为龙具者。”

⑦数天涯、依然骨肉：兆骞妻葛采真于康熙二年（1663）到宁古塔与兆骞团聚，并生二女。见李兴盛《吴兆骞年谱》。

⑧包胥：申包胥，春秋时楚国大夫。《史记·伍子胥列传》：“始伍员与申包胥为交，员之亡也，谓包胥曰：我必覆楚。包胥曰：我必存之。及吴兵入郢，……于是申包胥走秦，告急求救于秦，秦不许，包胥立于秦庭，昼夜哭，七日七夜，不绝其声。秦哀公怜之……乃遣车五百乘救楚击吴。”

⑨乌头马角：《史记·索隐》：太子丹求归，秦王曰：“乌头白，马生角，乃许耳。”

⑩置此二句：《古诗十九首》：“客从远方来，遗我一书札。上言长相思，下言久离别。置书怀袖中，三岁字不灭。”

⑪夙昔句：夙昔：往日。忝窃：谦言辱居其位或愧得其名。

⑫杜陵消瘦：杜陵：杜少陵，即杜甫。此是作者自比。

⑬夜郎：李白曾流放夜郎，遇赦而还。僝僽：宋、元人常用语，即烦愁，苦恼。此句比吴兆骞。

⑭知己别：与兆骞远别。

⑮辛未：明崇祯四年（1631）。丁丑：明崇祯十年（1637）。

⑯冰霜摧折二句：《世说新语·言语》："顾悦与简文同年，而发早白。简文曰：'卿何以先白？'对曰：'蒲柳之姿，望秋而落；松柏之质，经霜弥茂。'"本年顾贞观四十岁，吴兆骞四十六岁。

⑰河清人寿：王嘉《拾遗记》："黄河千年一清，至圣之君，以为大瑞。"《左传·襄公八年》："俟河之清，人寿几何。"

⑱行戍稿：指兆骞在宁古塔戍所写的文稿。今有《秋笳集》八卷。

【品评】

此词作于康熙十五年（1675）冬并寄出，吴兆骞于次年三月收到。纳兰性德看到这二首词后，感动得流泪，表示愿意营救。遂恳请其父太傅明珠从中斡旋，吴兆骞终于在康熙二十年辛酉（1681）回到关内。此事是清代词坛的一件盛事，此词更是流播万人之口。第一首围绕吴兆骞来写。开端五字浓缩了千言万语，一声亲切的称呼，一声平常的问候，多少思念多少牵挂都已包含了。后几句认为友人身陷绝域，蒙受千古不白之冤是由奸人造成的，可谓真正理解朋友。也表示了不救友人出来终不放弃的坚强决心。第二首围绕两人凄凉身世来写。吴兆骞在塞外流放共有二十三年，吴比顾长六岁，二人不但意气相投，而且才力相当，在当时诗坛齐名。故以"杜陵消瘦"自况，而以李白僝僽比拟对方是非常恰当的，并非自负夸人之言。也许今传吴汉槎《秋笳集》八卷就是在顾的劝告下勒集成编，可作塞外诗史来读。此二篇信手写来，不事藻饰，而真情发自肺腑，读来可增风谊之重。

李天馥（1637—1699）

字湘北，号容斋。江南合肥（今属安徽合肥）人。顺治十五年（1658）进士。累官武英殿大学士。有《容斋诗余》一卷。

忆　王　孙

春　　望

妒春良夜爱春潮[①]，花外红楼卷绛绡[②]。极目香尘旧板桥，路迢迢，不见归鞍见柳条[③]。

【注释】

①妒春：谓春色招人嫉妒，即春色可爱之极。

②绛绡：红色绡绢。绡为生丝织成的薄纱、细绢。

③柳条：古人有折柳送别的习俗。

【品评】

此词抒写对美人爱慕不得的心绪。首句言春潮荡人心扉，春心似春潮。次句言美人倩影朦朦胧胧，若隐若现，徒撩人思绪。“极目”，远望之神态也；“香尘”，美人足迹也；“路迢迢”，可望而不可即也。结句写惆怅若失貌，“归鞍”照应“极目”。词人把春望过程中产生的感受优雅地传出，既不故作姿态，又不轻艳浮靡。下笔浑厚高秀，风神俊朗。

查慎行（1650—1727）

初名嗣琏，字夏重，号他山，又号橘洲。更今名，字悔余，号查田，晚号初白老人。浙江海宁人。康熙四十一年（1702）荐试入值南书房修书。第二年中进士，官编修。雍正五年（1727）受文字狱牵连。有《余波词》二卷。

生 查 子

六月十五夜黎城坐月①

青山淡欲无，月到中天小。却扇一襟风，景气清多少？
芦壁吐灯光②，中有邻娃笑。明日二郎祠③，去钓乘凉早。

【注释】

①黎城：县名，属山西省。
②吐：透射。
③二郎祠：祭祀二郎神的庙堂。

【品评】

此篇写夏夜纳凉时所见所思。上片写风景，围绕一个“淡”字取景。下片写人事。“芦壁吐灯光”写出家境不裕，“中有邻娃笑”见出睦邻之乐。结句写乘早凉钓鱼，正是苦于天热，照应上片“清”字。此词似信手写来，无主脑可寻，其实是表现家居生活的恬淡心境。查词词风务实，不似厉鹗有神致，然于淡冶处亦摇曳生姿。

纳兰性德（1655—1685）

原名成德，避东宫讳，改性德，字容若，号楞伽山人。姓纳兰氏，满洲正黄旗人。年十七补诸生，入太学。十八岁举顺天乡试，二十岁成进士。官一等侍卫。自康熙十五年至二十三年（1676—1684）出入随从皇帝。与顾贞观友情甚笃，顾为性德编刊《饮水词》。后贞观再次增补《饮水词》。今《纳兰词》五卷系后人汇辑，存词三百四十八首。

台　城　路

塞　外　七　夕

白狼河北秋偏早①，星桥又迎河鼓②。清漏频移，微云欲湿，正是金风玉露③。两眉愁聚，待归踏榆花，那时才诉。只恐重逢，明明相视更无语。　　人间别离无数。向瓜果筵前，碧天凝伫④。连理千花⑤，相思一叶⑥，毕竟随风何处？羁栖良苦！算未抵空房，冷香啼曙。今夜天孙⑦，笑人愁似许！

【注释】

①白狼河：今辽宁省大凌河。

②星桥句：《岁华纪丽》：“七夕鹊桥已成，织女将渡。”河鼓：《尔雅·释天》：“河鼓谓之牵牛。”

③金风玉露：七夕正当秋天。宋秦观《鹊桥仙》永七夕词：“金风玉露一相逢。”

④向瓜果二句：《荆楚岁时记》：“七夕，妇人结彩缕穿七孔针，陈瓜果于庭中以乞巧。”

⑤连理：两棵树不同根而枝干结合在一起名“连理枝”。

⑥相思一叶：《青琐高议》：“唐僖宗时，于祐于御沟拾一叶，上有诗。祐亦题诗于叶，置沟上流，宫人韩夫人拾之。后值帝放宫女，韩氏嫁祐成礼，各于笥中取红叶相示曰：‘可谢媒矣。’”

⑦天孙：《史记·天官书》：“织女，天女孙也。”

【品评】

词借古老的牛郎织女七夕相会的故事，抒发了征夫思妇相思之情。上片演故事，下片述人间别离，结末又回到上片。在演故事的过程中，透露的是一种对真情的珍惜。清初董元恺在《浪淘沙·七夕》词中说：“如果一年真一度，还胜人间。”人间的别离之苦自是多得多。故下片开端即发出“人间别离无数”的重重叹息，紧接着联系自己来说，是因为“羁栖”造成别离的，自己在外虽苦，但算不了什么，远远赶不上独守空房的妻子。她因刻骨的思念，在寒宵中独自焚香祷告，直至天明还在哭泣。这是透过一层立说的写法。通篇情感的力度达到了最高层。纳兰为乌衣公子，却不骄纵放逸，自我约束极严，尤与妻子卢氏的感情笃深。此词正因为有了生活中的情感体验而入木三分。

谭献评此词云“逼真北宋慢词”。可谓慧眼。北宋慢词给人以浑厚和雅，不见刻镂之功的印象。此词句清字丽，兼有浪漫色彩，始终以相思意绪贯穿，没有细碎之感。

浣 溪 沙

谁念西风独自凉？萧萧黄叶闭疏窗。沉思往事立残阳。
被酒莫惊春睡重①，赌书消受泼茶香②，当时只道是寻常。

【注释】

①被酒：犹中酒，酒酣。

②赌书消受泼茶香：李清照《金石录后序》："余性偶强记，每饭罢，坐归来堂烹茶，指堆积书史，言某事在某书某卷第几页第几行，以中否角胜负，为饮茶先后。中，即举杯大笑，至茶倾覆杯中，反不得饮而起。"

【品评】

此词为追忆亡妻卢氏而作。上片写作者沉痛思念的情景。下片写昔日夫妻生活。上片以境界胜，选取西风、黄叶、残阳三个意象有力构筑一股凄凉的氛围，寄托着一种哀思。下片以善取典型事件胜。夫妻和谐甜蜜、恩爱至深的生活用被酒春睡、赌书泼茶作高度概括，有一字千金之叹。结局轻轻一点，遗恨绵绵。本篇信手拈来，毫不费力。王国维云："纳兰容若以自然之眼观物，以自然之舌言情，此由初入中原，未染汉人风气，故能真切如此。"今观是作，信然！

蝶　恋　花

辛苦最怜天上月[1]，一昔如环，昔昔长如玦[2]。若似月轮终皎洁，不辞冰雪为卿热。　　无奈尘缘容易绝，燕子依然、软踏帘钩说。唱罢秋坟愁未歇，春丛认取双栖蝶[3]。

【注释】

①辛苦最怜句：性德《沁园春》（瞬息浮生）小序云："丁巳（康熙十六年，1667年）重阳前三日，梦亡妇淡妆素服，执手哽咽，语多不能复记，但临别有云：'衔恨愿为天上月，年年犹得向郎圆。'妇素未工诗，不知何以得此也？"

②一昔：一夜。环：圆形玉璧，象征月圆。玦：半环的玉佩，象征月缺。

③唱罢二句：李商隐《偶题二首》之二："春丛定是双栖夜，饮罢莫持红烛行。"此句谓希望自己死后能与妻子一起化为蝴蝶，在花丛中双宿双飞。

【品评】

月是中国古典诗词中被广为取用的意象。月圆象征团聚，月缺则意味着别离。纳兰亡妻卢氏于梦中临别赠诗以月寄托相思，故作者因月而起兴。起句笔势突兀，言月最辛苦。为什么月最辛苦呢？实因"衔恨"过多。月何得有"恨"？实因人有恨。以人之有恨而辛苦，推及月辛苦，系通感手法。为了不使心爱的人儿遗恨太多，故希望月光始终皎洁明亮。假如月光天天朗照，你的魂儿啊，就可以天天回到我的怀抱，那时我就可以一如既往的去爱你。上片结二句系对亡妇梦中赠诗的回答，若将亡妇诗与此二句合璧，不失为一首好诗。下片已情不自持，径直与亡妻对语，哀感顽艳，通篇用典，顺畅如话语。虽为凄厉之音而用字有华贵气。

长　想　思

山一程，水一程，身向榆关那畔行①。夜深千帐灯。
风一更，雪一更，聒碎乡心醉不成②，故园无此声。

【注释】

①榆关：也作渝关，即山海关。隋开皇三年（583 年）筑成，设榆关总管。在今河北秦皇岛市。

②风一更三句：柳永《爪茉莉·秋夜》词："金风动、冷清清地。残蝉噪晚，甚聒得、人心欲碎。"

【品评】

是词为纪游之作。上片交代行程，下片发乡思之情。通篇结构简单，手法亦属平常。王国维在《人间词话》中推求“千古壮观”之境界，认为“求之于词，唯纳兰容若塞上之作，如长相思之‘夜深千帐灯’，如梦令之‘万帐穹庐人醉，星影摇摇欲坠’，差近之。”词中描写塞上壮观之境界，于两宋词人中除范仲淹《渔家傲》之作外，几不复见，确可新人耳目。尤其是清初词人这种作品是继明词中衰后而出现于词坛，无疑有一种起衰救弊的作用。纳兰性德盖得益于身体力行，他成为清初首屈一指的词人，确有其必然之势。

金缕曲

赠顾梁汾[①]

德也狂生耳[②]。偶然间、缁尘京国[③]，乌衣门第[④]。有酒惟浇赵州土[⑤]，谁会成生此意[⑥]？不信道，遂成知己。青眼高歌俱未老，向尊前拭尽英雄泪。君不见，月如水。　共君此夜须沉醉！且由他、蛾眉谣诼，古今同忌。身世悠悠何足问，冷笑置之而已。寻思起、从头翻悔。一日心期千劫在[⑦]，后身缘、恐结他生里[⑧]！然诺重，君须记！

【注释】

①顾梁汾：顾贞观，字华峰，号梁汾，江苏无锡人。康熙十五年(1676) 馆纳兰明珠家，结识明珠长子性德，为忘年交。

②德也句：性德自称。

③缁尘句：言尘染衣黑也。

④乌衣门第：指纳兰家。东晋以来，王、谢两大家族都居住在乌衣

巷（南京市东南），世称乌衣门第。

⑤有酒句：李贺《浩歌》："买丝绣作平原君，有酒唯浇赵州土。"赵国古多慷慨悲歌之士，赵平原君为贤公子，故性德心向往之。

⑥谁会句：性德原名成德，故自称成生。此意：当指以平原君自居之意。性德交友皆一时俊异之士，尤善待穷厄困顿之士，所费资财不计其数。

⑦一日句：心期，心相期许，成为知己。千劫在，谓情谊历经千万年而仍在。

⑧后身缘：来世的因缘。

【品评】

纳兰性德与顾贞观定交是清代词坛的佳话。二位知名词人之间可歌可泣的交谊足以传之后世。一个是权倾朝野太傅的公子，一个是到京城谋职求生的文士，他们能够结成莫逆之交，是由于有共同的文学爱好，相互倾慕对方的才华。更主要的是他们有相似的人格价值取向。读此词令人增风谊之重。上片纳兰述己志。开篇自称狂生。这种"狂"是针对世俗而言的。在世俗看来，有着荣华富贵，不坐享其成，却偏偏要和落拓不羁之士搞在一起，是不是不着道儿？殊不知纳兰看重的是知己，是慷慨有节的壮士。要为他们高歌，要为他们拭泪。下片纳兰期待与顾贞观友谊长存。这首慢词，风格与顾贞观《金缕曲》二首相近，可比照而读。苏东坡之疏旷，辛稼轩之豪雄都可于是篇见出。而一种磊落襟怀流贯全篇。难怪写成之后"都下竞相传写"。

菩　萨　蛮

乌丝画作回文纸[①]，香煤暗蚀藏头字[②]。筝雁十三双[③]，输他作一行。　　相看仍是客，但道休相忆。索性不还家，落残红杏花[4]。

【注释】

①乌丝句：谓妻子寄来书信。乌丝：黑丝线。古人常用乌丝在缣帛上织成格子，并用红墨界行。后泛指有墨线格子的卷册。回文：参前注。

②香煤：和有香料的煤烟，指墨。暗蚀藏头字：用墨把诗句的第一个字涂掉，要阅信者猜是什么意思。藏头：即藏头诗，把每句头字藏于前句末一字中，或将所言之事分藏于每句的头一字中。

③筝雁：古筝上的弦柱斜列，如飞雁一般，曰“雁柱”。筝有十三条弦，每条弦两头各有一柱，所以说“十三双”。

④索性二句：妻子信中赌气的话。

【品评】

本篇与温庭筠八首《菩萨蛮》风格极为相似。主要撷取四组镜头来反映收到妻子书信后的绵绵思绪。初看起来，这些镜头并无多大关联，实际有内在的联系，需要我们用思力去“焊接”。首二句写妻子用很精致的乌丝格信笺写来了信，而且是用回文诗体写成并用香墨隐去了诗信的第一个字，要纳兰猜是啥意思。这样写即能让人知道妻子对感情是何等的珍惜。次二句用筝有双弦比拟夫妻成双成对。今夫妻天各一方，固不如筝雁可知。为什么用筝雁相比呢？因为一弦一柱说相思，妻子在思极的时候往往是操琴遣怀的。下片结末二句又回到妻子的信上，写妻子的气话，说杏花都已凋谢了，春天马上就要过去，而你还不回来，要不回来就索性呆在外边好了。读此词愈咀嚼则味道愈浓厚。

生　查　子

东风不解愁，偷展湘裙衩[1]。独夜背纱笼，影着纤腰画[2]。

熄尽水沉烟[③]，露滴鸳鸯瓦[④]。花骨冷宜香，小立樱桃下[⑤]。

【注释】

①湘裙衩：湘裙：女子长裙。衩：衣裙下边的开口。

②独夜二句：谓女子夜晚独自背对着纱笼，纱笼的光亮画出她腰肢纤细身影。纱笼：罩在灯笼外面的纱罩。

③熄（ruò）尽句：熄：烘烤。水沉：香名，即沉香。

④鸳鸯瓦：指成对的瓦。

⑤花骨二句：花骨：花蕾。小立：稍稍站立。此二句以寒气中的花蕾喻女子姿质柔弱，女子站立于樱桃花下，故有如此联想。

【品评】

词的主人公是一位弱质女子。在一个春风习习的夜晚，独自背对着灯笼站立着，灯笼的红光映出了那纤细的腰肢。风在撩拨着她的长裙，而她的愁眉却紧锁着。她是在企盼她的情人吗？或是思念百结而难眠？水沉香烧尽了，露水冷丁丁地滴在瓦楞上，她还在樱桃花下站立了一会儿，那花也仿佛在冷夜中瑟瑟颤抖。此词幽艳哀断，令人荡气回肠，可能别有怀抱。纳兰曾恋一宫女，是否此宫女即是词中主人公，未可知，但当有生活体验为基础。况周颐《蕙风词话》云："寒酸语不可作，即愁苦之音，亦以华贵出之，《饮水词》人所以为重光（李煜）后身也。"指字面而言。本篇字面正有华贵之气。

厉鹗（1692—1752）

字太鸿，又字雄飞，号樊榭，又自号南湖花隐。浙江钱塘（今杭州）人。康熙五十九年（1720）举人。乾隆元年（1736）被荐博学鸿词不售，遂不复出。客居扬州马曰琯、马曰璐兄弟之“小玲珑山馆”近三十年，并与马氏等结社酬唱，主盟坛坫，影响遍及大江南北。有《秋林琴雅》四卷，《樊榭山房词》二卷，续词一卷，集外词一卷。并著《绝妙好词笺》。

齐　天　乐

吴山望隔江霁雪①

瘦筇如唤登临去②，江平雪晴风小。湿粉楼台③，酽寒城阙④，不见春红吹到。微茫越峤⑤，但半沍云根⑥，半消沙草。为问鸥边，而今可有晋时棹⑦？　　清愁几番自遣，故人稀笑语，相忆多少？寂寂寥寥，朝朝暮暮，吟得梅花俱恼⑧。将花插帽，向第一峰头⑨，倚空长啸。忽展斜阳，玉龙天际绕。

【注释】

①吴山：在杭州市西湖东南面。登此山可览西湖、钱塘江及全城美景。

②筇（qióng）：竹的一种，可以做手杖。

③湿粉：指雪。

④酽寒：浓重的寒气。

⑤越峤：此指钱塘江南岸一带的浙东群山。峤：尖而高的山。

⑥沍（hù）：冻结。

⑦而今句：《世说新语·任诞》："王子猷居山阴，夜大雪，……忽忆戴安道。时戴在剡，即便夜乘小船就之，经宿方至，造门不前而返。人问其故，王曰：吾本乘兴而来，兴尽而返，何必见戴？"因隔江眺望，故联想到晋代王子猷雪中访戴故事。

⑧吟得句：极言吟咏之多，以至梅花全都恼怒。

⑨第一峰：吴山下瑞石洞侧岩壁上刻有米芾手书"第一峰"三字。紫阳山西岩壁上有"吴山第一峰"五个字，据传为朱熹所书。

【品评】

上片述浙东江山雪景，下片述面对美景而产生的清愁。"瘦筇"作者自指。"如唤"是指美景好像召唤自己，系拟人手法。"微茫越峤"三句境界阔大，富有动态感。"清愁"因忆故人而起。"吟得梅花俱恼"则自遣情怀。"将花插帽"三句极富情致。结二句写明丽风光，词人情绪激昂。本篇写景深得中国文人山水画以意导笔的精髓，清幽淡雅，流动不居。间有寥寥人物活动，见出情怀洒脱。

百　字　令

月夜过七里滩①，光景奇绝。歌此调，几令众山皆响。

秋光今夜，向桐江，为写当年高躅②。风露皆非人世有，自坐船头吹竹。万籁生山，一星在水，鹤梦疑重续。挐音遥去③，西岩渔父初宿。　心忆汐社沉埋④，清狂不见，使我形容独。寂寂冷萤三四点，穿过前湾茅屋，林静藏烟，峰危限月⑤，帆影摇空绿。随流飘荡，白云还卧深谷⑥。

【注释】

①七里滩：富春江的一段，起于建德县梅城镇，止于桐庐县严子陵钓台，绵延七里而水流湍急，两岸夹峙高山。

②高躅（zhuó）：躅：足迹，引申为事迹、门径。用严子陵事。子陵年轻时与刘秀同学，后刘秀即皇帝位，遣使征招，三辞而后至京，不受谏议大夫之职，归而耕钓于桐江。

③拏音：荡桨声。

④汐社：宋遗民谢翱文社名。谢死后被埋在钓台。

⑤峰危限月：桐江两岸高山绵延，非月至当空不能见月。

⑥白云句：以白云象征隐士的高风。

【品评】

本篇极写凄幽清冷的风景，寄托词人孤寂情怀。其中写到严子陵、谢翱二人，一为不事新朝的真正隐士，一为曾高歌呐喊的遗民，固然与七里滩遗迹有关，却正是慰藉词人心灵的伴侣。词人生当康乾盛世，有一股受压抑而苦闷的情绪，是那个时代文士普遍的情绪。陈廷焯《白雨斋词话》云："无一字不清俊。"又云："炼字炼句，归于纯雅，此境亦未易到。"

万树（？—1688）

字红友，号山翁。江苏宜兴人。康熙国子监生。曾入两广总督吴兴祚幕，所撰《词律》二十卷，号称精审，为填词者所依。有《香胆词》一卷，一名《堆絮词》。

柳　枝

垂虹春水下前溪①，谷雨春寒麦穗齐。一带绿杨村店口，小桃花下勃鸪啼②。

【注释】

①垂虹：即垂虹桥，在江苏吴江县东。因上有垂虹亭而名。

②勃鸪：鸟名，又名勃鸠。将雨时鸣声急。

【品评】

此词表现作者观览初春景物时的喜悦心情。首二句用春水动、麦穗齐写春来万物萌动，轻灵跳脱。“一带绿杨村店口”与王士禛《浣溪沙》“绿杨城郭是扬州”同出机杼而各臻其妙。写出村店口被绿杨环绕，翠意蒙蒙，使人产生迷离虚清之感。结句尤生动，写出春意无处可藏。此词音节谐畅，易于吟诵。可与苏轼《惠崇〈春江晚景〉》并读。

吴敬梓（1701—1754）

字敏轩，号粒民，晚号文木老人。安徽全椒人。雍正十三年(1735)，安徽巡抚举以应博学鸿词科，不赴。后移家金陵，晚居扬州。所作以《儒林外史》称著。有《诗说》，已佚。另有《文木山房集》，今存四卷。

减字木兰花

识舟亭阻风，喜遇朱乃吾、王道士昆霞①

卸帆窗下，一带江城浑似画。羽客凭阑②，指点行舟杳霭间。　故人白首③，解赠青铜沽浊酒④。话别匆匆，万里连樯返照红。

【注释】

①识舟亭：在安徽芜湖鹤儿山上。亭名据谢朓《之宣城出新林浦向板桥》诗中“天际识归舟”句而来。

②羽客：道士。指王昆霞。

③故人：指朱乃吾。

④解赠：解囊赠送。青铜：铜钱。

【品评】

此词所写，为作者行程中的一个小插曲，他虽是匆匆而过，词也很短，但是，殷勤“导游”的王道士，慷慨解囊相助的白首故人形象，仍是跃然纸上，可以说是景美、情意更美。最后以万里长江的万里夕照、千帆连樯收尾，有“篇终结浑茫”之妙，那如画的江城美景，温馨的友朋情谊，得到时间和空间双方面的延续、扩展，给人无穷回味。

吴锡麒（1746—1818）

字圣征，号谷人，自署东皋生。浙江钱塘（今杭州）人。乾隆四十年（1775）进士。授编修。嘉庆元年（1796）入值上书房，为皇曾孙师傅。六年授国子监祭酒。有《有正味斋词》。

洞仙歌

田家词

黄鹂三请[1]，道耕期须早，树上榆钱已吹老。要踏田努力，救麦关心，泥滑滑，谷雨光阴潜到。　老农偏解说：农事从辰，忙日工夫莫闲了。一路趁东风，软试芒鞋，都踏遍、荷花紫草。看又是前汀絮飞飞，定水旱今年，吠蛙占好。

【注释】

①黄鹂三请：谓黄莺鸣叫好像催人赶快耕作。三：言次数之多，非确指。

【品评】

在词中如此细腻地描写农事的作品殊属少见，可知作者对农事是非常关心的。上片像一首耕田劝力歌，众人可以合唱。下片则像一台独角戏。老农的话语富有机智，而“定水旱”之举又显得多么殷切与诚恳！是篇可与宋初王禹偁诗《畬田词》并读。

沁　园　春

不　倒　翁

莫笑龙钟，颠而不扶，蹶然自兴[①]。任几番压捺，出头须放；十分挫拗，强项偏能。老子婆娑[②]，是翁矍铄，随意盘旋走不胫[③]。如人柳，也三眠三起[④]，态度盈盈。　　掀腾[⑤]，与世无争？讶封得泥丸抵死撑[⑥]。便空空此腹，尽多销纳；团团封面，故学逢迎。何处难眠？有时作剧，拚得浮生纸样轻。惊一跌，早虚空粉碎，蜕去枯形。

【注释】

①蹶然自兴：摇来摇去自得其乐。蹶然：颠扑貌。

②婆娑：衰微或衰老貌。

③走不胫：不用脚走。胫：自膝至脚跟的部分。

④如人柳二句：《三辅旧事》：“汉苑中有柳，状如人形，号曰人柳，一日三眠三起。”（清张澍辑本）

⑤掀腾：腾达。

⑥讶封得句：怎么封闭起脑袋竭力支撑。泥丸：道家以人体为小天地，各部分皆赋以神名，脑神称精根，字泥丸，后因称人头为泥丸宫。

【品评】

此词借不倒翁论时人。上片写不倒翁滑稽可笑的神态与倔强逞能的性格。从“老子婆娑，是翁矍铄”句中可以看出作者对不倒翁的不满态度，为下文过渡到写人作了铺垫。下片表面似仍写不倒翁，其实是在揶揄不学无术、曲己奉私、全力钻营的投机分子。结拍三句是严厉的警告。本篇是讽刺类词作中不可多得的佳构，诙谐生动，令人观后一笑之余顿生警动之心。

黄景仁（1749—1783）

字汉镛，一字仲则，自号鹿菲子。江苏武进人。清高宗东巡，召试二等，充武英殿书签。援例得县丞，因贫病交迫而早卒。有《竹眠词》二卷。

减字木兰花

夜泊采石[1]

一肩行李，依旧租船来咏史[2]。四顾无人，君忆玄晖我忆君[3]。　江山如此，博得青莲心肯死[4]。怀古悠然，雁叫芦花水拍天[5]。

【注释】

①采石:即采石矶。在安徽当涂县西北,历代为南北战争必争之地。

②咏史：吟咏历史上的人事。即指写怀古诗文。

③君：称李白。玄晖：南齐诗人谢朓字玄晖。

④青莲：李白号青莲居士。心肯死：心不肯死，指留恋采石美景。唐代宗宝应元年（762）李白卒于当涂县。

⑤雁叫芦花：雁在芦花中鸣叫。雁有栖息芦苇的习惯。

【品评】

此词虽为咏古而实为怀念李白之作。作者生当乾隆盛世，有时代赋于文士郁闷难遣之痛，遂借有冲天豪情的李白来抒愁，一如李白景慕谢朓一样。结句仍可看出作者自抱高志。作者曾以《太白楼》诗，誉满大江南北。

吴蔚光（生卒年不详）

字悊甫，一字执虚，号竹桥。江苏昭文（今江苏常熟）人。乾隆四十五年（1780）进士。官礼部主事。有《执虚词钞》一卷，《小湖田乐府》十四卷。

喝　火　令

十一月十五夜对月

画阁层层上，雕阑曲曲连。也无云片也无烟，只有匣中鸾镜[1]，挂在碧罗天。　　香篆心同结，茶膏手自煎[2]。莲花漏紧且无眠，笑说今宵，明月十分圆。笑说今年明月，犹有一回圆。

【注释】

①鸾镜：饰有鸾鸟图案的妆镜。此指月。

②茶膏：茶叶制成块状。

【品评】

上片写观月时风景。以鸾镜喻月，以碧罗喻天，有阴柔之致。下片写观月时人景。焚香烹茶，漏声笑声，兼以月光明媚，自是心境惬意畅快。结句点题，不离不即之间传出月圆人聚的难逢。此篇传诵一时。

凌廷堪（1755—1809）

字次仲，一字仲子。安徽歙县人。乾隆五十五年（1790）进士。授宁国（今属安徽）府学教授。手定《梅边吹笛谱》二卷。又有《燕乐考原》六卷。

点绛唇

春眺

青粉墙西，紫骝嘶过垂杨道。画楼春早，一树桃花笑。
前梦迷离，人远波声小。年时到，越溪云杳，风雨连天草。

【品评】

是词气韵高妙，意境空濛，卓然双绝。上片写女子与情人相会。以“青粉墙”“垂杨”“桃花”点出女子所居“画楼”的清幽雅洁，得意境结撰之妙。复以“嘶”“笑”见出声响，则气韵生动。下片写女子与情人分别之状。“前梦迷离”始点出上片相会乃昔日情事，而今只有在梦中追寻。又以波声烘托梦境，显得梦境恍惚幽远，可谓善于造境。“年时到”三句写女人盼望之情激切，“越溪”乃女子所居之地的代称。“云杳”呼应“迷离”，可见出飘思难禁。“风雨连天草”呼应“一树桃花笑”，分离与相会的反差何其不同。此三句可谓善于以物状人，耐人品味。

张惠言（1761—1802）

字皋文，号茗柯。江苏武进人。嘉庆四年（1799）进士。改庶吉士，授编修。为著名的经学家、辞赋家、词家。与弟张琦舍辑《词选》，选唐宋词四十四家、一百十六首，示人准则。道光十年（1830）张琦重刻《词选》，其词旨遂成常州一派词学观点之基石。有《茗柯词》。

水调歌头二首

春日赋示杨生子掞[①]

东风无一事，装出万重花。闲来阅遍花影，惟有月钩斜。我有江南铁笛[②]，要倚一枝香雪[③]，吹彻玉城霞[④]。清影渺难即，飞絮满天涯。　飘然去，吾与汝，泛云槎[⑤]。东皇一笑相语[⑥]，芳意在谁家？难道春花开落，更是春风来去，便了却韶华。花外春来路，芳草不曾遮。

疏帘卷春晓，蝴蝶忽飞来。游丝飞絮无绪，乱点碧云钗。肠断江南春思，黏着天涯残梦，剩有首重回。银蒜且深押[⑦]，疏影任徘徊。　罗帷卷，明月入，似人开。一尊属月起舞，流影入谁怀？迎得一钩月到，送得三更月去，莺燕不相猜？但莫凭阑久，重露湿苍苔。

【注释】

①春日：立春之日。

②铁笛：朱熹《铁笛亭诗序》："侍郎胡明仲，尝与武夷山隐者刘君兼道游，刘善吹铁笛，有穿云裂石之声，故胡公诗有'更烦横铁笛，吹与众仙听'之句。"

③香雪：指花。

④玉城：周密《癸辛杂识》："《异闻录》云：'开元中，明皇与申天师、洪都客夜游月中，见所谓广寒清虚之府，下视玉城，嵯峨若万顷琉璃田。'"

⑤云槎：云中的仙舟。槎：竹木代舟。

⑥东皇：神名。或指司春之神，或指东皇太一。此指司春。

⑦银蒜：也叫帘押，是镇压帘子下端，免得被风吹动的一种器具。用银子制成，形如蒜头，所以叫银蒜。

【品评】

张惠言共有五首《水调歌头·春日赋示杨生子掞》，都写春感。此选第一首与第三首。第一首写春之夜的赏花与感叹。词的上片描绘出一个清美的世界，真可谓无一点人间烟火味。也道出了一个伤春的永恒困惑。结句皆以景结，更增迷离惝恍的色彩。此词有屈子形象在。第二首上片写春晓，下片仍写春夜。春思残梦正如游丝，漫无目的地飘荡着，词人天晓仍在徘徊，给人凝重之感。既而疏朗起来，一如李白的洒脱。"莺燕不相猜"最能见出词人的刻意追求。结句自我宽慰。张惠言论词，强调比兴、意内言外之旨，上接《风》《骚》。《词选》序云"恻隐盱愉，感物而发，触类条鬯，各有所归，非苟为雕琢曼辞而已"。此二篇即是遵循这一原则制作而成的。

风　流　子

出关见桃花[①]

海风吹瘦骨，单衣冷、四月出榆关[②]。看地尽塞垣[③]，惊沙北走；山侵溟渤[4]，叠嶂东还。人何在？柳柔摇不定，草短绿应难。一树桃花，向人独笑，颓垣短短，曲水弯弯。　　东风知多少，帝城三月暮，芳思都删。不为寻春较远，孤负春阑。念玉容寂寞，更无人处，经他风雨，能几多番？欲附西来驿使，寄与春看。

【注释】

①关：山海关。

②榆关：在今河北秦皇岛市。市东北三十里有山海关。

③塞垣：边塞的城墙，指长城。

④溟渤：渤海。

【品评】

此篇借桃花以抒惜春之情。上片描写塞外风光并突出一树桃花。暮春四月，关外仍是荒寒气象，柳柔草短还不足以证明春天完全到了。所谓“摇不定”“绿应难”即此意。忽而遇见一树桃花，不亚于沙漠中撞见一块绿洲，敏感的词人笑了，花也笑了。下片以京城桃花与关外桃花相对比。一个是“芳思都删”，一个“玉容寂寞”，所以词人要折一枝送给京城友人，捎去一点春色。上片呈阳刚之美，下片显阴柔之致，词人为赋手，而物固使然。抒情细腻曲折。如用张氏之说解词，此株桃花或即作者自喻？

浣　溪　沙

山气清人远梦苏[1]，海天摇白转空虚[2]。马蹄不碍岭云孤[3]。　　杨柳官桥通碧水，桃花小市卖黄鱼。东风未起早阴初[4]。

【注释】

①苏：苏醒。

②摇白：白浪翻滚。空虚：指白浪消失。

③不碍：放逸。

④初：刚刚开始。

【品评】

是词通过描写景物兼及人事表现出轻松的心情。六句六个场面，每个场面均作动态描写。有时用动词来表现动态，如“苏、摇、转、通、卖、起”。有时用形容词表现动态，如“清、孤、初”。后者尤佳。结句有隐忧。

钱枚（1761—1803）

字枚叔，又字实庵，号谢庵，浙江仁和（今杭州）人。嘉庆四年（1799）进士，官吏部文选司主事。有《微波亭词》一卷。

忆 王 孙

短长亭子短长桥①，桥外垂杨一万条②。那回临别两魂消③。恨迢迢。双桨春风打暮潮。

【注释】

①短长亭子：旧时于城外设亭方便行人。五里一短亭，十里一长亭。为送别之地。

②一万条：极言柳条之多，非确指。

③魂消：魂渐离散，形容极度的悲伤、愁苦。

【品评】

此篇写别愁。首二句写送别场面，只作景物描写。无数的杨柳依依，正暗示别情无极。第三句始点明离别，因离别而凄伤而有恨。结句是谓恨正如那悠然不断的摇桨声，渐行渐远还生。钱枚词笔长于逐层推演，愈进愈深，有抽丝剥茧工夫。是词风格近北宋小令，无饾饤琐屑习气，尤以结句含有不尽余味。

郭麐（1767—1831）

字祥伯，号频伽，晚号复翁。江苏吴江人。监生。久困举业，以坐馆课徒为业。词有《蘅梦词》二卷、《浮眉楼词》二卷、《忏余绮语》二卷、《爨余词》一卷，总名《灵芬馆词》。

醉　太　平

竹风韵长[1]，荷风气香。待他月上回廊[2]，再围棋不妨。

竹风一窗，荷风半床。凭肩笑问檀郎[3]："是今凉昨凉？"

【注释】

①竹风韵长：竹林风声动听而悠长。

②回廊：曲折的过道。

③檀郎：晋潘安小字檀奴，姿仪秀美。后以檀郎为美男子的代称。

【品评】

"竹风一窗，荷风半床"写景，较开篇八字更耐人咀嚼。此词没有失之轻倩，是因结句写出女子关切痛爱之情，情感显得较厚重。全篇纯任自然，不事雕琢，似不经意，而实是锤炼所得。

浣　溪　沙

两叶眉儿晚黛低[1]，两楼月子画楼西[2]，两重心字小蘋衣[3]。　　永夜双星人独立[4]，半年小别梦单栖。断无人处学含啼。

【注释】

①晚黛低：傍晚时眉毛画得浓。

②月子：月亮。

③两重句：晏几道《临江仙》词："记得小蘋初见，两重心字罗衣。"心字衣：绣有心字图案的上衣。小蘋：晏几道所眷恋的歌妓。此指所思恋的女人。

④永夜句：永夜：长夜。双星：即牵牛、织女星。人独立：晏几道《临江仙》词："落花人独立，微雨燕双飞。"

【品评】

上片写女子的容貌与衣着。写得含蓄深隽。"晚黛低"是傍晚思人心切的表现，"画楼西"已是想得很久了。那"小蘋衣"一定是男子所悦目的。下片写女子的相思，写得直接明快。"双星"点出相见之不易，天上牛郎织女已相会，而人间尚有孤独人。结句逗漏出女子有隐情。此词轻圆宛转，下字用句、化用前人之句皆都泯绝迹象。

满　江　红

呈座客，用湘湄风雨对床图韵[1]

雪白灯红，当酒半、忽跳而起。不痛饮、有如此酒，有如此水。留客酒难频夜满[2]，分湖水送离人几[3]。算人生不合作同心[4]，同乡里。　　浮蚁渌[5]，釭花喜[6]。朋与旧，兄和弟。便沉沉春酌，不能已已[7]。病起尚存儿女态，醉来稍有英雄气。得故人满眼酒盈尊，吾狂矣。

【注释】

①湘湄：周霱字湘湄，号风啣。江苏松江府南汇县（今属上海）人。

②频夜满：经常夜晚痛饮。

③送离人几：几回送别即将离开的友人。

④不合：不应该。

⑤浮：罚人饮酒。蚁：浊酒。渌：清酒。蚁渌泛指酒。

⑥釭花：灯花。

⑦己已：自己克制。

【品评】

此词纯以气使，不事藻饰，语语皆冲口而出，痛快淋漓。上片谓知己相逢，面对美酒与佳水应开怀畅饮。“留客酒”二句力透纸背。下片写畅饮的快慰。“釭花喜”可谓善衬。以“儿女态”与“英雄气”对举，意在突出饮酒的强度。结句点明题旨。是词有感而发，盖以酒杯浇胸中块垒。而字里行间的一种豪情也足以使人兴起。

水调歌头

望湖楼[①]

其上天如水，其下水如天。天容水色渌静，楼阁镜中悬。面面玲珑窗户，更着疏疏帘子，湖影澹于烟。白雨忽吹散，凉到白鸥边。　　酌寒泉，荐秋菊[②]，问坡仙[③]。问君何事，一去七百有余年[④]？又问琼楼玉宇，能否羽衣吹笛，乘醉赋长篇？一笑吾狂矣，且放总宜船。

【注释】

①望湖楼：古楼名。在今浙江省杭州市。

②荐秋菊：一再品鉴秋菊。荐：重，一再。

③坡仙：苏轼字子瞻，号东坡居士，后人仰其才华称为坡仙。

④一去句：苏轼卒于宋徽宗建中靖国元年（1101），距作者时代有700多年。

【品评】

上片写望湖楼雨景，下片述仰慕东坡之情。上片有两句化用东坡诗句写景，暗示东坡曾登此名楼，可谓不露声色。结句以景结，而实在言情。古诗文中以白鸥言隐居，故作者留恋此景自不言而明。过片三句和“又问”三句写出词人几至追随东坡而不舍。结二句似从神思妙想中回过神来，故“笑”。是词娓娓道来，无事藻饰，且精于描写，善用赋笔。虽有模仿之迹，然皆切景切情，不失为嘉道间名手之作。

黄仁（1773—?）

字研北。江苏娄县（今上海松江）人。乾隆五十七年（1792）举人，官山西稷山知县。与姚椿酬唱吟和。有《姑射山房词》。

水 龙 吟

吊陈莲峰提督化成阵殁吴淞口①

海天独障狂澜②，鸢飞欲堕愁云际③。鼍梁乍驾④，鹤轩何处⑤？沙虫争避⑥。大树思公⑦，长城坏我⑧，石衔填未⑨。把纯钩欲试⑩，唾壶频击⑪，挥难尽，英雄泪⑫。　毕竟将军不死。跨长鲸、敌魂犹悸⑬。金戈铁甲⑭，云车风马⑮，雷霆精锐。豹苦留皮⑯，鸡羞断尾，有如江水。报馨香俎豆⑰，泖峰同寿⑱，壮乾坤气。

【注释】

①陈化成：字业章，号莲峰，福建同安人。鸦片战争时，先后任福建水师提督、江南水师提督。1842 年 6 月 16 日，英军进犯吴淞炮台，督部发炮，重创英军。后以孤军奋战，负伤身亡。

②障狂澜：犹力挽狂澜。障：阻挡。

③鸢（yuān）飞欲堕：《后汉书·马援传》：“当吾在浪泊、西里间，虏未灭亡时，下潦上雾，毒气重蒸，仰视飞鸢跕跕堕水中。”词用此本事，喻处境艰险。鸢：即鹞鹰、老鹰。

④鼍梁：即鼋梁，指帝王的行驾。

⑤鹤轩：词中指仙车。

⑥沙虫：比喻战死的将士。相传周穆王南征，一军尽化，君子为猿

为鹤，小人为虫为沙。

⑦大树：大树将军，借指陈化成。

⑧长城坏我：即“坏我长城”。长城：喻指坚不可摧或可资倚重的人，词中指陈化成。

⑨石衔填末：即衔石末填。末：木末，代指木。

⑩把：把玩。纯钩：古宝剑名，良工欧冶子所造。代指宝剑。

⑪唾壶频击：《世说新语·豪爽》载王敦常酒后咏曹操“老骥伏枥，志在千里。烈士暮年，壮心不已”诗，“以如意打唾壶，壶口皆缺。”

⑫英雄泪：杜甫《蜀相》：“出师未捷身先死，长使英雄泪满襟。”

⑬敌：代指英国等外敌。

⑭金戈铁甲：形容军旅兵马威武雄壮，同金戈铁马。

⑮云车风马：神仙所驾的车马，以云为车以风为马。

⑯豹苦留皮：词痛惜陈化成留下万世英名，人却死了。“留皮”为“死”的讳称。

⑰馨香俎豆：祭祀之物。馨香：指用作祭品的黍稷。俎豆：古时祭祀用的两种礼器，代指祭祀。

⑱泖（mǎo）峰：上海青浦、松江、金山间有水曰泖湖，泖峰指这一带的山。陈化成战死于吴淞口，故以泖峰为喻。

【品评】

此词为凭吊民族英雄陈化成而作。上片前二句渲染当时海上极其严峻的气氛，下面几句表达了作者自己对英军的仇恨和内心的愤激。下片则用浪漫主义手法，想象陈将军毕竟没死，将陈化成的英雄气概升华为一种顽强、勇敢的民族精神，一种誓死同敌周旋到底的凛然正气。全词高昂激越，气魄雄伟，气氛肃穆，而笔致沉凝。它采用鸢、鼍、鹤、沙虫、精卫、鲸、马、豹、鸡等动物意象，和海天狂澜、长城、雷霆、乾坤等具有强大气势和无穷力量的天地山川意象，使词境森严，词情慷慨。“毕竟”五句想象奇特，堪称神来之笔，“大树”三句采用倒装结构，也使词脉顿挫激扬，很好地突出了陈将军的光辉形象。

改琦（1774—1829）

字伯蕴，号香白，又号七芗，别号玉壶外史。先世西域人，祖为松江参将，遂占籍为华亭（今上海松江）人。工诗词，善书画，所作仕女及折枝花卉，妙绝一时，为清中期名家。有《玉壶山房词》。

卜　算　子

借了一分秋，悄向心头种。偎近熏炉袖不温①，夜浅春寒重。　　思梦背罗屏②，髻影残灯拥③。梦尽江南无数山，翠被愁无梦。

【注释】

①偎近熏炉：紧贴着取暖的炉子。熏炉：用来熏香或取暖的炉子。

②思梦句：在丝织的屏风后面神思梦想。

③髻影残灯拥：谓将灭的灯光照映着髻结。

【品评】

上片写女子感春。首二句极工，将女子渴望与男子相遇的神态与心理细细写出，笔致轻灵。下片写女子相思。“思梦”句见辗转不定状，“髻影”句见深夜难眠状，“梦尽”句见思绪沉重状，“翠被”句见无可奈何状。一片三言“梦”，暗合上片“悄向心头种”，极写女子的多思多感，正是一种怀春情绪。是词深得晚唐温庭筠的笔法，只是少了几分浓丽，而多了几分秀逸。

生　查　子

长真居士偕游天龙庵啜茗①

僧语出林间，昼静涛声起。松顶拓僧窗②，风飏茶烟翠③。
同有爱山情，沉坐山光里。一饮在山泉，梦也清如水。

【注释】

①长真居士：孙原湘号长真。祖籍休宁（今属安徽），徙昭文（今江苏常熟）。嘉庆十年（1805）进士。官翰林院庶吉士。著有《天真阁集》六十卷，其中词作五卷。啜茗：品茶。

②拓：举、推。

③飏（yáng）：扬举。茶烟：茶树林中积聚的气体。

【品评】

上片写天龙庵清幽之景，突出一个“静”字。首二句是以动见静的手法。正因为四周寂静，才能听得见树林中隐隐传来的僧人说话声以及远处的涛声。可以看出受到王维《鸟鸣涧》“月出惊山鸟，时鸣春涧中”之句的启发。次二句写大自然生生不息，潜滋暗长。也许是僧人太专于修为，无心顾及松树已爬到了窗户上，而风声似乎掩盖了诵经念佛声，在翠绿的茶林中回荡。这是以大自然的“动”反衬僧人心灵上的“静”。下片写逍遥山水，自得其乐。也可以看出受到王维《终南别业》“行到水穷处，坐看云起时”句的影响。此词反映出词人恬淡的心境。也可能是词人“晚年唯好静，万事不关心”（王维《酬张少府》）式的生活之写照。

邓廷桢（1775—1846）

字维周，号嶰筠。江宁（今江苏南京）人。嘉庆六年（1801）进士，改庶吉士，散馆授翰林院编修，历知府、按察使、布政使、安徽巡抚等。道光十五年（1835）擢两广总督，严禁鸦片，与钦差大臣林则徐尽力抗英，大败之，终其任英人不得入虎门。调闽浙总督，又击退进犯厦门之敌。道光二十一年（1841）被贬谪伊犁，后召还，授甘肃布政使，擢陕西巡抚，卒于任。工诗文，能词。撰《诗双声叠韵谱》《说文解字双声叠韵谱》《双砚斋词话》等。词名《双砚斋词》。

酷 相 思

寄 怀 少 穆①

百五佳期过也未②？但笳吹、催千骑。看珠澥盈盈分两地③，君住也，缘何意？侬去也④，缘何意？　　召缓征和医并至⑤，眼下病、肩头事。怕愁重如春担不起，侬去也，心应碎；君住也，心应碎。

【注释】

①少穆：林则徐（字少穆）。词中之“君”亦指林。

②百五佳期：指寒食节，因在冬至后一百五日，故名。

③珠澥（xiè）：珠海。澥：海。盈盈：清澈貌。

④侬：我。道光二十年（1840）春，作者奉命调任闽浙总督，时已离广州，将到福建。故云“侬去也”。

⑤召缓句：缓、和皆春秋时秦国良医。《左传》载缓成公十年为晋

景公治病，和昭公元年为晋平公治病。词谓朝廷召用主张禁烟如你我二人，医治鸦片之害。

【品评】

这首词借寒食节的凄寒气氛，并以悲笳相衬，表达词人对被迫离开战友的失望之情，和对国事的忧虑。“眼下病、肩头事”二句，有着强烈的责任感，“怕愁重如春担不起”则是一种深沉的忧患意识，为朋友担心，为自己担心，更为国家命运担心。两句“缘何意”流露出心头的迷茫和愤慨；两句“心应碎”则表达了浓郁的伤心和失望。这首词如与朋友对面交谈，又如向朋友致上问候，语言简洁明了，朴实无华，但却句句含情，字字沉痛。篇幅虽小，而所关者极大。

月 华 清

中秋月夜，偕少穆、滋圃登沙角炮台绝顶晾楼。西风泠然，玉轮涌上，海天一色，极其大观，辄成此解[①]。

岛列千螺[②]，舟横万鹢[③]，碧天朗照无际。不到珠瀛[④]，那识玉盘如此[⑤]。划秋涛，长剑催寒；倚峭壁，短箫吹醉。前事，似元规啸咏，那时情思[⑥]。　　却料通明殿里[⑦]，怕下界云迷，蜃楼成市[⑧]。拆与瑶阊[⑨]，今夕月华烟细[⑩]。泛深杯，待喝蟾停[⑪]；鸣画角，忍惊蛟睡[⑫]。秋霁，记三人对影[⑬]，不曾千里[⑭]。

【注释】

①少穆：指林则徐。滋圃：指关天培（号滋圃），道光二十一年(1841)驻守靖远炮台，与英舰战而牺牲。沙角炮台：在广东虎门海口

东侧沙角山。晾楼：望楼。词作于道光十九年中秋节。大观：壮观宏大的景象。

②螺：形容岛屿浮在水面上，如螺髻一般。

③鹢：水鸟，古人常画其形于船首，称鹢首，以压水神。代指船。

④珠瀛：珠海。瀛：海。

⑤玉盘：指月。

⑥似元规二句：晋庾亮在武昌，尝于秋夜气佳景情之时，与使吏殷浩、王胡之等，于南楼"据胡床，与诸人咏谑，竟坐甚得其乐"。见《世说新语·容止》。元规：庾亮字。

⑦通明殿：传说中玉帝宫殿。

⑧蜃楼成市：古人以为海中出现的海市幻景。是蜃吐气所致，故曰"蜃楼"。

⑨瑶阊：天上玉京的城门。

⑩月华：月之光华。

⑪喝蟾停：蟾：蟾蜍，代指月，神话传说月中有蟾蜍。

⑫蛟睡：相传海底有龙、蛟之类水怪。

⑬三人对影：三人：即作者及题中所言林、关二人。李白《月下独酌》："举杯邀明月，对影成三人。"

⑭千里：谢庄《月赋》："美人迈兮音尘阙，隔千里兮共明月。"张铣注："千里，盖言君子远也。"

【品评】

此词写中秋赏月情景。上片从珠海海面上千岛罗列、海船林立的广阔景象写到空中明月的朗照无际，再到所处之地形势的高险，充分反映出战地赏月的雄壮气氛，和初经胜利后的昂扬意态。下片由月华之灿烂，生发想象，说定是上帝怕下界迷于海市蜃楼，特令打开天门，让月大放光明；词人欲留住这月，想大喝一声使之停下，又怕画角的鸣声惊醒了海底的蛟龙，掀起大海的不宁。词笔又从仙界的神话摇曳到海底的传说，虚幻多姿，而大气淋漓。全词境界开阔，意象雄奇，笔力苍劲，气魄宏大，使月之婵娟之美成了英雄本色的陪衬，别有情趣。

水龙吟

雪中登大观亭[①]

关河冻合梨云[②]，冲寒犹试连钱骑[③]。思量旧梦，黄梅听雨，危栏倦倚。被氅重来[④]，不分明处，可怜烟水。算夔巫万里[⑤]，金焦两点[⑥]，谁说与、苍茫意。　却忆蛟台往事[⑦]，耀弓刀、舳舻天际[⑧]。而今剩了，低迷鱼艇、模粘雁字[⑨]。我辈登临，残山送暝，远江延醉。折梅花去也，城西炬火，照琼瑶碎。

【注释】

①大观亭：在安徽安庆，为皖城名胜。

②梨云：梨花云。

③连钱骑：马名。骑：备有鞍辔之马。

④被氅：晋王恭尝披鹤氅裘，涉雪而行。

⑤夔巫：夔州，巫山巫峡，均在四川。

⑥金、焦：金山、焦山，皆在江苏镇江长江中（后与陆地接），两山对峙。

⑦蛟台往事：相传汉武帝浮江自寻阳出枞阳，曾于城内一小石山上射蛟，今枞阳城内有射蛟台。

⑧舳舻：代指船只。

⑨雁字：比喻鱼船像飞雁样整齐地排列着。

【品评】

词人冒雪冲寒，重览胜地，所见烟水微茫，鱼艇低迷，令人意兴阑珊，作为与现实空间的对照，词中出现了当年汉武帝于这一带射蛟的情景，那时才是真正的天下“大观”；也出现了万里外的夔、巫和金、焦，但这历史中的空间和虚幻中的空间，只能更衬托了眼前的苍茫。词人于射蛟往事后，用了“剩”“残”二字，颇有深意。盖他所神往的，并非射蛟事本身，而是那个壮观场面背后的太平盛世，是一个意气风发的时代，故面对这些“残山”“剩水”，他百感交集而莫能吟啸狂歌，“延醉”二字，尤其“去也”的“也”字，似有着无穷的感喟。

姚椿（1777—1853）

字子寿，又字梦谷，号春木，一号鲁亭。江苏娄县（今上海松江）人。监生。屡试不售，道光元年（1821）举孝廉方正，固辞不就。历主河南夷山、湖北荆南、松江景贤等书院。十岁通声律，又尝学于姚鼐，与洪亮吉、杨芳灿、张问陶等论词赋。编有《国朝文录》，撰《通艺阁诗录》《晚学斋文录》等。词名《洒雪词》。

永　遇　乐

咏黄山松盆景

天下奇才，何如此老，能耐霜雨。一片莓苔，几重鳞甲①，可要些回护？龙吟绝壑②，鹤栖遥岭，仙境消他万户。柱空山、闯然卷石③，千年迸裂无土。　　人间自是，腥膻烟火，销烁性灵斤斧④。寸寸拳奇⑤，枝枝崛强⑥，不与凡奴伍。试问先生，支离瘦硬⑦，何似诗人杜甫⑧？纵留得，阿谁还信⑨，此堪梁宇⑩？

【注释】

①鳞甲：喻指松树皮。

②龙吟：形容松风之声深沉。

③闯然：伸头貌。

④销烁：熔化，犹言戕害。性灵：人的自然禀性。

⑤拳：卷曲，弯曲。

⑥崛强（jiàng）：生硬、僵硬。

⑦支离：松又别称“支离叟”。

⑧何似句：唐李白《戏赠杜甫》："饭颗山头逢杜甫，头戴笠子日卓午。为问因何太瘦生，只为从来作诗苦。"词用以比喻瘦。

⑨阿谁：谁，犹言何人。

⑩梁宇：栋梁。

【品评】

这首词题曰《咏黄山松盆景》，而起以"天下奇才，何如此老"云云，且整个上片所写，并非"盆景"，显得很突兀，也很有气势。词人是将盆景中的松放回到"大自然"中，或者说，他由盆景中的松而联系起绝壑遥岭上的松，这就突破了"盆景"范围小的束缚，在广阔的空间背景上，去展现松耐霜的品格，苍遒的形象，独立天壤的不羁性格，并为下片写盆景的扼杀性灵埋下伏笔，提供鲜明对照。下片，词笔回到盆景话题，但并未对盆景松作具体描摹，其主要内容则是议论，词人认为人是戕害物之性灵的斤斧，故意把松弄得一寸一寸都拳曲着，一枝一枝都僵硬着，以与众不同，但他不禁反问：这样能长出栋梁之材吗？其批判不满之意，溢于言表，而锋芒所指，深度固不待言，其广度却非仅仅盆景而已，科举制度、人材制度，以及人的发展等等，均可做如是观。这不能不令人想起龚自珍的《病梅馆记》，想到当时的社会思潮和社会状况。这首词意象苍遒有力，境界阔远，笔势劲健，而思想深邃，意旨遥远。

汤贻汾（1778—1853）

字雨生，一字若仪，号粥翁。武进（今江苏常州）人。以祖、父荫补云骑尉世职，累官至浙江乐清协副将。不得志于上官，归居金陵，侨于周济园亭，名“琴隐园”，别筑“狮子窟”。擅丹青，一门多能绘事，称毗陵大家。善倚声，唱和遍江东，编有《江东词社词选》。词名《琴隐园词》，一名《画梅楼词》。

采　桑　子

相逢相忆真难说，十四楼前①，廿四桥边②。今夜圆从离恨天③。　　相逢相忆都休说，人坐晶帘④，花映琼筵⑤。醉一春宵补一年。

【注释】

①十四楼：明初在南京建有来宾、重译等十四座楼以处官妓。代指青楼。

②廿四桥：即二十四桥，在江苏扬州西郊，相传古有二十四美女吹箫于此，故名。代指歌舞繁华之地。见《扬州画舫录》等。

③离恨天：佛书谓须弥山四方各有八天，中有一天，计三十三天。民间传说谓三十三天中最高者是离恨天。比喻男女生离、终生抱恨之地。

④晶帘：水晶帘。

⑤琼筵：美宴，盛宴。

【品评】

男子与他所爱的女子，经过一年生离死别的煎熬，终于相逢，不禁感慨万端。词在上下两片的首句，都用了“相逢相忆”四字，概括了双方相逢时那种喜悦、回忆、追问的丰富心理，给人以美的享受和遐思。作为双方相逢之地的“十四楼前”“廿四桥边”，可能只是泛指繁华风流之地，以衬托痴情男女重逢时的旖旎风光，“前”“边”二字，对空间作了细致的界定。但是，也有可能就是指秦楼楚馆，从而暗示了女子的身份，这就为画面涂上了沉重的悲剧色彩，也在相当程度上暗合了男子那无尽感慨的真实内涵，以及“离恨天”这个词所表达的带有抱恨终身的别离滋味。

叶申芗（1780—?）

字维彧，一作维郁，号小庚，又号箕园，别号词颠、瀛壖词叟。福建闽县人。嘉庆十四年（1809）进士，官至河南河陕汝道。专志词学。编有《闽词钞》《天籁轩词谱》《词选》《词韵》《本事词》等。词名《小庚词存》。

凤凰台上忆吹箫

菜　花

粟影疑空①，麦云讶薄，凝眸一望千畦。尽临风锦烂，映日金迷。为爱浅深浓澹，平分出、近远高低。春如许，黄花满地，莫认秋篱②。参差，麹尘吹动③，正陌上人归，色蘸春衣。记年年佳节，长说挑时④。试问题诗张翰，风流句、端合因伊⑤。还相笑，芳根咬处，此味谁知？

【注释】

①粟影：代指桂花，因其色黄。

②秋篱：代指菊花。

③麹（qū）：亦作“麯”。麹尘：本指酒曲上所生淡黄之菌，词中借指菜花。

④挑：指挑菜挖菜。

⑤端合：应该、应当。伊：指菜花。

【品评】

此为赞美菜花之作，上片描写其色之金黄灿烂，词人主要使用比喻手法，以桂花、麦云、锦绣、金四物，或喻其黄，或突出其耀眼的光辉，最后又用享誉天下的菊花为衬，极力将菜花的形象凝固在人的眼前。下片转掉笔端，先视人在陌上行走，那黄色被引动，参差起伏，那灿烂也便映蘸上了人的春衣。“蘸”本与液体有关，用在此处，使菜花的色有了质感、动感，极形象。“记年年佳节”以下，再挪移词笔，说倘春时挑而品尝，那滋味之美妙，恐怕没几个人知道，大概张翰的风流佳句，就是因此而写出来的吧。从形之美，到用之美，从观赏美到实用美，词人于菜花，可谓情有独钟，而体物入微。

满　江　红

丙戌初到大关作①

斗大山城，居然是，滇东锁钥。千余里，襟黔带蜀②，犬牙相错。犵鸟蛮花风景异③，僰僮爨女夷情乐④。沐承平、雅化百年来⑤，安耕凿。　舆马困⑥，山程虐。舟楫险，溪滩恶。笑蚕丛鸟道⑦，崎岖犹昨。田叠楼梯窗际列，泉通竹枧厨中落⑧。对边关、斜日起新愁，听笳角⑨。

【注释】

①大关：四川荥经西邛崃，有邛、筰人分界处，又名大关山，隋置邛崃关于山西麓。

②襟黔带蜀：谓大关在黔、蜀的环绕中，形势险要。

③犵（gē）：即仡佬，西南少数民族。蛮花：蛮地的花。

④僰（bō）僮：僰族的奴隶。僰：西南少数民族名，居今川南滇东一带。爨（cuàn）：古族名和地名，在今云南东，分东、西二部，唐时东爨为乌蛮，西爨为白蛮，明以后专指罗罗。

⑤承平：太平。雅化：纯正的教化。

⑥舆马：车马。

⑦蚕丛鸟道：比喻险峻的山路。

⑧枧（jiǎn）：引水用的器具，多以竹、木为之。

⑨笳角：古军中乐器笳与角。代称少数民族音乐。

【品评】

上片交待大关所具有的战略形势的重要，及朝廷对少数民族的治化。下片进入旅行的写作，主要突出山程水路的险峻，也描写了当地奇异的风俗。末二句归结到乡关之思。全词虽有美化朝廷之嫌，但它在极为广阔的历史背景、人文背景上，展现了祖国西南边疆独特的山水美景和民风民情，新人耳目。

满　江　红

歙溪即事[①]

放眼溪山，宛然又、别开生面。况复值、霜林风景，翠凋丹染。夹岸磳田梯万叠[②]，近滩水碓轮双转。更沿村、粉壁好人家，炊烟满。　　冬过暖，天应变；冻雨散，酸风健。正浓云酿雪，洒篷飞霰。透骨新寒裘屡易，破愁卯酒杯频劝[③]。念岁华、将暮旅怀深，难消遣。

【注释】

①歙溪：在江西婺源，以产砚著称。

②磳（zēng）田：犹今之梯田。

③卯酒：早晨喝的酒。

【品评】

上片首四句描写溪山之美，“霜林风景，翠凋丹染”令人想起杜牧的名句“霜叶红于二月花”，接着四句转写两岸当地的生活风俗，有浓郁的农村气息。下片写天气的变化，时值冬季，一场暴雨冲洗了先前的暖意，刺骨寒风又刮起，彤云密布，飞霰敲打着船篷，一场大雪马上就要降临。这铺天盖地的寒意，更使词人感到羁旅漂泊的痛苦。

周济（1781—1839）

字保绪，号止庵，又号未斋，别号介存居士。江苏荆溪（今属宜兴）人。嘉庆十年（1805）进士，官淮安府学教授。早年与李兆洛、包世臣切磋经世之学，曾佐大吏侦缉枭徒，以试其兵家之术。历宦、兵、商诸实践，终不能得其志，遂退隐南京“春水园”，著《晋略》八十卷。为张惠言后“常州派”词学宗匠，编有《宋四家词选》《词辨》，附撰《介存斋论词杂著》。词名《味隽斋词》《存审轩词》。

浪淘沙

迟日照房栊[1]，春太冥蒙。帘旌轻漾楝花风[2]。一架酴醾香似雪[3]，何处残红？　　回枕曲屏空，纤甲重重。睡情比胜酒情浓。多少流莺催得起？梦又匆匆。

【注释】

①迟日：春日。迟有阳光温暖之义。房栊：窗棂，也指房屋。

②帘旌：帘端缀饰之布帛。也代指帘幕。楝花风：二十四番花信风之一。时当暮春。

③酴醾：花名，以色似酴醾酒而名，在春花中开最晚。香雪：指白色的花。

【品评】

词似咏春睡香甜：上片以迟日照房栊、风漾帘旌、酴醾花正香等，描写暮春独特的景物特点和美丽。下片转入室内，通过枕屏的形状，暗示主人卧眠，“纤甲重重”进一步以其外露状其眠之酣。下面又用酒情薄衬其睡意浓，用流莺巧啭也唤不醒，衬托她的沉睡之深。末句最为关情：原来，她正在匆匆地做着春梦！这就把全词所写所有片断注进了血液，使一切新鲜、活动起来：原来，她如此酣眠，是为了赶在春归之前匆匆多做些春梦！表面上，她对外面的春景春光无动于衷，实际上她是最为多情；表面上，她对春之归丝毫不在意，实际上则是最为惜春怜春。词的构思颇为巧妙精致。

虞　美　人

晓凉秋雨醒残醉，绿卷帘波碎。牵牛花淡兔葵浓①，那更惜花、双眼到乌榕②。　　人间不种红蒲草③，梦也无心好。晕潮枉记夜来痕④，留住花枝、留不住花魂。

【注释】

①兔葵：即菟葵，花白茎紫。

②榕：榕树，常绿，干既生枝，枝复生根，所荫极广。生于南方。

③蒲草：即香蒲，茎叶可供编织。

④晕潮：指饮酒后脸上所泛起的红色。

【品评】

这首词词意较为隐晦，词人似乎要表达某种人生追求。词中时间、背景是秋天的早上，雨刚下过，凉意未除，主人公的宿醉刚醒，应该说这正是有所期待的时候。但显然，所见的一切并不能满足他的期待。他看到的只是卷动着碎波的绿帘，淡淡的牵牛花，浓白的菟葵，乌色的榕树，这些，从颜色上看，全部是冷色、淡色，而主人公希冀见到的，则是红色。这从下片“人间不种红蒲草”一句可以看出。蒲草是秋天易见之物，他多么渴望能在这种常见的蒲草上见到红色，可是，蒲草竟无红！最后，他感慨到：秋天固然留住了一些花，可又有什么用，毕竟没能留住花的魂。——他把红作为花的灵魂。词人的感慨当是有所指而发，或是自己年事渐高，或是周围的一切太冷太凉，但词并不给人多少凉意，恐怕在于他的敢于追求，而追求的对象又确实太美，太具有魅力。

菩　萨　蛮

秋蝉，寄剑楼侍御①

凉风初定纤云聚，萧条已是愁如许。知道一声难，夕阳天际山。　　露光连月白，容易黄花节②。真个不禁秋③，轴帘人倚楼④。

【注释】

①剑楼侍御：所指不详。

②黄花节：重阳节。

③真个：真的，确实。

④轴：卷起。前蜀韦庄《谒金门》："楼外翠帘高轴，倚遍阑干几曲。"又，唐赵嘏《早秋》诗有"残星几点雁横塞，长笛一声人倚楼"句，词中"人倚楼"盖本此。

【品评】

这首词描写了风凉纤云聚积的傍晚，夕阳从天边山上滑落下去的黄昏，以及露滴在洁白的月里泛着冷光的夜晚，几个片断组成一个时间流程，大背景则是重阳节，从而将秋写得冷漠、萧条、充满愁，如一潭死水，毫无生机，也就再示了秋蝉噤声的客观环境，道出了其"不禁秋"

的原因。但是，“知道一声难”虽包含着理解，却更充满着热望，尤其是结尾一句，“轴帘人倚楼”的词人自画像上，仿佛迸射出如炬的期待，注视着那“蝉”。蝉，应该指词人的朋友剑楼侍御，而那秋景秋气正象征着死气沉沉的混乱无序的朝廷，希望蝉能发声，正是希望对方能够发出侍御应有的声音，履行侍御应尽的职责。同上一首的渴望花的红色不同，这一首则是等待着那一声震破沉静的呼喊。

木　兰　花

痴云自向天边住①，错道遮将明月去。倚栏无语立多时，脸上泪痕衣上露。　　情深不怕秋宵曙，要剪沉阴还太素②。倚天长剑纵荒唐③，风是并刀云是絮④。

【注释】

①痴云：停滞不动的云。

②沉阴：积云久阴。太素：本谓最原始的物质，词中指无云的天空。

③倚天长剑：宋玉《大言赋》：“方地为车，圆天为盖，长剑耿耿倚天外。”荒唐：漫无边际。亦有荒诞不经意。

④并刀：并州刀，即并州剪。古时并州所产剪刀以锋利著称。

【品评】

这首词传达的是一种为了自己的信念而不惜一切去追求的坚韧精神。它写了一个简单得近乎单调的情节：天边停滞着一块云，他（她）错以为云要把月遮住，便凭倚栏杆，默默无语地遥望着，越看越担心，愈看愈忧愁，禁不住最后泪流满面，与衣上沾落的露珠滴在一起。词笔最后深入他的心里：他会一直这样立望着的，哪怕站到天亮也在所不惜，而他更希望能剪除那片云，还天空太素本质。可是，用什么剪呢？倚天剑固然太长，而且也不可能有，那么，最好风能化作并州快刀，把云像絮一样剪掉！词中，明月是世间一切光明、美好、爱情、纯真的象征，护月者的行为体现出对一切黑暗、邪恶的厌恶和仇恨，和对光明、美好的追求。他的心地如明月。他的“错道”、“情深”、流泪，以及月意象，让人容易联想起一位多情善感的女性，但那善良的心愿、执著的追求、坚定的信念、崇高的精神，则应该是所有爱好美好的人所共有。

六　　丑

杨　　花

向浓阴翠幄①，漾袅袅、春魂如雪②。画栏独凭，飞英甃湿③。正恁愁绝④。又对斜阳院，乱丝空袅，换一番怜惜。南园误了双蝴蝶⑤。草际轻粘，帘前漫瞥，纤纤映娥眉月⑥。却难寻瘦影，幽恨重叠。　　东风摇曳，谩低回恨迹⑦。灞岸鸣嘶骑、情暗切⑧。柔条几度攀折。纵天涯觅遍，买春榆荚⑨，只惆怅、众芳都歇。算谁共、委艳香泥垒⑩，向杏楣春帖⑪。还消受、半枕寒怯。更唾绒⑫、点缀茸窗底，娇红一捻。

【注释】

①翠幄：翠色帐幔。词中形容柳枝分披的样子。

②袅袅：轻盈柔美貌。

③甃甃（zhòu）：以对称的砖瓦砌成的井壁。借指井。

④恁（nèn）：如此，这样。愁绝：极端忧愁。

⑤南园：泛指园圃。

⑥娥眉月：如女子秀眉的月，指弦月。

⑦低回：情感萦回。

⑧灞岸：灞水边，汉人多于此折柳送别。见《三辅黄图·桥》。泛指别离之处。

⑨买春：宋孔平仲有“买住青春费几钱”句，杨万里则云“种柳坚堤非买春”，词句恐反用杨诗。榆荚：榆树果，初春时先于叶而生，联缀成串如钱，俗呼榆钱。又，汉代有钱，轻而薄，形似榆荚，亦称榆荚钱。

⑩委：堆积。艳：代指落花。香泥：芳香的泥土。垒：燕巢。

⑪杏楣：杏木门楣。喻屋宇高贵。楣：门框上边的横木。春帖：春帖子，于立春日撰词，贴于宫禁中门帐。

⑫唾绒：妇女刺绣，每停针换线，咬断绣线时，口中沾有线绒，常随口吐出，俗谓唾绒。借指柳絮。

【品评】

这首词意象密集，色彩繁丽，情感浓郁。它有与人物相关的画栏、鸳甃、院、南园、帘、骑、杏楣春帖、枕、窗等。关于柳的，则有：浓阴翠幄、乱丝、瘦影、柔条、唾绒等。作为柳之陪衬的，有飞英、双蝴蝶、草、月、东风、榆荚、怜惜、幽恨、恨（迹）、情暗切、惆怅等，从而在暮春斜阳、东风弦月的背景下，将柳丝之袅袅、柳絮之飘坠，同女子独凭画栏、黯然伤神的形象交互映叠，并穿插离别等情事，表达一种深深的美人迟暮之感。而“委艳香泥垒，向杏楣春帖”及“更唾绒、点缀茸窗底”二处，在“众芳都歇”的怨恨中，还有些所用非其所宜、所托非地的涵义，是更加深沉的身世之悲，从而使“美人迟暮”之恨与“士不遇”之感紧紧结合在一起，打破咏杨花词的窠臼，实践了作者“寄托”的词学主张。另外，除了富丽之美外，这首词还运用了大量的双声、叠韵及重叠词，颇具声律美感。

哨　遍

黄叶半林，黄菊半篱，装点秋如许。莽西风、千里卷平芜[①]。乍登临、江山吴楚[②]。问西塞烟波[③]，东山裙屐[④]，几曾留得南朝住[⑤]。回首广陵涛[⑥]，年年只背，芜城斜日归去[⑦]。带邗沟、流恨满江湖[⑧]，共酤客、愁心乱樯乌[⑨]。烂锦韶华[⑩]，海蜃楼台[⑪]，画屏歌舞。　　呼痛饮张翰[⑫]，生前杯酒浇黄土[⑬]。休落龙山帽[⑭]，金城杨柳谁赋[⑮]。待飘泊兰成[⑯]，家山重到[⑰]，也难写出关河暮[⑱]。天际雁行斜[⑲]，知他暝宿荒芦[⑳]，丛荻何处[㉑]？渐鸣榔、声断野烟铺[㉒]，剩一点、渔灯伴星孤[㉓]，月初弦、轻云低护。柴门归便深掩，无赖是庭梧[㉔]。萧萧只管打窗萦砌[㉕]，不管离人离绪。闲床倦枕漫支吾[㉖]。怕重阳、满城风雨[㉗]。

【注释】

①平芜：长满草木的平旷原野。

②江山吴楚：即“吴楚江山”。吴楚：泛指吴地和楚地，今长江中下游一带。

③西塞烟波：唐张志和《渔歌子》：“西塞山前白鹭飞，桃花流水鳜水肥”，词中盖指此。西塞山：在浙江湖州西南。

④东山裙屐：晋谢安早年曾辞官隐居东山，携妓纵游。词中裙似指谢安之歌妓，屐指其登高所用“谢公屐”。

⑤南朝：宋、齐、梁、陈四个朝代。均建都于金陵。

⑥广陵涛：指江苏扬州的曲江潮，汉时声势浩大，唐后即不见。

⑦芜城：即广陵城，故址在江苏江都区。

⑧邗沟：春秋时吴王夫差为争霸中原，在江淮间开凿一条运河。自江苏扬州南引长江水至西北淮安北入淮河。

⑨樯乌：桅杆上乌形风向仪。

⑩烂锦：灿烂如锦绣。韶华：美好的时光。指春光或青年时期。

⑪海蜃楼台：犹言海市蜃楼。

⑫张翰：晋张翰（字季鹰），在洛阳为齐王掾，见秋风起，因思吴

中菰菜羹、鲈鱼脍，命驾而归。

⑬生前杯酒句：《晋书·张翰传》载翰尝言："使我有身后名，不如即时一杯酒。"唐李贺《浩歌》："有酒唯浇赵州土"。词合用之。

⑭龙山帽：晋桓温九月九日大聚佐僚于龙山，孟嘉帽为风吹落，嘉不觉，温令孙盛作文以嘲之，嘉即时以文答之，四座嗟服。龙山：在今湖北江陵西北。

⑮金城杨柳：晋桓温自江陵北伐，行经金城，见其少时为琅琊时所种柳皆已十围。慨叹曰："木犹如此，人何以堪！"攀树执条，泫然泪下。金城：晋时在丹阳郡江乘县。

⑯飘泊兰成：北周庾信，小字兰成，初仕梁，使西魏，不放还；西魏亡，仕北周，官至骠骑大将军，开府仪同三司，每怀念南朝，常有羁旅之苦、乡土之思，作《哀江南赋》以见意。

⑰家山：指故乡。

⑱关河：泛指关山河川。柳永《八声甘州》："关河冷落，残照当楼"，关河暮盖由此化出。

⑲天际雁行斜：南齐谢朓《之宣城郡出新林浦向板桥》："天际识归舟，云中辨江树。"李商隐《昨日》："二八月轮蟾影破，十三弦柱雁行斜。"

⑳暝：夜晚。

㉑丛荻：荻丛。

㉒鸣榔：捕鱼时敲击船舷使作声，以惊鱼入网。

㉓渔灯：捕鱼时所点之灯。同渔火。

㉔无赖：无聊而多事。

㉕萧萧：象声词，指梧叶打窗声。

㉖支吾：支撑、支靠着。

㉗重阳满城风雨：宋潘大临《寄谢无逸书》中有"满城风雨近重阳"句，词用之。

【品评】

本词是登览江山之胜，发思古幽情，并自写羁旅孤怀。词人于黄叶黄菊、西风斜日中乍登临吴楚大地，“目极千里兮伤客心”，一时间，汉代的广陵潮，晋代的金城柳，唐代的西塞烟波，宋代的重阳风雨，……纷至沓来，不同时空里的不同人物，演绎着不同的事件，抒发着不同的情感，词人仿佛进入时空隧道，读者似乎走在山阴道上。这，更像是精神上的登览，心灵上的漫游。而词笔行至“金城杨柳”时，已隐约可见词人自己的岁暮之叹，“飘泊兰成”又明显流露出自己的乡关之思，至“天际雁行斜”以后，则着眼于现实时空，所写更是一己所感。雁之暝宿无据，反映的是一种迷茫之感。这首词意象密集，色彩纷呈，情感份量极重，典故量也大，但词境并不十分晦涩，加上词情常随词境而变化，反给人一唱三叹、荡气回肠之感。

董士锡（1782—1831）

字晋卿，又字損甫。江苏武进人。嘉庆十八年（1813）副贡。客游南河总督黎世埗幕。为张惠言甥婿。好阴阳五行家言，殚心者数十载。古文赋诗词皆精妙。尝修《续行水金鉴》。著有《齐物论斋集》。词名《齐物论斋词》。

南 歌 子

新 霁

短港三篙水①，遥天百尺虹。夕阳吹堕一江红，几许燕支浓泪与君同②。　　暗苇啼秋雁，寒阶泣夜蛩。轻云乱卷四山风，不管多情皓月在当中。

【注释】

①三篙水：形容空间很短，撑几篙就到头。

②燕支：即胭脂，红色颜料，妇女化妆用。也代指红色。

【品评】

男子出门在外，思念家室。在秋日的一个傍晚，他行经一处短港，雨后新霁，长虹挂空，夕阳的余辉垂洒在江面，把江水染红了。这是很美的景色，可是，于他已毫无意义，他只是从红的江水中，仿佛看到妻子那掺和了颊上胭脂的浓泪。秋雁在芦苇的隐暗处啼叫，他却仿佛听到家中台阶旁蟋蟀在夜里泣鸣。月升上了天空，千里之外的她或许与他同望此月，共享婵娟。词通过视觉、听觉的有意错幻联想，将现实时空与虚幻时空叠映在一起，形象地传达了男子对妻子的思念之情。而寒阶蛩泣，则让我们仿佛听到他妻子的夜泣；“多情”的皓月，又分明是多情男子的化身。此词颇具韵外之致。

顾翰（1782—1860）

字蒹塘，一作菡塘。金匮（今江苏无锡）人。嘉庆十五年（1810）举人，以教习官京师，贫而卖文，久方出为安徽泾县令，后归，主讲东林书院。辑有《泾川诗钞》。词名《拜石山房词》。

满江红

栈道纪游（选一）

一线阳光①，何处望、天彭井络②。只仰见、盘空峻栈③，虹腰斜束。瘦马浑如鸡上埘④，劳人尽比猱升木⑤。有白云、笑客十分忙，岩头宿。　　晴漏滴⑥，声冰玉；流水响，声丝竹⑦。更千条硐并⑧，一条飞瀑。横跨石梁龙露背，直冲沙嘴虬生角⑨。喜筒车、旋转疾于风⑩，如轮速。

【注释】

①一线阳光：谓从两崖之间漏下的光线。

②天彭：四川灌县灌口山，两山相对，其形如阙，亦曰天彭阙。井络：星宿中井宿的分野，专指岷山。

③峻：陡峭。栈：栈道，山路陡险处傍山架木而成的道路。

④埘（shí）：凿在墙上的鸡窝。

⑤猱（náo）升木：猱：猿类，身体便捷，善攀木。

⑥漏：指山上积水渗入石缝而滴下。

⑦丝竹：代指音乐。

⑧硐（jiàn）：山谷中的水沟。

⑨沙嘴：一端连陆地、一端突出水中的带状沙滩。常出现于低海岸

和河口附近。虬（qiú）：传说中一种无角的龙。

⑩筒车：引水灌溉的设备。也称天车。

【品评】

词写栈道游历。它采用中国传统绘画中的“散点透视法”，描绘出蜀道的高峻险陡。上片首二句是垂直仰视，接下六句都是略为倾斜的仰视。下片首四句由视觉转入听觉，并将视线由仰视改为平视。五六两句既有听觉效果，也有视觉形象，承上启下，而视点仍是平远之处，画面极为开阔。从高峻处至平远处，再至低处，视角由仰而平而俯；既有大笔勾勒，也有细笔描摹；有视觉形象，有听觉描写；有白描，有比喻、拟人，这首词立体化地呈现了一幅栈道游览图，形神兼备，可视可感。

周之琦（1782—1862）

字稚圭，号耕樵，一号退庵。河南祥符（今开封）人。嘉庆十三年（1808）进士。由翰林院编修，累至广西巡抚。道光二十六年（1846）以病乞休。尝辑《十六家词选》《晚香室词录》等。词名《心日斋词集》，内含《金梁梦月词》《怀梦词》《鸿雪词》《退庵词》四种。

思佳客选一

检点娇红瘦几分，含情垂问可怜春。谁教南浦愁中絮[①]，却化西楼梦里云[②]。　　吟翠管[③]，步香尘[④]，小阑花影易黄昏。从来怕见初弦月，才学蛾眉便学颦。

【注释】

①南浦：南面的水边，泛指别离之地。絮：柳絮。

②西楼：泛指女子住处。

③翠管：管乐器。

④香尘：芳香之尘，本对女子步履所起者之称。词中指花香的小径。

【品评】

词中描写了一个简单而动人的情节：黄昏之时，她在小阑边看见红花开始凋谢，马上意识到春将归去，不禁情怀难抑，急忙问春：谁能将那南浦的柳絮，化作西楼人梦中的彩云？……春自无语，她在洒满花香的小径上寻觅。翠管发出痛苦的低吟，花影在晚风中婆娑，可她竟难再寻春了，她从来就怕见初弦的月，怕见那月的如蛾眉之颦。……词至此而止，但那女子含情问春的无助神态却长留纸上。而她问春，其实并不仅仅因为惜春，盖南浦之絮，因是折柳送别的愁恨，而西楼梦里人，也暗用“朝云暮雨”的传说，隐含着男欢女爱的情事。她问春，显是想在梦中与那人相会。正因为自身有了离别的愁恨，她才怕见初月如人皱眉发愁的模样，她才能看出絮的愁、春的可怜。人心与物情相对应，以“我”观物，以物写人，物人合一，是这首小词成功的原因。

芳　草　渡

朝非雨，暮非云①。云如絮，雨如尘。百花时节闭重门。花有约，春有恨，最愁人。　　诉春怨，春又半。袅袅晴丝一线②。怜春瘦，为花颦。花一片，飘得断，是春魂。

【注释】

①朝非雨二句：喻指男女欢会。

②晴丝：蜘蛛等所吐，在空中飘荡的游丝。也暗谐“情思”。

【品评】

这首词在构思、情境上与上片大致相同，也是写春日女子不能与情人相会的苦恼，以致百花时节独自闭门不出，她想向春诉怨，无奈春又过去了一半，也正“可怜”。词中的“怜春瘦”“为花颦”，实即借春、借花写自己心中的愁恨。不过，在安排上，“朝非雨”四句首先将她的内心情愫披露出来，比上一首来得直接些。“非雨”“非云”是以否定的形式，写欢会不成，“如絮”“如尘”犹言如絮之飘飞，如尘之渺茫，仍是云雨不成的意思，形式作了变化。另外，词中使用两“云”两“雨”，两“非”两“如”，四“花”，五“春”，两“有”，两“一”，第一句与第二句，第三句与第四句，第六句与第七句，下片第四句与第五句，句式结构完全相同，第三句与第二句成连珠格，“袅袅”为叠字，“晴丝”为双关谐音，颇见构思之致，具有音律之美。

十六字令三首

天，毕竟无情只自圆。谁传语？花月要相怜。

天，多事蟾钩要上弦①。从何缺？只为有团栾②。

天，惯把情缘作幻缘。无人会，生死苦缠绵。

【注释】

①蟾钩：月牙。

②团栾：圆貌。

【品评】

这三首词大致可以看作一个整体，都以“天”为诘呼对象，来议论人世间的情事。第一首诃责天太自私、无情，只顾自己“圆”，而不管其他。词人希望有谁能传话给天，告诉他要爱怜花和月。在第二首则由新月起兴，新月乃弦月，即缺月，为何会缺？词人的回答是“只为有团栾”，这两首词中的天之圆、月之圆，都象征着人世间的爱情的美满，“花月”即有花好月圆的潜隐意思，月之缺，象征着离别、不幸等等。

倘若说前面两首内容所指较为宽广，或说是爱情的象征意义还不是十分明确，第三首则是专说爱情了；倘若说前二首对天的态度还是较为温和，第三首则近乎严厉了。词中谴责老天惯于将男女的情缘搅成幻缘，让人的希望变成失望，它根本不懂得那种生死相与、缠绵悱恻的滋味！在这里，天又成了破坏爱情、摧残美好姻缘的恶者。

总之，这三首词集中表达了遭受离别、相爱却不能有美好结局的人们内心的痛苦，和渴望幸福、追求圆满的强烈愿望。同时也斥责了那个自私自利、不问别人幸福、破坏别人情缘的“天”，这里面可能有一定的本事，“天”也应该有一定的针对性，但不论所指为谁，词所表现的斗争精神都是值得肯定的。

谒　金　门

愁脉脉①，还是飘蓬踪迹②。水远山长音信隔，秋衾残梦积。　燕子欲飞无力，何处人家坊陌③。如此光阴如此客，相思留不得。

【注释】

①脉脉：形容愁连绵不断。

②飘蓬：比喻人行踪不定。

③坊陌：娼家住处。

【品评】

此为女子相思之词。上片描绘了女子在思念男子的同时，也多少产生了一些埋怨的情绪，这就引起了下片对男子行踪的猜测，和对男子背叛的指责。这首词以女子的心念为主，采用己、人分别交待的方式，成功地刻划了这位女子在相思状态下的情感活动，为梦中事或为自己猜测的事而迁怒于男子，这个细节带有一定的戏剧性。

冯登府（1783—1841）

字云伯，号柳东，又号勺园。浙江嘉兴人。嘉庆二十五年（1820）进士，改庶吉士，散馆外放，官福建长乐知县，后以浙江宁波府教授告归。好金石、经义之学，怀经济之志，林则徐尝与讨论浙东战备事，颇有词名。辑有《槜李词辑》。其《种芸仙馆词》含《花墩琴雅》《月愁秋瑟》《钓船笛谱》三种。

忆旧游

京口渡江①

忽帆移岸走，涛挟山奔，万里长风。一舸频呼渡②，如惊沙儵下③，乱蹴晴空。三山远排天外④，七十二芙蓉⑤。正日浴鼋鼍⑥，云翔鹳鹤⑦，笛吼鱼龙。　　冥濛。回望处、笑一霎江行，树失千重。便欲乘槎去⑧，认南朝烟绿⑨，东海霞红。江山尊俎非昔，秋色又相逢，渐酒醒潮平，前津已落瓜步钟⑩。

【注释】

①京口：今江苏镇江。

②舸（gě）：船。

③儵（shū）：同“倏”，疾速。

④三山：谓众多的山。

⑤七十二：泛指数量之多。芙蓉：对高处山之美称。

⑥鼋鼍（yuántuó）：大鳖和猪婆龙。

⑦鹳鹤：泛指鹤类。鹳：一种水鸟，形似鹤。

⑧乘槎：传说海与天河通，有人居海渚，年年八月见有浮槎去来，遂立飞阁于槎上，乘而浮海至天河，遇见牵牛、织女。

⑨南朝：指南北朝时期，据江南的宋齐梁陈四朝，均建都建康（今江苏南京）。

⑩瓜步：在江苏，与京口隔江相对。

【品评】

此词主要写渡江时，由船行迅速所引起的种种错觉和平常景物的变形，抒发一种淋漓畅快的人生体验。词中出现一些大的数字：万里、三山、七十二、千重；大的意象：山、天、鱼龙；和表示时间短暂的副词：忽、频、倏、一霎、便、已。而“岸走”“涛挟山奔”“三山远排天外”都将参照系放在船上，赋予静物以动性，富有力量感、速度感。“便欲乘槎去”借助神话传说，写船在江上航行，茫无涯际之时，词人所生出的空间和时间“错觉”，即：他几乎又有进入南朝时代的感觉。盖京口一地，为历史名地，许多事件在此演义，故词人仿佛走进了时间隧道，见到了南朝的风物。这首词意象雄伟，气势磅礴，虽涉历史，却无怀古幽情，给人一种浩然的美感，可见出鸦片战争之前士人面对江山胜迹的心态与鸦片战争之后是多么不同。

浪淘沙

书所见

苦雨坐茅堂①，听唤鸠忙②。一春几日有斜阳。麦垅全芜秧又没，燕子田荒。　　十室九逃亡，雁户凄凉③。海潮漂尽旧村庄，一色菜花多上面④，冷食他乡。

【注释】

①苦雨：久下成灾的雨。茅堂：草房。

②唤鸠：鸣叫的斑鸠。俗谓斑鸠呼啼能降雨。

③雁户：流动无定的民户。

④一色句：谓脸皆带有菜色。一色：全部一样。

【品评】

此词直面现实，写下层人民在久雨和海涝自然灾害下，漂泊流亡、忍饥挨饿的痛苦生活。上片是久雨造成的田地荒芜，麦、秧无收，下片是海潮趁势作恶，百姓被迫逃亡。词人在从总体上描写受灾面积之广、人口之多的同时，也注意到细节的生动、真实性。上片，啼唤不已的斑鸠，荒田里飞翔的燕子，都在一定程度上衬托了人烟的稀少，增添了荒凉肃杀的气氛。下片的“一色菜花多上面”，形象地道出了人们在水灾虐害下饥寒交迫的生活实质，给人凄凉之感。词中无一词涉及官府朝廷，却以人民悲惨无助处境的真实描写，无声批判了统治者对人民死活的无动于衷。

林则徐（1785—1850）

字元抚，改字少穆，又字石麟，晚号俟村老人、俟村退叟。侯官（今福建福州）人。嘉庆十六年（1811）进士，改庶吉士。历浙江盐运使、河南河道总督、江苏巡抚、两广总督。因禁烟和抗击英军，谪戍伊犁，道光二十五年（1845）召起，署陕甘总督，授陕西巡抚，升云贵总督，后奉旨为钦差大臣，赴广西，卒于途。谥文忠。有《云左山房诗钞》附《词钞》。

高　阳　台

和嶰筠前辈韵[①]

玉粟收余[②]，金丝种后[③]，蕃航别有蛮烟[④]。双管横陈[⑤]，何人对拥无眠。不知呼吸成滋味[⑥]，爱挑灯、夜永如年。最堪怜，是一丸泥，捐万缗钱[⑦]。　　春雷欻破零丁穴[⑧]，笑蜃楼气尽[⑨]，无复灰燃[⑩]。沙角台高[⑪]，乱帆收向天边。浮槎漫许陪霓节[⑫]，看澂波、似镜长圆[⑬]。更应传，绝岛重洋，取次回舷[⑭]。

【注释】

①嶰筠：邓廷桢号。前辈：清代翰林院庶吉士、编修对比自己先入院者的称呼。邓嘉庆六年（1801）中进士，人翰林，故有此称。

②玉粟：作者自注："罂粟一名苍玉粟。"即鸦片。

③金丝：作者自注："吕宋烟草曰金丝醺。"即雪茄烟。

④蕃航：外国船只。主要指英国。蛮烟：外国人制造的鸦片烟。

⑤双管：指鸦片烟枪。抽吸者两人于一榻上相对而抽，故云双管。

横陈：横卧。

⑥不知句：唐李商隐《安定城楼》“不知腐鼠成滋味”，此套用之。

⑦是一泥丸二句：极言鸦片烟价贵。一泥丸：指鸦片烟，其烟头似泥丸。

⑧春雷句：指写作此词之道光十九年（1839），这年七月，英舰在九龙附近向清水师进攻，清军还击，英舰败遁尖沙嘴。欻（xū）：忽然。零丁：零丁洋，在广东珠江口外，有零丁岛，英军舰泊于此，故称“穴”。

⑨蜃楼：海中以光线折射等呈现出的海市幻景，古时以为蜃吐气所致。代指英军。

⑩无复灰燃：指鸦片被焚烧净尽。反映的是虎门销烟之事。

⑪沙角台：沙角炮台，在广东虎门海口东侧沙角山，与大角炮台斜峙，构成虎门海防第一门户。

⑫浮槎：指使臣。词中言自己以钦差大臣来广东禁烟。霓节：有彩色饰物的符节。词中指邓廷桢，时在广州任两广总督。

⑬澂（chēng）：同“澄”。

⑭取次句：取次，次第。回舷：返航。指林则徐下令英船于三日内具结入口，或开回本国，不得滞泊于零丁洋面。

【品评】

此词反映鸦片战争史实。上片主要通过描写抽食鸦片烟者的丑态等，见出鸦片害人之深：“夜永如年”是生活上、时间上、身体上的，“最堪怜”三句则是经济上的，甚至可以由个人、家庭推及国家。下片主要写抗英、焚烟、驱敌等事，充满民族正气和胜利的豪情。“春雷”突出了我军还击时的强大声势，以“蜃楼气尽”比喻英军之败，含着对敌人的蔑视，“笑”“看”“更应传”数处流露了词人作为一个军事统帅的豪迈气概和威严气势。这大概是鸦片战争中最令国人扬眉吐气的一首词。

月华清

和邓嶰筠尚书沙角眺月原韵①

穴底龙眠②，沙头鸥静③，镜奁开出云际④。万里晴同，独喜素娥来此⑤。认前身、金粟飘香⑥，拚今夕、羽衣扶醉⑦。无事，更凭栏想望，谁家秋思？　　忆逐承明队里⑧，正烛撤玉堂⑨，月明珠市⑩。鞅掌星驰⑪，争比软尘风细⑫。问烟楼、撞破何时⑬？怪灯影、照他无睡⑭。宵霁，念高寒玉宇⑮，在长安里⑯。

【注释】

①邓廷桢有《月华清·中秋月夜，偕少穆滋圃登沙角炮台绝顶晾台楼。西风泠然，玉轮涌上，海天一色，极其大观，辄成此解》之词。此为和作。

②穴底龙眠：虎门海外有小洲，名龙穴。

③沙头：沙滩边。

④镜奁：镜匣。词中比喻月亮像从镜匣中开出的明镜。

⑤素娥：嫦娥。代指月。

⑥金粟：桂花。因其粒小如粟、色黄似金而称。神话传说月中有桂树。

⑦拚（pān）：舍弃。羽衣：轻盈的衣衫，词中代指歌儿舞女之类。

⑧承明队里：谓朝班的行列。

⑨玉堂：宋以后称翰林院。皇帝诏令多于此处代拟。烛撤玉堂，谓代拟完诏令。

⑩珠市：旧时金陵城市烟花之地。泛指青楼。

⑪鞅掌：职事纷扰烦忙。星驰：连夜奔走。

⑫争：通“怎”。软尘：飞扬的尘土，喻指都市的繁华热闹。

⑬问烟楼句：苏轼《与陈季常书》之十六：“在定日作《松醪赋》一首，今写寄箨等，庶以发后生妙思，着鞭一跃，当撞破烟楼也。”词盖本此。

⑭照他无睡：苏轼《水调歌头》：“照无眠。”

⑮高寒玉宇：玉宇：月宫之类，代指月。

⑯长安：代指京城北京。

【品评】

上片写中秋月出，沙角一带，晴空万里，金桂飘香，一片明丽。下片由中秋月联想起当初在京城里的生活，在月的明媚中又增添几分都市的繁华和摆脱冗务的轻松、自由。这与上片“无事”所透露出的平和宁静是一致的。当然也包含着淡淡的思念京城的情思。全词境界澄明高远，不但在现实时空中交替着对昔日京城这一过去时空的描绘，同时，“穴底龙眠”“素娥”“高寒玉宇”等处，也穿插着神话境界，“认前身、金粟飘香”更是将现实世界中的中秋桂香与神话中月宫里的桂香糅合在一起，古今交织、真幻相映，想象丰富，旷朗疏阔。

金　缕　曲

春暮和嶰筠绥定城看花[①]

绝塞春犹媚[②]。看芳郊、清漪漾碧[③]，新芜铺翠。一骑穿尘鞭影瘦[④]，夹道绿杨烟腻。听陌上、黄鹂声碎。杏雨梨云纷满树[⑤]，更苹婆、新染朝霞醉[⑥]。联袂去，漫游戏。　谪居权作探花使[⑦]，忍轻抛、韶光九十[⑧]，番风廿四[⑨]。寒玉未消冰岭雪[⑩]，毳幕偏闻香气[⑪]。算修了，边城春禊[⑫]。怨绿愁红成定事[⑬]？任花开、花谢皆天意，休问讯，春归未！

【注释】

①道光二十一年（1841），作者与邓廷桢同谪伊犁，二十三年被召还，此词当作于这期间某一年的春天，时二人同游绥定，邓作有《金缕曲·偕少穆同游绥园》词，此为和作。

②绝塞：极远的边塞之地。

③芳郊：花木茂美的郊野。漪（yí）：水面上被风吹起的波纹。

④鞭影：马鞭的影子。代指马鞭。

⑤杏雨梨云：状杏花、梨花之纷繁，犹言杏花如雨，梨花如云。

⑥苹婆：苹果，梵语 bìmba 音译。词中似指苹果花，其色白而微红。

⑦探花使：也叫“探花郎”。唐宋时进士及第后，初宴于杏园，常以同榜中最年少者二人为探花使，采折名花。又，鸟中桐花凤，亦名探花使，又名“收香倒挂”，性驯，好集妇人钗上。

⑧忍：岂忍、怎忍。韶光：指春光。九十：九十日，即三春（春天的三个月）。

⑨番风廿四：即廿四番花信（风），应花期而来的风。

⑩寒玉：状冰雪之雅洁清冷。

⑪毳（cuì）幕：毡帐，游牧民族居住处。

⑫算修了句：就算是在边城举行修禊。修禊，古俗于农历三月上旬的巳日（魏后定为三月初三）到水边嬉戏，祓除不祥。

⑬定事：何事。

【品评】

此词表面上看，所写不过是春日游园之事，花红柳绿、韶光明媚，但倘联系作者的身世遭遇看，则不能不令人对它肃然起敬。盖作者以禁烟御侮的民族英雄而身遭贬谪，且所谪之地是远离京城数千里之遥的边地，其心情之愤懑、抑郁是可想而知的，借诗词发泄出来，也是情理中事。但作者却不是这样，他不但没有闭门孤独，让自己与世界、与春天隔绝开来，而是积极地投入生活的怀抱中，去尽情地享受春光之美，所以，作者眼中所见，无不充满着真正的春意。一句“绝塞春犹媚”就包含着多少内容！这是不含有一丝杂质的春天，是真正的喜悦，是心平气和的欣赏，故其感人犹深。针对对方词中所说的“黯漂零”“花销英气”“离人意”“春渐老”等情绪，词人告诉老友最好随遇而安，不要怨红愁绿，伤春恨别，花开花谢自有时（天意），表现出一种不向痛苦俯首的旷达、开朗的人生态度，倘再联系到词人“苟利国家生死以”的诗句，就更可见出这种态度的光辉之处。

金元（生卒年未详）

字问渔。浙江仁和（今杭州）人。官广东巡检。著《桐花书屋词》。

满　江　红

舟泊珠江感赋

搔首长天[①]，破不了、愁城如铁[②]。休更说，良宵三五[③]，当头明月。杨柳岸边秋似水，素馨田畔花飞雪[④]。快乘风，一叶尽遨游，情非昔。　　危樯上，飞鸟集[⑤]；枯树顶，昏鸦息。看几处，渔灯蟹火[⑥]，零星欲灭。愧我从戎余一剑，凭谁御侮挥双戟。对河山、渴饮学长鲸，刀头血[⑦]。

【注释】

①搔首：以手搔头，焦急忧愁貌。

②破不了句：喻愁恨极多，消除不了。又，江苏镇江古有铁瓮城，故以“如铁”喻愁城之固。

③三五：农历月之十五，月最明时。

④素馨：本名耶悉茗花，即佛书上的“鬘华”，初秋开花，香气清冽，原产印度，移植后，主要在南方岭南一带栽培。以其花色洁白而芳香，故称。飞雪：喻花之白。

⑤危樯二句：危樯，高的桅杆。

⑥渔灯蟹火：捕鱼、蟹时所用灯火。

⑦对河山二句：宋岳飞《满江红》：“壮志饥餐胡虏肉，笑谈渴饮匈奴血”，此处化用之。

【品评】

此词描写珠江一带遭外敌洗掠后的荒凉残败景象，表达了从戎而不能御侮的内心痛苦，并抒发了保卫大好河山、誓杀强敌的壮志。词的上片描写了明月良宵、花香柳袅的自然美景，下片展现的则是鸟集危樯、鸦息枯树、渔火明灭这样几幅画面，二者适成强烈对照：前者优美，后者荒冷；前者象征完满、美好、幸福，后者则暗示着人烟的稀少、人事的衰败。开篇一句，就凸现了词人仰天长叹愁如海的悲愤形象，“休更说”，有着不堪重提的痛苦，“情非昔”则又包含不尽的叹息，“愧”“凭谁”是不能尽力杀敌的愤慨和自责，“对河山”则是发出铮铮的誓言。全词激扬顿挫，悲慨交加，有真情血性在。

蒋学沂（生卒年未详）

字小松，阳湖（今江苏武进）人。大致与周仪暐、董士锡、管绳莱等同时，且深相交善。尝学词于张惠言，为常州词派一大作手。有《紫兰宫》《麒麟阁》传奇，及《菰米山房诗文集》等。词名《藕湖词》。

南歌子

春意柔如水，春情懒似云。春心无处寄殷勤，春去看花、有恨对斜曛[①]。　往事人千里，清愁月二分[②]。醉来容易度残春，梦里乡园、可许乞闲身？

【注释】

①斜曛：落日的余晖。

②二分：喻月光明媚。

【品评】

词中连续出现五个“春”字，除后二处指季节的逝去外，其余三处则与“意”“情”“心”相连，构成所指相近而又各有内涵的情感，又以“柔”“懒”加以形容，以“（如）水”“（似）云”作比喻式描写，形象传达了词人春日里丰富多元的内心世界。词是小词，内容是寻常主题，但组织得很别致，读起来也淡雅。

龚自珍（1792—1841）

字尔玉，更字瑟人，号定庵，后更名巩祚，又名易简，字伯定，别号羽琌山民。仁和（今浙江杭州）人。嘉庆二十三年（1818）举人，道光九年（1829）进士，归内阁中书原班，后充宗人府主事，改礼部主事。十九年（1839）乞归，任丹阳云阳书院讲席。幼承家学，又从外祖段玉裁治《说文》，师事刘逢禄治“公羊学”，与魏源齐名，人称“龚魏”。于史学长于西北舆地，博学而负才气。其著述，后人辑为《龚自珍全集》。词名《定庵词》，含《无著词选》《庚子雅词》《怀人馆词选》《影事词选》《小奢摩词选》。

卜 算 子

题《独立士女》

拜起月初三①，月比眉儿瘦。不遣红灯照画廊②，缥缈临风袖。　　庭院似清湘，人是湘灵否③？谁写长天秋思图，熨得阑干透。

【注释】

①拜起：跪拜起立。古时祭拜的一种仪态，多次重复。初三月指新月，古时有女子拜新月之俗。

②画廊：有彩绘的走廊。

③湘：湘水。在湖南。湘灵：湘水之神。或言舜之二妃娥皇女英溺于湘，为湘灵。

【品评】

此词为题图而作。它开篇即描写少女拜新月的情景，那拜起的虔诚模样、月的形状、少女长袖临风的装束，都给人亲临的真实感。也让人联想起拜月人必是一个青春得近乎天真的少女。“不遣红灯照画廊”字面上是写拜月的背景，暗中却是以不明亮的处理方式逗出下片的联想，“缥缈”二字又将那种幽昏的背景向前推进了一步，终至下片即申发出“庭院似清湘”的空间错觉，而产生“人是湘灵否”的半真半幻的疑问。自然，这错觉、这疑问既是由少女拜月而引起的内心的极端美感，也是对画图的高度赞扬，故末二句顺势点题，自然流畅。而“长天秋思”四字，作为词人对《独立士女图》的解读，也试图为词中所写拜月场面增添些许情感内涵，使拜月者的“眉儿瘦”蕴藏着秋思和愁怨，这恐怕带有词人个人的主观情感或具有某种情感背景。结尾一句，极富诗意，“熨”“透”二字尤其具有才思与深度。

行　香　子

道中书怀，与汪宜伯①

跨上征鞍，红豆抛残，有何人来问春寒？昨宵梦里，犹在长安。在凤城西，垂杨畔，落花间。　　红楼隔雾②，珠帘卷月，负欢场词笔阑珊。别来几日，且劝加餐③。恐万言书④，千金剑⑤，一身难。初相见，蒙填词。

【注释】

①汪宜伯：汪琨。

②红楼：红色的楼。本指华美的楼房，词中似指青楼。

③加餐：慰劝之辞，谓多进饮食，保重身体。

④万言书：古时官吏呈送给帝王的长篇奏章。

⑤千金剑：极贵重之剑。据词后自注，似用延陵季子事。汉刘向《新序·节士》载：春秋时，延陵季子将出访晋，带宝剑途经徐国，徐君观剑不语而色欲之，季子心许之而未便即献，及使晋返，徐君已死，乃以剑挂其墓而去。指真心交结，不忘故旧。

【品评】

此词作于离京途中，在抒发别离情怀的同时，表达深沉的人生感慨。上片以梦的形式，表现词人对京城的依恋，梦境之真切、美好，益见出其思念之切。下片首三句打破片与片之间的界限，承上写京城岁月，不过上片是梦境，下片是回忆，二者皆为虚幻之境，梦境中垂杨落花，可见出当时别京的影子，回忆中的欢场，则以一种习见的近乎荒唐的行为象征着往日京城生活的欢乐。词人离京，本是“乞归”，且往日在京，未必怎样畅意，但一旦真的离开京城，真的失去过去的一切，心中难免会回忆，且在回忆中，加进感情色彩，连那荒唐的行为也被看成了填词的灵感来源。结合龚氏学养与其追求来看这首词，即可理解他当时的心情，理解词中所饱含的怅惘、失意。

鹊　踏　枝

过人家废园作

漠漠春芜春不住①，藤刺牵衣、碍却行人路。偏是无情偏解舞，濛濛扑面皆飞絮。　绣院深沉谁是主？一朵孤花，墙角明如许！莫怨无人来折取，花开不合阳春暮②。

【注释】

①漠漠：密布貌。春芜：丛生的春草之类。

②不合：不当。阳春：春天。

【品评】

此词描写人家废园景象，因为是“废园”，无人整理、管理，野草丛生，藤刺挡路，飞絮扑人，庭院深沉，孤花无主而独放，显然，废园意象具有一定象征意义，以其比作衰落的清帝国，恐不为过。藤刺之碍路、飞絮之扑面，亦可当作各种腐朽、阻碍进步的势力看待，“偏是无情偏解舞”一句，尤具讽刺力量。下片的绣院深沉，似指当时整个死气沉沉、了无生气的国家，在这种漠漠的春芜中，在深沉的绣院中，出现一朵明丽的孤花，该是何等的令人惊喜！无疑，这朵孤花是词人自己的化身。可是，她仅能处在墙角之中，没人欣赏，没人折取。“莫怨”二句，透露的是一种清醒的孤独感，一种怀才不遇、生不逢时的失落感。整首词形象鲜明，对比强烈，同时又具有比兴、象征含义。它真实地表达了龚自珍作为一个先知先觉者的自觉意识及其深沉的时代悲哀感。

减　兰

偶检丛纸中，得花瓣一包，纸背细书辛幼安“更能消几番风雨”一阕，乃是京师悯忠寺海棠花，戊辰暮春所戏为也，泫然得句①。

人天无据，被侬留得香魂住②。如梦如烟，枝上花开又十年。　十年千里③，风痕雨点斓斑里④。莫怪怜他。身世依然是落花。

【注释】

①辛幼安：宋词人辛弃疾。“更能消”一句出自其《摸鱼儿》词。

京师：京城。悯忠寺，在北京，相传唐太宗李世民为悼征辽阵亡将士而建，雍正后改名法源寺。戊辰：嘉庆十三年（1808）。泫然：泪下貌。

②侬：我。香魂：代指海棠花瓣。

③十年千里：大致指自戊辰至在上海作此词时十年间，从京师到徽州，至顺天应试，再回徽州，到杭州，再到沪上的经历。

④斓斑：斑痕狼藉貌。多与泪连在一起。

【品评】

这首词由十年前京师海棠花的花瓣，引发出对十年来个人种种经历的回忆和感慨。词将花与人叠合在一起写，写花即写人，写人即写花。同时，又非静止、孤立地写，而是将花瓣与枝上花对比着写，并写出花最后不免于落的悲剧命运，这里面似乎又包含着一定的本事，或象征原型，自然不排除十年里作者数试皆落第的痛苦经历。词中，“如梦如烟”四字，含有多少往事不堪回首的辛酸。“风痕雨点”一句照应题中的“更能消几番风雨”，将辛词中所潜蕴的伤春意识凸显出来，加深了一个“又”字两个“十年”所流露的时光荏苒、碌碌无所长进的悲叹。

百　字　令

投袁大琴南[1]

深情似海，问相逢初度[2]，是何年纪？依约而今还记取，不是前生夙世。放学花前，题诗石上，春水园亭里。逢君一笑，人间无此欢喜。乃十二岁时情事。　　无奈苍狗看云[3]，红羊数劫[4]，惘惘休提起[5]！客气渐多真气少[6]，汩没心灵何已？千古声名，百年担负，事事违初意。心头阁住，儿时那种情味。

【注释】

①袁大琴南：不详。

②初度：谓始生之年。因称生日为初度。

③苍狗看云：喻世事变化无常。

④红羊数劫：指国难。古人以为丙午、丁未年是国家出现灾祸的年份。丙丁为火，色红；未属羊；故称。

⑤惆惆：伤感，失意。

⑥客气：指言行虚矫，并非发自真诚。

【品评】

与儿时伙伴重逢，其喜何如！词以“深情似海”四字破题，以宽广深厚、涵纳万有的大海形象，表达了对旧友的无限深情。“相逢初度”启下六句对儿时情事的回忆，其中，春天放学之后，在园亭里采花，在石上题诗之事，最富童趣，最见天真，故词人回忆起来仍然如同昨日，如在目前。过片的“无奈”二字，却将一切欣喜化作乌有！分手以来，世事无常，国难不断，令人伤心，可更叫词人伤感的，是随着年龄的增大，他感到人与人之间已无多少真情实意，这更加衬托了儿时天真烂漫、无忧无虑生活的难得。而“儿时那种情味”，无疑也是战胜磨难的支撑点，是他的精神港湾。在“老大”重逢时，词人特别提出它，也是对友人的安慰。这首词感慨今古，抒发人生不如意的痛苦，但主体上歌颂友谊，礼赞童年，格调朗健，给人温暖和慰藉。

湘　　月

壬申夏，泛舟西湖，述怀有赋，时予别杭州盖十年矣[①]。

天风吹我[②]，堕湖山一角[③]，果然清丽。曾是东华生小客[④]。回首苍茫无际。屠狗功名[⑤]，雕龙文卷[⑥]，岂是平生意？乡亲苏小[⑦]，定应笑我非计。　　才见一抹斜阳，半堤香草[⑧]，顿惹清愁起。罗袜音尘何处觅？渺渺予怀孤寄。怨去吹箫，狂来说剑，两样销魂味。两般春梦，橹声荡入云水。

是词出，歙洪子骏题词序曰："龚子璱人近词有曰'怨去吹箫，狂来说剑'二语，是难兼得，未曾有也。"爰填《金缕曲》赠之。其佳句云："结客从军双绝技，不在古人之下。更生小会骑飞马。如此燕邯轻侠子，岂吴头楚尾行吟者？"其下半阕佳句云："一棹兰舟回细雨，中有词腔姚冶。忽顿挫、淋漓如话。侠骨幽情箫与剑，问箫心剑态谁能画？且付与，山灵诧。"余不录。越十年，吴山人文征为作《箫心剑态图》。牵连记。

【注释】

①壬申：指嘉庆十七年（1812），作者二十一岁。

②天风：即风，风行天空，故称。

③湖山一角：《珊瑚网》载："世评马远画多残山剩水，不过南渡偏安风景耳。又称为马一角。"

④东华生小客：即言从小至京城客居。

⑤屠狗功名：《史记·樊郦滕灌列传》载沛人樊哙以屠狗为事，后至舞阳侯。

⑥雕龙文卷：比喻善于修饰文辞，或刻意雕琢文字。

⑦乡亲苏小：苏小，即苏小小，南齐时钱塘歌妓，钱塘即杭州，故作者称其为乡亲。

⑧堤：指西湖白堤。

【品评】

荡舟西湖佳处，回首十年经历，乡愁虽解，而志愿未伸，作者的情感即在此二端摇曳，词笔亦在柔波与剑气上腾踔。那一抹斜阳，半堤香草，及乡亲苏小的罗袜音尘，极富阴柔之美。而“天风吹我，堕湖山一角”这样的神奇想象，“罗袜音尘”的神话色彩，小视屠狗功名与雕龙文卷的博大气魄，怨去吹箫、狂来说剑的慷慨和恣肆，又赋予词以雄奇的壮美。天风挟大气以开篇，声势浩大；云水裹橹声而结束，篇终接混茫，故全词实是借山水以抒发胸中壮志和感慨，有稼轩唤“红襟翠袖，揾英雄泪”之风。

金缕曲

癸酉秋出都述怀有赋①

我又南行矣！笑今年鸾飘凤泊②，情怀何似？纵使文章惊海内③，纸上苍生而已④。似春水、干卿何事⑤！暮雨忽来鸿雁杳，莽关山一派秋声里。催客去，去如水。　　华年心绪从头理。也何聊、看潮走马，广陵吴市⑥。愿得黄金三百万，交尽美人名士。更结尽、燕邯侠子⑦。来岁长安春事早，劝杏花断莫相思死。木叶怨⑧，罢论起。店壁上有“一骑南飞”四字，为《满江红》起句，成若干首，名之日：“木叶词”，一时和者甚众，故及之。

【注释】

①癸酉：指嘉庆十八年（1813）。

②鸾飘凤泊：比喻飘泊无定。兼有与妻子离别之意。盖前一年作者始成婚。

③文章惊海内：唐白居易《李白墓》："可怜荒陇穷泉骨，曾有惊天动地文。"词句盖本此。

④纸上苍生：明杨慎《李光弼中潬之战》："儒者纸上之语，使之当国，岂不误苍生乎？"

⑤似春水句：马令《南唐书》载：冯延巳《谒金门》词有"风乍起，吹皱一池春水"句，传诵当时，中主李璟戏之曰："吹皱一池春水，干卿何事？"词借以指不相关涉。

⑥也何聊三句：广陵，即江苏扬州，汉时有大潮，蔚为壮观。吴市：吴都之街市，在今江苏苏州。走马：盖指骑马驰逐之戏。

⑦燕邯：犹燕赵。邯：赵国都城邯郸。古时其地多出豪侠之士。

⑧木叶：树叶。木叶怨似指飘落之悲。

【品评】

这首词将一腔壮志借出都南返之机，抒发出来，慷慨雄奇。开首一句"我又南行矣"，情感丰富而复杂，漂泊之频繁，羁旅之酸苦，少年之自负，全在此四字中。因是南行，广陵吴市自然要去，看潮走马，也不妨一试，但词人真正的心愿乃是广交天下名士，尤其想结尽燕赵豪侠，这可以见出词人豪爽的性格和迥异于文弱书生的交往方式。由"名士"而及美人，自是名士作派，也是豪放的一项节目，当作事实看可，当作陪衬看也行，不必深究。

浪淘沙

书　愿

云外起朱楼，缥缈清幽。笛声叫破五湖秋[①]，整我图书三万轴，同上兰舟[②]。　　镜槛与香篝[③]，雅澹温柔[④]。替侬好好上帘钩。湖水湖风凉不管，看汝梳头。

【注释】

①笛：指铁笛，相传隐人高士善吹，其音响亮非凡。五湖：太湖。代指隐居之地。

②兰舟：船之美称。

③镜槛：镜台。香篝：熏笼。

④雅澹：高雅洁净。

【品评】

此词直书心愿，乃在于隐遁五湖，读书之余，替妻子挂上帘钩，看她对镜梳头。风光绮丽，充满夫妇和乐之美和家庭生活的温馨，诚是人生一大美事。从这方面看，“雅澹温柔”可以作为对它风格的评述。然而，那“云外起朱楼”的宏大气势，缥缈如仙境的场面，叫破五湖秋的铁笛的嘹亮，以及三万轴的图书，和那种“湖水湖风凉不管”的执拗，无不表明其骨子里仍是温柔所缚不住的旷达、洒脱。婉约与豪放能如此合一，绝非多得之作。

丑奴儿令

沉思十五年中事，才也纵横，泪也纵横。双负箫心与剑名[①]。　　春来没个关心梦，自忏飘零，不信飘零。请看床头金字经[②]。

【注释】

①箫心与剑名：词人作品屡以箫、剑并举，盖犹言幽情与侠骨。

②金字经：指佛经。

【品评】

此词为作者回忆平生之作。“才也纵横”一句，自负不减当年，“泪也纵横”，则境遇更加凄惨，而这又包括“箫心”与“剑名”二端。“箫心盖”侧重于生活中的各种幽情亲情，“剑名”则主要是大的人生追求和志向抱负，二者“双负”，词人只赢得泪纵横！下片进一步写个人生活之悲：春天来时，连个关心的梦都做不成，不言没人关心自己，反言自己无倾注关心的对象；不说真实的关心，只求做个关心梦，话语中所包含的这些凄怨哀伤，是十分沉痛的。词人一生漂泊无定，如今虽有些悔怨，但他已不看重这些，因为人生本就是雪泥鸿爪，因为他已信奉了佛教。百年先觉者，一代不羁才，最后竟“泪也纵横”，金经伴身，其怀抱之凄凉，实令人叹惋不已，愤慨不已。

赵庆熺（1792—1847）

字秋舲，浙江仁和（今杭州）人。先世故宋宗子，原居上虞，后迁仁和。道光二年（1822）进士，以县令待铨，家居二十载，选知陕西延川，以病不赴，后改授金华府教授，未履任，寻病故。工词曲，早年与魏谦升、梁绍壬等诗词交酬，名盛一时。有《蘅香馆诗草》《楚游草》《杂著》等，词名《香消酒醒词》。

生 查 子

青溪几尺长，中有双枝橹。杨柳小于人，便解留船住。

歌声遏暮云，酒气蒸香雾。又落碧桃花，红了来时路。

【品评】

此词由古乐府《青溪小姑曲》发端，乐府云“小姑独居，独处无郎”，此词则写青年男女相会场面，大概揉进了当时的生活真事，加以铺染，其轻快流畅的风格，仍可见出乐府民歌特点。写法上，亦以比兴、象征为主，不直接写人，这也是民歌常用手法。纵观全词，画面感极强，而其透视点先是在离人的活动尚有一定距离的地方，然后是人活动的上空，始终不对准人，而且，结尾处又回到开头时的“来时路”上，故极像现代电影的拍摄手法，有相当大的暗示性。

孙超（1793—1857?）

字崧甫，号心青居士，江苏南通州人。道光十八年（1838）进士，历官河北永年、宁河等邑知县。尝多次组词社，群聚京城及乡里风尘小吏讨论风雅。有《秋棠吟馆诗余》。

三　姝　媚

近世鸦片盛行，有俾昼作夜者，作此刺之。

微寒深夜峭，已月转星沉①，霜清露皎。畴倚银釭②，拈一枝枯管③，偎衾斜抱？瘦骨支撑，讳不住、形容枯槁④。因甚来由，夜起朝眠，神思颠倒？　　如此寻欢堪笑。但听说，漏声催时应恼。畅好光阴⑤，怎如昏似醉，瞢腾过了⑥。黑暗狱中，想风味、不殊多少。漫说香浓雾裹，篆纹缭绕⑦。

【注释】

①月转星沉：谓夜深。
②畴：谁。银釭：灯。
③枯管：指烟枪。
④讳不住：隐瞒不了。
⑤畅好：甚好，非常好。
⑥瞢腾：形容神志不清。
⑦篆纹：本指盘香，代指烟雾。

【品评】

此词极力刻画吸鸦片烟者的丑态，以起到讽刺作用。词的上片写夜已深沉，而有人倚灯偎衾，瘦骨嶙峋，倘没有序文，又不深究“一枝枯管”，词中所写，俨然一深闺中辗转难眠，“为伊消得人憔悴”的思妇矣，可谓揶揄之事殆尽。词中又使用“畴”字，细问“因甚来由”，故作神秘，实乃调侃之笔。下片首句，“如此寻欢”四字，算是回答了上片的疑问，而嘲讽之味更浓，“堪笑”二字方才点破层纸，直笔描写。“漏声催时应恼”触及瘾君子活动的时间和反常心理，同时点题“俾昼作夜”。下面进一步顺此思路而行，“畅好光阴”即指大好人生，也指白昼，词人似乎责问他们：如此光阴，怎能迷迷糊糊地度过，而夜晚那种地狱般的生活，又有什么特殊风味，何况还烟雾缭绕？此词描写瘾君子丑态，由外表而及内心，逐层深入；词人的手法，先是“误会”嘲讽，后是声声相责，颇有警世效果。

木兰花慢

英夷之乱，死事诸臣皆蒙恤典，独狼山镇谢公正谷未邀奏请，为赋此解①。

望金鸡山色，流不尽，水潺湲②。公死事处。想阵拥乌云，旗标赤帜，将士蜂屯③。谁知鲸鲵浪跋④，便虞歌相对泣黄昏⑤。帐下都无健卒，峰头剩有空营。　　堪怜大树片时倾⑥，四锁尽捐生⑦。时大经略裕公被害。同时死事者葛云飞、郑其鹏、王锡朋。幸庙食千秋⑧，勋铭两观⑨，聊慰忠魂。一般忠肝义魄，怎无人为筑谢公墩⑩？终古潮声呜咽，淙淙化作啼痕。

【注释】

①英夷之乱：指道光二十一年（1841）农历八月英军侵犯浙江定海县，城关第二次沦陷。恤典：帝王对臣属规定的丧葬善后待遇。

②潺湲：水流不断貌。

③蜂屯：聚集。

④鲸鲵：比喻凶恶的强敌。浪跋：犹“狼跋”，比喻敌人虽遭到抵抗，却仍凶猛。

⑤虞歌：项羽与刘邦争战，后被围垓下，大势已去，乃作《虞兮》之歌。见《史记·项羽本纪》。词中指谢公等战事失利。

⑥大树：即大树将军，本指东汉大将冯异，词中代指谢公。

⑦四锁：四个非常关键、重要的人。

⑧庙食：谓死后之庙，受人奉祀，享受祭飨。

⑨勋：功业。铭：铭刻。两观：宫门前两边的望楼。

⑩谢公墩：即谢安墩。在南京城东隅蒋山半山上，晋谢安与王羲之登临处。词中以谢公指序中所言谢正谷。

【品评】

此词是一首凭吊民族英雄的颂歌。它采用“赋”的手法，打破上下片界限，追述了谢公等人英勇抗敌，壮烈牺牲的事迹，谱写了一曲抵御外侮的壮歌。在缅怀先烈、刻划英雄群像的同时，词人也对谢公生前谦让的品德加以赞扬，对其死后未受恤典、不享庙食的遭遇深表同情。词以潺湲流水起，以淙淙潮声结，遥相呼应，而意象一致，意境完整，象征着英雄精神永远存在，英雄业绩永垂不朽。而水与泪接近，末尾处直接以啼痕汇入潮水之中，让潮声呜咽，又象征着普天同悲英雄之死。个人遭遇不平，虽是词的创作动机，但它已经融入民族大义之中去了，并未构成词旨的主流。

赵起（1794—1860）

字于冈，江苏阳湖（今常州）人。赵翼孙。道光二十年（1840）举人，里居养母。咸丰二年间，江宁、镇江破，常州设局保士以自守，起与其事。七年，叙劳授教谕，加中书衔。十年，太平军破常州，全家死。善画，幽兰得文征明遗意。又承家学，各体皆工。词名《约园词》。

六州歌头

上海夷氛尚炽①

惊飙欻起，溟渤肆长鲸②。寰宇辑，沧波静，久承平。莫知兵。仓卒谁为使③，乘轩鹤④，蒙皮虎⑤，灿毛羽，张爪牙，了无能。大纛临风旷野⑥，脂膏尽、意尚纵横。拥貔貅十万⑦，卧甲不曾醒。海上逡巡、黯愁魂。　　好修战舰，造楼橹⑧，堪决荡，殄妖氛。畏奔涛⑨，如畏蜀，谁敢论？怅黎民，鸟鼠还同穴⑩，洗兵雨⑪，几时零⑫。空遣戍⑬，糜转饷，万黄金。苦念深宫蒿目⑭，听频颁、翠羽华缨⑮。遂披猖若此⑯，谋国竟何人？有泪涔涔。

【注释】

①夷氛：指外国侵略军的战火。

②溟渤：代替大海。长鲸：代指凶恶的强敌。

③仓卒（cù）：同“仓猝”。

④乘轩鹤：轩本大夫所乘，春秋时卫懿公好鹤，鹤亦乘轩。比喻无

功受禄的人。

⑤蒙皮虎：喻官员外强中干。

⑥大纛：军中的大旗。

⑦貔貅（píxiū）：一种猛兽，用以比喻勇猛的战士。

⑧楼橹：古代军中用以瞭望、攻守的无顶盖的高台，多建于车、船上，也有建于地面者。

⑨奔涛：代指海上强敌。

⑩鸟鼠还同穴：本古山名，在甘肃渭源西，词中指百姓流离失所，无处安身。

⑪洗兵：兵，兵器，相传周武王出师遇雨，认为是上天洗刷兵器，后擒纣灭商，停息战争。

⑫零：雨落下。

⑬遣戍：本指放逐罪人至边地、军台戍守，词中指遣人戍守。

⑭深宫：宫楼之中，帝王居作处，借指帝王。蒿目：极目远望。即蒿目时艰、忧虑时局。

⑮翠羽：以翠鸟羽为饰。华缨：彩色冠缨，仕宦者的冠带。代指天子的使者。

⑯披猖：溃散。

【品评】

此词由当时上海的紧张局势，引出对海战以来国事的分析，他认为国家承平日久，“莫知兵”是战争失败的一个原因，但主要的还是用人不当，那些冒贪功名者，实际是“了无能”。一旦与敌相接，只有败退。而朝廷之上，畏敌如畏蜀，无人论战，加上决策失当，劳师遣戍，空耗黄金，而百姓流离失所，敌焰更加嚣张。词采用叙述、描写、议论相结合的手法，对无功受禄者，词中语带愤怒，对那些无能的将军，则无情嘲讽，而叙述国家形势之严峻，未尝不黯然神伤，有泪涔涔。在表达对国势忧虑的同时，词人激切地呼唤真正的“谋国”者，举大纛，静夷氛，洗甲兵，恢复天下的太平。可惜，在那个时代，这只能是词人的一腔热望而已。

沈蓥（生卒年未详）

初名杰，又名元述，字晴庚，又作姓庚，号秋白。江苏无锡人。诸生。与龚自珍过往甚洽。著有《怀旧录》等。词名《留沤吟馆词》。

一 斛 珠

定庵礼部以近制《庚子雅词》见示，索题其后[①]。

珠尘玉屑[②]，侧商调苦声呜咽[③]，愁心江上、山千叠，但有情人，才绝总愁绝[④]。　板桥杨柳金阊月[⑤]，累侬也到愁时节[⑥]。一枝瘦竹吹来折，恰又秋宵，风雨战梧叶。

【注释】

①定庵礼部：指龚自珍，曾任礼部主事，《庚子雅词》为其词集的一种。

②珠尘玉屑：赞美词如珠玉般美好。

③侧商调：古琴调之一，久佚。

④愁绝：极端忧愁。

⑤板桥：唐温庭筠《商山早行》："鸡声茅店月，人迹板桥霜。"金阊：指苏州，因其有金门、阊门。

⑥侬：我。词人自指。

【品评】

此为题评龚自珍《庚子雅词》之作，有些意象和词语即脱臆于龚词，它采用传统文论点悟式方法，不作明确评论，而出以一些具体可感的形象和意境，以“写”代评，寓评于“写”。词人对龚词的描述，有江上山，以及板桥杨柳金阊月、瘦竹欲折、秋宵风雨梧叶四幅图画，后三幅偏于凄苦，代表龚词主体内容和风格。而第一幅却崇高雄奇，代表着龚词的另一面。词人对龚词感受最深的，是“愁”，词中用了三个“愁”字，一个“苦”字，这与那三幅画面是基本一致的。但显然，词的“评论”并不止此。“一枝瘦竹吹来折”和“才绝总愁绝”，令人想到龚氏独立苍茫的形象和作为先觉者的悲剧命运，“秋宵”“风雨战梧叶”有当时社会的影子，“才绝”同时又是对其各方面才能包括创作方面的总评，“有情人”是对其人品和作品内容的认可，“珠尘玉屑”则侧重于对措辞、文字及格律方面的赞美。突出之处，是抓住了“愁”字，但“江上山千叠”和“一枝瘦竹”也说出了龚词跌宕梗概、雄奇超拔的一面，借用龚氏自己的话，就是箫心与剑气合一。后来，谭献在《复堂日记》中评龚词云：“绵丽沉扬，意欲合周、辛而一之，奇作也。”这与此词的解读，并无二致。

项鸿祚（1798—1835）

原名继章，字子彦，又字莲生，后改名廷纪，号忆云、睡隐等。浙江钱塘（今杭州）人。道光十二年（1832）举人。十五年再试春闱，被放归，卒。有《忆云词甲乙丙丁稿》。

临江仙

有限春宵无限梦，梦回依旧难留。泪珠长傍枕函流[①]。书来三月尾，灯尽五更头。　　见说而今容易病，日高还掩妆楼。桃花脸薄不禁羞[②]，瘦应如我瘦，愁莫向人愁。

【注释】

①枕函：中间可以藏物的枕头。唐司空图《杨柳枝寿杯词》："偶然楼上卷珠帘，往往长条拂枕函。"故又有枕函书之类。

②桃花脸：形容女子容貌美丽，如桃花样粉艳。

【品评】

此词写一位思妇在春日里的情绪感受。较为特别的是，它不仅出现了流泪、孤灯不眠等情节和瘦、愁等字眼，反映出梦中境界（一般都暗示着梦中欢会）与现实处境（孤独）的巨大反差，而且，还打破常见的将女子一人加以"封闭"的旧习，将她从与世隔绝的状态中拉回到社会人生，写她在和人相处时的表现与人后独处时表现的不同，从而刻划出带有独特性的性格和思想感情。无人之处，她可以泪流满面，可以反复读那封书信到灯灭到夜深，人前，她只推说这样的天气人容易生病，所以，她多睡了会，至于惹她流泪使她瘦的"愁"，她是不会流露给人看的。对其中的原因，词中明说的是她脸薄害羞，但可能也只是“见说”而已，“瘦应如我瘦，愁莫向人愁”分明可见出内在的矜持。

减字木兰花

春夜闻隔墙歌吹声①

阑珊心绪②，醉倚绿琴相伴住③。一枕新愁，残夜花香月满楼。　　繁笙脆管，吹得镜屏春梦远④。只有垂杨，不放秋千影过墙。

【注释】

①歌吹：歌唱和吹奏。词中偏指吹奏。

②阑珊：消沉。

③绿琴：绿绮琴，相传为司马相如所有。泛指琴。

④繁笙：谓笙声繁密。脆管：清脆的笛声。镜屏：镶有镜子的屏风。

【品评】

就题目所示，这首词要写听乐的感受，但实际上，整个上片写的都是主人公在墙这边的所作所为，盖词之本意，乃在于表现主人公春夜的情感流程，墙这边的自然时空和情感时空，可以看作是接受歌吹声一种心理准备，它至少保证了对歌吹的非排斥。全词很平，很淡，却很有味，那人的阑珊心绪，无人欣赏的花香和月辉，垂杨、秋千影与墙，仿佛都在诉说着什么，却又什么也没说出。词的后二句，有白居易《琵琶行》所说的“此时无声胜有声”的效果，“不放”二字硬将了无关系的垂杨、秋千和墙三方拉到一起，有化静为动之妙。这首词仿佛都市流行歌曲，传达的是某种意绪，而非歌词本身。

清　平　乐

池 上 纳 凉

水天清话①，院静人销夏。蜡炬风摇帘不下，竹影半墙如画。　　醉来扶上桃笙②，熟罗扇子凉轻③。一霎荷塘过雨，明朝便是秋声。

【注释】

①清话：高雅不俗的言谈。

②桃笙：桃枝竹（竹之一种）编的竹席。

③熟罗扇子：用精细的丝织品做成的扇子。

【品评】

此词是一幅静夜消夏图。水天二字首先以其字面意义之清净、高远将酷暑、嚣嚷隔开，给人清凉之感。尽管有人，且在叙谈，但整个院子里仍十分静。上片通过对种种物事的描写，渲染了纳凉环境的幽雅，突出了“清”字，同时见出纳凉的效果非常好。下片与上片的静不同，而是侧重于动，且侧重于人的种种纳凉活动描写。明朝该是秋天（入秋）了，这就将“凉”在词中人物的感觉上显出来，并引入秋的季节判断。这恐怕也是纳凉人清话中的一部分，仿佛有他们互问互答的声口在。所以，这首词极具生活真实感，而这真实感又不仅仅在于它写了庭院帘栊，写了纳凉的“道具”，还来源于纳凉的那种韵味。

摊破浣溪沙

渡　江　作

为有云屏无限娇[1]，碧纱如梦看吹箫[2]。银烛剪残花气暖，忆春宵。　　半醉半醒何处去？背人独自上兰桡[3]。今夜离魂随别恨，趁回潮。

【注释】

①云屏：有云形彩绘，或以云母作装饰的屏风。

②碧纱：绿色薄纱，或装在窗上，即碧纱窗，或张于橱上，即碧纱橱。

③兰桡：船之美称，泛指船。

【品评】

上片主要写春夜卧室内的情景，突出家庭生活的温馨，衬托下片独自离家渡江远去时的孤独凄凉。整个下片让人联想到柳永的“今夜酒醒何处？杨柳岸，晓风残月”，都有羁旅的孤独和凄惶，而柳词更寒些，更冷些，是常年漂泊在外的人的苍凉心曲，此词则有着数不清的依恋、彷徨，好似初次离家者的伤心呼喊，家中的一切对他有着无限的吸引力，以致他根本不敢将未来时间中自己的心思放置到前方的空间上，而是折回到来途、家中。同是别离之作，各有各的面目。

吴藻（1799—1862）

字蘋香，号玉岑子，又曾托名“谢絮才”。浙江仁和（今杭州）人。同邑商人黄某室。道光十七年（1837）移居南湖，筑“香南雪北庐”，皈依禅悦以终。善琴解曲，能画，又从陈文述学诗，称“碧城女弟子”之一。有杂剧《乔影》。三十岁前词名《花帘词》，后集名《香南雪北词》。

清平乐

一庭苦雨①，送了秋归去。只有诗情无著处，散入碧云红树。　　黄昏月冷烟愁。湘帘不下银钩②。今夜梦随风度，忍寒飞上琼楼③。

【注释】

①苦雨：久下成患的雨。

②湘帘：用湘妃竹做的帘子。银钩：银质或银色钩子。

③琼楼：神话中月宫里的亭台楼阁。指月宫。

【品评】

词中充满寒意和凄冷。时当秋归之际，黄昏月上之时，物象有雨、云、树、月、烟、帘、钩，而月冷，烟愁，帘上洒满湘妃之泪，银钩泛着寒光。云之碧，树之红，是霜打寒侵的凝结，雨之苦，不仅指雨久成患，还应该是词人心苦的外化。盖现实世界对她只是一片冷寞和凄凉，本来有秋可以寄托诗情，可以愁苦，可以怨悱，如今秋被苦雨送归了，她只有悬起湘帘，在冷月愁烟中，让自己的梦魂随着风忍着寒飞上琼楼，去找嫦娥为伴。——景冷，物寒，境凄，心苦，这首词写出了词人内心深处的抑郁和悲凉。

金　缕　曲

闷欲呼天说①。问苍苍、生人在世，忍偏磨灭②？从古难消豪士气，也只书空咄咄③。正自检、断肠诗阅④。看到伤心翻失笑⑤，笑公然愁是吾家物⑥。都并入，笔端结。　英雄儿女原无别。叹千秋，收场一例，泪皆成血。待把柔情轻放下，不唱柳边风月⑦。且整顿、铜琶铁拨⑧。读罢《离骚》还酌酒，向大江东去歌残阕。声早遏，碧云裂⑨。

【注释】

①呼天：向天喊叫。形容极端痛苦不平。说：诉说。

②苍苍：深青色，指天。

③书空咄咄：书空，手指在空中虚划字形。指叹息、愤慨等。

④检：翻阅。断肠诗：泛指极度悲伤的作品。

⑤翻：反而。

⑥公然：竟然。吾家：本指同宗同族者，词中似指女性。

⑦柳边风月：宋柳永《雨霖铃》：“今宵酒醒何处，杨柳岸，晓风残月。”词盖化用之。

⑧铜琶铁拨：俞文豹《吹剑续录》：“东坡在玉堂日，有幕士善讴，因问：‘我词比柳词何如？’对曰：‘柳郎中词，只好十七八女孩儿执红牙拍板，唱‘杨柳岸晓风残月’；学士词，须关西大汉执铁板，唱‘大江东去’。”后人据此演出“抱铜琵琶，执铁绰板”“铁板铜琶”等词语，以形容豪迈激越的作品或风格。铁拨：弹拨弦乐器的工具，以铁制成。

⑨声早遏：用“响遏行云”典，喻声音高昂激越。见《列子·汤问》。

【品评】

词人大概读《断肠诗》时触动了自己的身世遭际之悲，从而引起久郁胸中的愤闷，对女子无端遭受“泪皆成血”的一例收场极为不满，并呼天诉说，责其不公，何以使人受此折磨。词人认为，英雄本无男女之别，故她要放下柔情，不唱柳边风月，而要像古来名士那样，边读《离骚》边饮酒，要对着东去的大江，收拾好铜琵琶、铁弦拨，高唱一曲，响彻云霄。词人因所嫁非人，郁郁不得志，故渴望像男子一样建立功名，洒脱自在，其所画《饮酒读骚图》，就自作文士壮束，所以，词中呼天问地，“生人在世，忍偏磨灭”，“人”是“偏”指女性，“吾家物”的“吾家”也以女性为称。词中写道，那些“豪士”们遇见不平事时，也只“书空咄咄”，而她却偏要呼天问地，公然表示不满，这都可以见出词人的勇气和一腔豪情。而即使置于“豪士”之中，此词亦自不凡。

顾春（1799—1877）

字子春，号太清，又署太清春。原系西林觉罗氏，故又署“西林春”。满洲镶蓝旗人。乾隆曾孙奕绘侧室。才气横溢，援笔成章。与梁德绳及二女许云林、云美、项绸章、沈湘佩等相唱和。词善锤炼字句，而无雕琢之痕，并善造意境，尤长于写宗室才媛生活情状。诗名《天游阁集》，词名《东海渔歌》。

定　风　波

恶　　梦

事事思量竟有因，半生尝尽苦酸辛。望断雁行无定处①，日暮，鹡鸰原上泪沾巾②。　　欲写愁怀心已碎，憔悴，昏昏不似少年身。恶梦醒来情更怯，愁绝，鸟飞叶落总惊人。

【注释】

①雁行：喻兄弟。

②鹡鸰：亦作脊令。一种鸟，形似燕，巢于沙上，常在水边觅食，《诗·小雅·棠棣》：“脊令在原，兄弟急难。”因以喻兄弟。

【品评】

词写手足情深。题作《恶梦》，而词中既未描写梦境，也未交待它何以“恶”。词的主要篇幅在于抒发对亲人的思念。但首二句因果相依的议论，就暗示了那恶梦是由思念导致的，其“恶”也必与某种不幸相关。故恶梦醒来，她更加敏感，一鸟之飞，一叶之落，都令她心惊。词人于恶梦，仿佛十分怕提，所以尚未见做，便已“醒来”，这正如鲁迅所说向秀《思旧赋》刚开头便煞了尾，而这也才真正见出思念之深之真，见出情怀之愁之怯。

风蝶令

春日游草桥，过菜花营看竹[①]

春水才平岸，蛙声已满塘。萍丝分绿映垂杨，几处浣衣村妇淡梳妆[②]。　看竹疏篱外，停车老树旁。李花零落杏花香，一带小桃花底菜花黄。

【注释】

①草桥：以草建成的简陋之桥。又，河北高阳东有草桥关，相传宋杨延朗曾于此关建草桥。

②浣（huàn）：洗去衣物上的污垢。

【品评】

这是一幅田野春意图。词中不但出现春水、蛙声、青萍、垂杨、新竹及李花、杏花、桃花、菜花等春天特有的物象，而且，还从数量、广度、质量上，极力造成多、满、足的景象，散发出春的生命力和热情。而最能传出春意讯息的，乃是描写那些浣衣村妇，她们淡妆素裹，一如这些野草野花，却不畏春寒，不怕水凉，以劳动者的质朴形象，成就着青春的活力。而这一切，实际是有机地融合在一起的，形成密不可分的整体韵律，故全词具有神完意畅、浑然天成之美。

沈兆霖（1801—1862）

字尺生，一字子渌，又字子莪，号朗亭，又号雨亭、荑井生。钱塘（今浙江杭州）人。道光十六年（1836）进士，改庶吉士，授编修，历官国子监司业、侍讲学士、内阁学士、吏部侍郎、工部侍郎、左都御史、户部尚书、兵部尚书、军机大臣，至陕甘总督。卒赠太子太保，谥文忠。喜吟咏，每将见闻写于诗，以纪风土，志掌故。词多感慨时势，有《沈文忠公集》。词名《尺生词》。

御　街　行

九月十四日过淀园①

踏残黄叶秋声碎，拭不尽，铜驼泪②。无情一炬送阿房③，并个哀螿都死④。琼楼玉宇，人间天上，卷入墟烟紫。　　玉骢何日还重莅⑤？望眼隔，居庸翠⑥。白头宫监更无言⑦，闷倚颓阑闲睇⑧。西山好在⑨，痴云深锁⑩，一样含愁思。

【注释】

①淀园：即圆明园。咸丰十年（1860）毁于英法联军。

②铜驼：铜铸的骆驼，多置于宫门寝殿之前。《晋书·索靖传》载靖知天下将乱，指洛阳宫门铜驼，叹曰：“会见汝在荆刺中耳。”后因以指山河残破、人事颓衰。

③阿房：阿房宫，宫殿名，在陕西长安。后被项羽焚毁。代指圆明园。

④螿（jiāng）：寒蝉。

⑤玉骢：即玉花骢。本唐玄宗所乘之马，青白色，由天子之马代指

天子。

⑥居庸翠：居庸山，即军都山，在北京昌平西北。

⑦白头宫监句：唐元稹《行宫》："白头宫女在，闲坐说玄宗。"此用之。宫监：本隋唐时离宫所设官，有宫监、副监。代指内监。

⑧睇（dì）：斜视。词中泛指注视。

⑨西山：在北京西郊，山甚多，名亦甚多，总名西山。好在：犹言依旧、如故。

⑩痴云：停滞不动的云。

【品评】

此词为作者凭吊圆明园废墟时所作。上片夹叙夹议，交待圆明园被毁之事；下片边写景边抒情，抒发大好河山破败的时势之悲。上片的黄叶、秋声、哀蛩、墟烟，以衰败、残破的意象，渲染悲哀的情感氛围。下片，居庸叠翠、西山云锁，以山的愁苦，衬托、象征人的悲痛，荆棘铜驼之泪，白头官监之闷颓，使词义由简单的风景之殊深入包括家国乱离、民族蒙羞等的"河山之异"。风格哀戚，情调悲抑。

谭莹（1802—1871）

字兆仁，号玉生。南海（今属广东）人。道光二十四年（1844）举人。官化州学正，升琼州府教授，转肇庆府教授。晚主学海堂。尝结“西园吟社”，受阮元器重。擅诗词辞赋，尤工骈文。于粤中乡邦文献博考精研，为岭南名学，并佐伍崇曜汇刻《岭南丛书》等。有《乐志堂诗集》。词名《辛夷花馆词》。另有《论词绝句》百七十六首。

凤凰台上忆吹箫

越王台春望①

水绕珠江②，山连象郡③，英雄事业全非。又韶光明媚④，烟景迷离⑤。正值红嫣紫姹，曾几日、一半春归。相将向、僧寮读画⑥，废苑寻诗。　　年时，烟氛骤起⑦，看一角孤城⑧，闪遍旌旗。问燎原焰炽，星火谁遗⑨？今日莺花如旧，只愁鬓、渐欲成丝。斜阳里，那堪鹧鸪，更尽情啼⑩。

【注释】

①越王台：在广东广州越秀山，为汉时南越王赵佗所筑。

②珠江：即粤江，为西江、北江、东江的总称，因在广州市内的一段中有沙洲名“海珠”而名。

③象郡：古郡名，治所在临尘（今广西崇左县境）。

④韶光：指春光。

⑤烟景：春天的美景。迷离：不清楚的样子。

⑥僧寮：僧舍。

⑦烟氛：代指外国侵略中国的战火。

⑧一角孤城：代指广州。

⑨问燎原二句：用“星火燎原”典。《书·盘庚上》：“若火之燎于原，不可向迩。”喻微小事引起大的结果。词中焰炽亦指外敌战火。

⑩斜阳二句：宋秦观《踏莎行》：“可堪孤馆闭春寒，杜鹃声里斜阳暮”，词化用之。

【品评】

上片写越王台春景，下片感发时事。上片用一扬一抑手法：先写山水如画，却以“英雄事业全非”顿出感慨，并出以僧寮、废苑衰飒之景为对照，从而见出词人“春望”时心情沉重，为下文奠下基调。下片发挥“望”字余义，而将自然景换成人事情，将过去（近年）今日种种外敌猖狂入侵之状全纳入一“望”之中，直写胸中积愤，见出上片春望而难以喜悦之由。“问”字引起二句，几多愤怒，又几多迷茫。“莺花如旧”正所谓景物不殊，举目却有河山之异，感慨深沉。末二句将斜阳暮色涂抹了全部，将鹧鸪的哀鸣掩压万籁，使词情词境归于沉郁。此词表达了作者对时事的忧患，对国家命运的担忧。览江山古迹，不发思古之幽情，而以国事时势为怀，见其一派爱国之忱。

张金镛（1805—1860）

一名敦瞿，字良甫，改字笙伯，号海门，一号忍龛。平湖（今属浙江）人。道光二十一年（1841）进士，改庶吉士，散馆授编修，咸丰五年（1855）典山西乡试，督湖南学政，七年转侍讲。其外曾祖、祖皆词家，平湖亦多词人，故他于词感悟特深。论词受“常州派”影响，所作则有“浙派”风格。有《躬厚堂诗集》《绛趺山馆词》。

采　桑　子

秋来滴滴秋颜色①，红是蕉心②，绿是兰心。一样相思两样心。　　愁边的的愁滋味③，酸是梅心，苦是莲心。两样相思一样心。

【注释】

①滴滴：多附着于某些形容词后，用以形容色、光等的浓郁、充沛。词中状颜色用，含有“很”意。

②蕉心：芭蕉的叶心，常收缩不展。喻指愁心。

③的的（dì）：明显的样子。

【品评】

这首词以蕉、兰作比，以梅莲为喻，分别从颜色、滋味方面，对相思这种千百年来人所共有的情感体验加以感性描摹，表达了其富有个性的情绪世界。词人将这种“苦”“酸”的相思滋味赋予极鲜艳明丽的“红”“绿”之色，颇得“以乐景写哀”法之髓质。全词充分发挥《采桑子》这个词调在格律、体式上的特点，使上片与下片之间，一片的前后句之间，一句之中，大致相同，而又略异，整齐中含着变化，错落有致。其中“滴滴”“旳旳”二词叠用，“秋”字二见，“愁”字二见，“一样”双声而两见，“两样”叠韵而二用，“是”字四见，“心”字六见，而全词实际上又以上片之“秋”“心”构成下片的“愁”字，下片再申发“愁”边（偏旁）的“心”字义，使用了文字的拆合之法，而使人不易觉察，在情感的体验外，亦给人一种结构技巧上的美感。

姚燮（1805—1864）

字梅伯，号野桥，又号复庄，别署大某、大梅山民等。镇海（今属浙江）人。道光十四年（1834）举人。以博通著称，于经、史、舆地、书画、道释、戏曲无不能且精。著有《复庄诗问》《今乐考证》《读〈红楼梦〉纲领》等。词名《疏影楼词》（含《画边琴趣》等四种）及《续疏影楼词》。

水调歌头

太湖晓渡[①]

三万六千顷，七十二芙蓉[②]。晓烟浩浩不尽，晓水更濛濛。帆影芦浦深处，人影玻璃明处[③]，雁影界长空。山色互萦绕，一百里东风。　　迷离树，是岭橘，是江枫。晴云摇旭其上[④]，黄色乱青葱。坐我舵楼横笛，不见芜塘走马[⑤]，哀响激蛟龙[⑥]。破浪羡伊稳[⑦]，四扇侧罛篷[⑧]。

【注释】

①太湖：在江苏，古称震泽、具区、五湖等。

②三万句：古称太湖三万六千顷。芙蓉：对湖中岛屿的美称。七十二：今有四十八岛屿。七十二似泛言极多。

③玻璃：喻指明静的水面。

④旭：旭日，初升的太阳。词中指阳光。

⑤芜塘：杂草丛生的堤岸。塘：堤岸。

⑥哀响：悲凉的乐声。

⑦伊：即指下文罛篷。

⑧四扇：词中指四条（船）。扇：本指船的门扇，代指船。罛（gū）：一种大型鱼网。罛篷：代指渔船。

【品评】

起首两组数字，以磅礴的气势，再现了太湖的宽广无垠，和岛屿众多。接着两句扣紧“晓”字，写太湖烟雾濛濛的晨景，美妙如仙境。过片三句，在前文的泛写中，特写远处的树，但因为空间距离的关系，树影迷离，实在辨不出那是岭橘还是江枫，抑或二者都有。“坐我”三句，写舟行之速，担心船速如此之快，声音如此刺耳，别把水底的蛟龙激醒了，是从心理感受的角度写船速。结尾二句又旁辟佳境，写几只渔船也在晓渡，然其速度更快，而又稳，则是另一种“晓渡”，从而将“太湖晓渡”之题发挥得淋漓尽致。全词重在写景，既有大笔渲染，也有细微描绘，既突出了水上、晨景的特点，以光、影、烟、风加以衬托，又注意到随着时间的推移、船行水域的不同，而写出变化中的景物，故给人身临其境之感。

桃叶令

自度清商调，改七香《桃花人面图》[①]

天百五[②]，人三五[③]。娟娟花影腻双鬟[④]，渺凝思何许[⑤]？

隔烟村，露春痕；怕黄昏，锁春魂。一丝风，一剪月，一重门。

【注释】

①自度：此指在旧词调之外，自己新创词调。清商：谓其调凄清哀怨。古乐府中《桃叶歌》属清商曲辞吴声歌曲，故作者自度《桃叶令》，亦为清商调。改七香：即改琦。

②天百五：指寒食节，在冬至后的一百零五天，故名。古人于此时扫墓上坟。

③人三五：指人十五岁。谓其年少。

④娟娟：姿态柔美貌。腻：滑润有光泽。

⑤渺凝：凝目远望。何许：何处，何所。

【品评】

晋王献之有爱妾名桃叶，王于秦淮河畔送之，爱而不舍，为作《桃叶》诗。乐府清商曲辞中《桃叶歌》，即本此事。词人以《桃叶令》名其自度词调，恐亦源于其事，但内容却似非关桃叶，它又融汇了“桃花人面”之义，上片主要刻画少女的美丽，下片申发上片末句，将其“渺凝”的视线内之物写出，从而完全刻画出一幅少女春日凝思图。“锁春魂”“一重门”二句，写出其凝思背后忧伤的真正原因，“露春痕”三字见出她对春天的渴望与向往。“怕黄昏”则是内心对孤独的恐惧。统观全词，寒食节的大气氛，烟雾重重的远村，丝丝风，淡淡月，境界相当阴冷幽暗，加上“花影”“春魂”之类的字眼，仿佛有些森寒之鬼气，令人想起李贺笔下的钱塘苏小，词的情调颇具六朝民歌的某些特点，哀伤悲婉，有一种凄丽之美。

黄燮清（1805—1864）

原名宪清，字韵珊，一作蕴山，又字韵甫，自号吟香诗舫主人、茧情生、两园主人等。海盐（今属浙江）人。道光十五年（1835）举人，六应会试不第，充实录馆誊录，用为湖北县令，不之官，筑倚晴楼，日与人酬唱其中。咸丰十一年（1861），太平军攻占海盐，乃奔楚就官，权宜都令，转松滋，未几卒。工词擅曲。有《倚晴楼七种曲》《倚晴楼诗集》等。词名《倚晴楼诗余》。又辑纂《国（清）朝词综续编》。

卜　算　子

辛苦为寻春，争奈春归速①。流水盈盈不见人②，烟雨封帘角。　　别绪总无聊③，前梦路难续。芳草垂杨共一堤，各自伤心绿④。

【注释】

①争：通“怎”。

②盈盈：清澈貌。

③别绪：别情，别愁。

④伤心：极甚之辞，犹言万分。

【品评】

此词写别离之后女子的心理活动。为了排遣孤独和寂寞，她劳累身体去寻春，无奈，春已归去无迹，只有春水盈盈。下片又写到她在梦中也不能与对方相会，其相思之苦凄恻动人。在写法上，它使用了比兴象征或双关手法，“寻春”既是实际行为，又有寻找所爱、寻找幸福之意，“春归速”同样在季节外又暗示所爱、幸福离去太快。“梦”既指真实的睡梦，也指那种短暂相聚转瞬即逝，犹如梦境的幸福，而连这样的“梦”也做不成，其心境之凄苦，非常人所能想象。总之，这首词写别后相思，女方所表露的心迹相当悲观、凄怨，她与男方可能是有不得不分手的苦衷的。

鹊　桥　仙

七　　夕

月斜香几[①]，露寒瓜席[②]，墙外何人私语？隔花风递笑声来，却不似、故园儿女。　　有情时节，无情院落，坐对凉阴几树？卷帘独自数秋星，点点是、离愁来处。

【注释】

①香几：摆放香炉的案几。

②瓜席：置放瓜果的席位。

【品评】

词人将一腔浓郁的离愁，借七夕时的独特感受诉说了出来。上片先描述七夕在民间的隆重、热闹，下片展现的仍是眼前的七夕，而所写已非人家的欢乐，而是自己的孤独。结合全词，“离愁”主要是指男女之间的别情离绪，但同时也包含着乡思。词末卷帘数星，摆脱卷帘望月的常见构思，显得新颖别致，又符合特定时节的情景，“点点”在数量上、程度上也有加重离愁的效用。“点点是、离愁来处”，而不言“点点是离愁”颇值得玩味。

苏　幕　遮

客衣单，人影悄①，越是天涯，越是秋来早。雨雨风风增懊恼②。越是黄昏，越是虫儿闹。　别情浓，归梦渺。越是思家，越是乡书少。一幅疏帘寒料峭③。越是销魂，越是灯残了。

【注释】

①悄：凄凉貌。

②懊恼：烦恼。

③料峭：词中形容风力寒冷。

【品评】

开篇一个“客”字，笼罩整篇所有情景和情绪，为全词安下苦愁的基调，下文的“天涯”“别情”“归梦”“思家”“乡书”“销魂”等，进一步丰富它，并使之得到深化。词中所写，可以看作是一个时间过程：秋日，黄昏，（至）夜（梦），（至）夜深，从而使种种活动连缀成一个情节的持续发展，一个特定的生活段落和心理历程，在动态的变化中加深着情绪。

蝶　恋　花

小院愔愔芳事暮①，落了黄梅，减了青梅数。水漾帘痕风约住，有人立向无人处。　金线抛残闲绣谱②，叶叶芭蕉，渐渐濛窗户[3]，一片晚阴消不去，鹧鸪先定黄昏雨[4]。

【注释】

①愔愔（yīn）：静悄貌。

②抛：撇开、丢弃。

③濛：使迷濛昏暗。

④定：预兆。

【品评】

此词以浓笔重墨勾勒出春暮晚阴的景物背景和寂静无声的环境气氛，关于人事，则仅有“小院”“帘痕”“窗户”三个断片所组构成的院落、房屋、院中小池，而其中的人，只有“金线抛残闲绣谱”的无人参与的静物写生和“立向无人处”的静态造型。大把大把的景物笼罩了几乎全部画面，而沉重的寂静也让人难以呼吸，人物的那颗无聊得几近窒息的心灵，那份难以遣发的孤独，同样给人压迫感。是少女见春事将尽，感叹自己仍孤独地待字闺中青春虚度；还是少妇见芳草将歇，因叹良人远行自己独守空闺，青春有悔？……这些都不重要，重要的则是那片静寂的空间，那份寂寞的感受，将长留于心的一角。

鹧　鸪　天

鸳湖舟次，与子良、子述话别[1]

零乱相思水样流，黄昏独上木兰舟[2]。梦如可约何妨睡，别自无聊错怨秋。　波瑟瑟[3]，恨悠悠，篷窗斜倚一回头。南湖烟雨西湖月，分掌离人两处愁[4]。

【注释】

①鸳湖：鸳鸯湖，即南湖，在浙江嘉兴西南。湖中多鸳鸯，或言两

湖相俪若鸳鸯。

②木兰舟：本指以木兰树所造之船，词中为船的美称，泛指船。

③瑟瑟：寒凉貌，也指水的碧绿色。

④南湖：即题中鸳湖。湖中有烟雨楼等名胜，南湖烟雨盖指此。西湖：在浙江杭州，有平湖秋月、三潭印月等胜景。离人：词中指离别的双方。

【品评】

此词写离愁，而构思上颇见特点。双方在湖边分手，他将自南湖乘舟至西湖，故所有的背景和构思皆借“水”展开：入题即以水的乱流喻自己零乱的别离心理，下片首句又以波之瑟瑟兴起离恨之悠悠，最后再以“南湖烟雨西湖月”收拢，将双方的相思别恨展放在水上，衬以濛濛烟雨淡淡冷辉，十分巧妙，而又能抓住离别的个案特点，而非泛泛巧构、缺乏情感真忱者所能比。“梦如可约”二句写的都是不忍离别的情绪感受，前者是希望借梦境以相会，后者是无端迁怒于秋以泄怨，下片的“南湖”“西湖”又将时空延伸到分手之后双方的活动空间和情感境界，这三句都在现实情境之外别营虚幻的抒情境界，从而扩大了词的情感容量，增加了其感人深度。词的句子也多富有诗意美感。

清　平　乐

当湖秋泛

旧游存否？零落双红袖①。水阁疏廊仍种柳，柳是十年前有。　　一枝枝舻横塘②，一声声笛邻墙③，一点点蘋秋意④，一丝丝蓼斜阳⑤。

【注释】

①红袖：女子的红色衣袖，代指美女。

②舻：船头或船尾，借指船。横塘：江苏吴县有横塘。又似泛指水塘。

③笛邻墙：暗用向秀《思旧赋》典。晋向秀与嵇康、吕安交善，后二人死，向经其旧庐，闻邻人有吹笛者，追思往昔游宴之好，感而作《思旧赋》。

④蘋：一种草，生浅水中，夏秋开小白花。

⑤蓼：水草名。

【品评】

此词借秋意传达怀旧之情。破空一句“旧游存否”，低缓而沉重，将全词意脉顺此一路挥洒下去。词人于秋日泛湖，排列了种种物事，在空间的延伸、填塞中，失意、思旧、悲伤也逐渐糅合而加深程度。横塘中的舻，邻墙的笛，点点蘋，丝丝蓼，未必皆十年前旧物，然亦未尝不是十年前旧物，在秋日里，斜阳中，水面上，都泛着秋意，共同构筑成一种伤惋、哀怨的情感氛围，烘托了思旧的主题。而在一片秋意衰飒中，出现“红袖”这一强烈、鲜艳、明丽的意象，作为青春、愉悦、生命力的象征，无疑又反衬了零落之悲。

卜　算　子

由南昌至安庆，江行杂咏六首①（录一）

塔影指南康②，绕郭烟峦润。一段红墙是郡楼，万绿濛濛衬。　人在画屏风，路展新诗本。但抱庐山曲折行，何必烟帆顺？

【注释】

①南昌：在江西。安庆：在安徽。

②南康：古府名。辖境相当今江西星子、永修、都昌等县地域。

【品评】

此词写由南昌至安庆一段江行途中所见风景。上片是远望中实见，下片是感受。首句中“指”字即有一种顺流而下、一日千里的气势，次句“润”几乎写出烟峦的质感来。万绿中一段红，色彩搭配极为醒目，“是”字是肯定判断，见出词人辨认之准确、自信。虽是实写其景，但“润”“是”“衬”等字，已包含着词人的感受在内。同样，下片写感受的“画屏风”“新诗本”，实也有概括性的景物描写在内，不过偏于主观体验而已。在如“诗”如“画”的美景中穿行，词人似乎忘了本来的目的，疑以为是为着观光而来的，产生了希望船只绕着庐山曲曲折折多走几遭的幻想，以致有点迁怒于风帆为何如此之速，使我美景不能饱览。

蒋敦复（1808—1867）

初名金和，字纯父（一作纯甫），曾更名尔锷，字子文，改今名后，字克文，又字剑人，后自号江东老剑、丽农山人。江苏宝山（今属上海市）人。早孤，家破，漂零久客。因东南兵备日弛，上书陈事，触官怒，会有扬蜚语者，避捕为僧，名妙尘，号铁岸，又自称“铁脊生”。后返俗，应试补诸生，五试秋闱不售，愤而著书。或言尝投策太平军，清兵复上海，再遁隐，潦倒而终。尚气节，有经济之才，通英语，解音律，有“江南才子”之称，与王韬等交善。工诗文，善词。译有《英志》等，撰有《兵鉴》《宫调谱》《啸古堂诗文集》《芬陀利室词话》等。词名《芬陀利室词》。

蝶 恋 花

眉月一丝如我冷。瘦到难描，怕见青鸾镜①。倦又不眠眠又醒，恹恹只道三分病。　　弹指流光愁暗省，拈取心香，偷祝花长命。帘底小魂飘不定，峭风吹过红无影。

【注释】

①青鸾镜：借指镜。《艺文类聚》引范泰《鸾鸟诗序》言，罽宾王于峻祁之山获一鸾鸟，三年不鸣，夫人曰：“尝闻鸟见其类而后鸣，何不悬镜以映之。”遂悬镜，鸾睹形悲鸣，一奋而绝。

【品评】

在冷漠的月辉、料峭的寒风和飘落的红花这样的背景下，词描画了一位瘦弱疲病、多愁善感的主人公。词在多方面勾勒她的“病”的外表后，转笔雕塑她那颗美好、善良的心灵：她默默地以真情、以心香一瓣，祷祝好花长命。可是，岁月无情，转瞬间，飞红无影！词将那种追求美好永恒的心愿和惧怕生命凋谢、青春不复的心绪，发挥到极点，甚至到病态的地步，倾诉了美梦难以成真、理想不能实现的无奈叹惋。词中的冷意、病态及神秘莫测的“帘底小魂”，使词境蒙上一层阴森之气，甚至连“偷”的愿望也沾上几分神秘，大概是作者创作时特定情绪、心境的外化。

百　字　令

经阮嗣宗墓下作①

一堆黄土，劝卿休白眼②，我来浇酒③。痛哭平生才子泪④，此泪除卿安有？我亦当年，最伤心者，肯落千秋后？风流尽矣，青山今日回首。　　多少典午衣冠⑤，禅文九锡⑥，人世何鸡狗。党籍遗风高士传⑦，玉骨棱棱不朽。龙性难驯，鸿飞已冥，以酒全其寿⑧。茫茫万古，醉魂知尚醒否？

【注释】

①阮嗣宗：晋阮籍，字嗣宗。

②卿：对男子的敬称。词中指阮籍。白眼：表示鄙薄或厌恶。

③浇酒：洒酒。指祭拜。

④痛哭句：《晋书·阮籍传》言籍“时率意独驾，不由径路，车迹所穷，辄恸哭而反。”

⑤典午：《三国志·蜀志·谯周传》：“周语次，因书版示立曰：‘典午忽兮，月酉没兮。’典午者，谓司马。”晋帝姓司马氏，因以指晋朝。衣冠：代指士大夫、缙绅。

⑥禅（shàn）文：禅位之文，即禅让皇位的文书。九锡：本古代

帝王赐给诸侯、大臣的九种器物，是最高礼遇。后王莽篡汉，乃先邀九锡，魏晋六朝掌政大臣每袭以为故事，遂成为权臣篡位之先声。词中指司马氏篡魏之政权。

⑦党籍：此指朋党，言阮籍、嵇康等人鄙视魏晋礼法，不容于世。

⑧以酒全其寿：指阮籍生当乱世，以嗜酒酣饮为自全之计，得以避害。

【品评】

此词为凭吊魏晋名士阮籍墓而作。上片交代拜墓诸事，总评阮籍平生，表达钦慕之意，下片追论晋时的社会政治背景和阮籍的个性，在广阔的历史环境中展示其人的风貌，对其人其事表示深许、同情和理解。“我亦当年”三句，不但引阮为同调，同时也有借他人酒杯浇自家块垒的意味，词旨微而深。词多用阮籍事典，述其平生，典雅而切当。“一堆黄土”“风流尽矣”“玉骨棱棱不朽”等句，给人沉重的悲痛感，“劝卿”“我来”“除卿安有”“我亦当年”“醉魂知尚醒否”等所流露的语气，近乎哭诉相间，又有呼唤、与其对话之意，再现了词人祭拜时的情景，也见出他对古人的亲近感和仰慕之情。

疏　影

岁云暮矣，自闭门索句，应笑不已。破帽疲驴，风雪长安，也说凄凉情味。相逢大抵成相识，有冷落，天涯还几？甚江湖、数点萍花？瘦得夕阳如此。　　谁料麻姑双鬓①，淮南望、鸡犬避地无计②。细数平生，痛饮狂歌，旧日荆高燕市③。而今处处无芳草，看满路、揶揄新鬼④。但有情，怎怪铜仙，日夕替垂铅泪⑤。

【注释】

①麻姑：传说中仙女名，东汉桓帝时曾降蔡经家，为一十八九美丽女子。词言仙人麻姑双鬓亦变白。

②淮南望句：相传汉淮南王刘安得道仙去，鸡犬亦随之升天，词反言之。

③痛饮二句：荆：荆轲。高：高渐离。燕市：战国时燕国国都。《史记·刺客列传》载：荆轲至燕后，“日与狗屠及高渐离饮于燕市，酒酣以往，高渐离击筑，荆轲和而歌于市中，相乐也，已而相泣，旁若无人者”。

④看满路句：揶揄：嘲笑，戏弄。《世说新语·任诞》：“襄阳罗友有大韵”，刘孝标注引《晋阳秋》：“乃是首旦出门，于中途逢一鬼，大加揶揄，云：‘我只见汝送人作郡，何以不见人送汝作郡？’”

⑤但有情三句：铜仙，金铜所铸的仙人像。汉武帝时铸，以手掌举盘承露，相传魏明帝时诏官西取欲立前殿，既拆盘，仙人临载，潸然泪下。唐李贺作《金铜仙人辞汉歌》：“天若有情天亦老，……空将汉月出宫门，忆君清泪如铅水。”词本此。

【品评】

此词由岁暮闭门作诗，引出风雪瘦驴的另一种作诗法，由其诗思之“凄凉”而牵出种种漂泊羁旅之苦和人世翻覆、旧交鲜存的感慨。词旨在岁暮话凄凉。“破帽”三句本源诗思，但词中也描写其漂泊生涯的一个内容，又是对文人生涯的概括。“相逢”四句，总写平生所遇所交之人，均存者无几，冷落江湖，萍踪不定，令人心酸。下片，麻姑、淮南之事，隐指在天荒地老、社会巨变之下，朋友们只得四散避开。“细数平生”一节，回忆往日与知交高歌痛饮的相得之乐，“而今”二句，回到现实，言知交零落，满世皆非同类。结尾处，词人将这种凄凉之情扩大到仙人身上，以为即使是金铜仙人，也会为之垂泪的，有情者谁又会怪异呢？全篇暗用了许多典故，但形式多变，或正用，或反用，或赋予旧典以新意，且典故字面本身就已构成与其蕴意较为接近的浅层意思，或是预先营造出一种情感气氛，故不显得生涩、堆砌。

何兆瀛（1809—1896）

字通甫，号青耜，江苏江宁人。道光二十六年（1846）举人，以名孝廉仕浙，洊升杭嘉湖道，后擢广东盐运使，工诗古文辞。善词，人以为“抗手许海秋（宗衡）”（谭献语）。词名《心庵词存》《老学后庵自订词》。

卜　算　子

听　雨

镜背一灯红，灯背人无语。忽有秋虫一两声，啼碎黄昏雨。　　帘底阁琼箫[①]，帘外风如缕。吹我天涯听雨心，和梦江南去。

【注释】

①阁：通“搁”，闲置。琼箫：箫之美称。

【品评】

题曰“听雨”，先并不写声音，而写室中摆设，这是“此时无声胜有声”。等到写声音了，却又不写雨声，而写秋虫声。下片，仍是写室中摆设，照应上片“无语”，兼得不写之写之妙，同时，也在增加“无声”因素的基础上，累聚着所抒发情感的程度。词人将抒情的契机放在词的语言建构和空间的安排上，帘底帘外，词语相对，空间也相对，最后通过愿凭帘外风吹其听雨之心和梦到江南来完成乡思情感的抒发，篇终点“题”，从而将背镜、背灯、无语、阁箫的原因和盘托出，给听雨行为一个情感依归。同时，虫声雨声，合二而一，“秋”字又另外增添了岁暮仍为客的愁苦和秋本身的悲意，而所碎者又不仅仅是雨声，还有听雨人的“心”，构思很巧妙，也很精致。唐诗人李白有“狂风吹我心，西挂咸阳树”之句，词人则借其形式，装上自己独特的“心”，可谓善于创造。

许宗衡（1811—1869）

原名鲲，字海秋。上元（今江苏南京）人。侨寓扬州。咸丰二年（1852）进士，改庶吉士，散馆授内阁中书，迁起居注主事。少孤，得母孙氏多方教益。性简傲，唯心契鲁一同等数人。官京师久，蒿目时艰，感慨良多。工诗文，能词。谭献评为“近词一大家”。有《玉井山馆文略》《拳峰馆诗钞》等。词名《玉井山馆诗余》。

南　乡　子

举酒向谁倾？板鼓凄凉剧有情①。倚遍阑干谁按拍②？分明，记得当时月在门。　　那用诉生平③，旧曲低徊忍再听④？莫怪人间同调少⑤，秋声，槭槭萧萧耳独闻⑥。

【注释】

①板鼓：打击乐器的一种。

②按拍：击节打拍子。

③那：通“哪”，何，怎么。

④低徊：形容声音萦绕回荡。忍：岂忍。

⑤同调：声调相同。喻志趣相合。

⑥槭槭（sè）：象声词。风吹叶动声。萧萧：象声词，风声。

【品评】

这首词出现“板鼓”“按拍”“旧曲”“同调”几个与音乐相关的词汇，但它既不摹拟声音，也不描写乐象，而是重点写声音给人的感受。以板鼓的无人按拍、同调少，传达一种世无知音的孤独和寂寞；由板鼓的演奏方式而及其内容，一反一正，表里结合，以表达“生平”遭遇不幸者特有的敏感和冷落。上片末二句以美丽的明月，见证着、回应着、衬托着无人按拍的场景，下片末二句以衰飒摇落的秋声，反衬着、回应着“同调少”的乐曲，都寄情于景，以景衬人，益见情怀之孤寂、凄凉。另外，全词多是在声音范围内驰骋，独首句举酒欲倾，似颇不相干。实则此句以“问”开辟天地，且独立不倚，正是全词意绪的典型化，有利于渲染那种孤独的强度和深度。

莫友芝（1811—1871）

字子偲，号郘亭，晚号眲叟。独山（今属贵州）人。道光十一年（1831）举人。以知县待铨，历依胡林翼、曾国藩幕。精考据，小学之外，复精版本目录之学。与郑珍交厚，同出程恩泽之门，为“宋诗派”巨擘，世称“郑莫”。亦工词，清峻自然。有《郘亭知见传本书目》《郘亭诗抄》等，词名《影山词》。

金　蕉　叶

怡轩对雨有怀

秋随雨醒，抱疏烟、竹山堕影①。鸣蝉声、曳不起，飙飙枕席冷②。　　坐想行时短艇③，梦迢遥、惊泷万顷④。等闲那、便得度⑤，沅南最上岭⑥。

【注释】

①竹山：县名，在湖北。又山名，在四川。词中所指不详。

②飙飙：风吹貌。

③行时：时行。一时所流行。今言时髦。

④惊泷：犹激流。

⑤等闲：轻易，随便。

⑥沅南：沅，沅江，在湖南西部，源出贵州云雾山。沅南代指贵州。

【品评】

上片写秋雨中苦寒之状，下片由眼前秋雨幻出万顷激流，大地一片水域，作者乘着时行的短艇，从从容容地度上沅南最高岭，回到阔别的故乡。上片的雨冷等等，实是思乡情绪的外化，也是为下片张本。全词构思巧妙，想象奇特。南宋陆游《好事近》词末，将竹杖化为龙，行云行雨，造福于民，此词亦将秋雨化成激流，以幻境、梦境抒情，表达乡情的炽烈，前后辉映，如出一辙。

龙启瑞（1814—1858）

字翰臣，又字辑五，临桂（今属广西）人。道光二十一年（1841）进士第一名。授翰林院修撰，历官至江西布政使。通音韵之学。工古文，守桐城派法，与吕璜、宋琦、王拯、彭昱尧称“粤西五大古文家”。善诗，重寄托，风格多样。精填词，论者以为近代经师而工填词者之最著。有《经籍举要》《经德堂文集》《经德堂文钞》《浣月山房诗集》《翰臣诗钞》等。词名《汉南春柳词》。

采桑子

杨花吹作浮萍了[①]，纵觉无根，尚有春魂。碎却芳心没点痕。　　桃花终是无言好，开向朝暾[②]。落到黄昏。不怨东风不受恩。

【注释】

①杨花句：杨花，指柳絮。浮萍：浮生在水面的萍草。古人以为杨花落水化作浮萍。

②朝暾（tún）：早晨的太阳，词中代指早晨或太阳。

【品评】

上片借口杨花飘坠作浮萍，因其毕竟带有春的神质，值得怜惜，而表达惜春的情怀。下片以桃花的开落，引出“不怨东风不受恩”的议题：暗欲跳出“恩怨天”的愿望，实际表达的乃是渴望不受春情困惑的心声。杨花是主，桃花是宾，浮萍更属附带；“不受恩”是宾，“不怨”才是主；怜杨花是宾，惜春才是主。而“春”在词中，更可以看作是青春及一切美好之物的象征。这首词形象鲜明。含蕴深婉，语带机锋，富哲理启示。

采　桑　子

凭肩共读相思字①，一片高歌。一度微哦②，不费丝桐也自和③。　　“人生只为多情老”，才说情多，便蹙双蛾，欲学桓伊唤奈何④。

【注释】

①凭肩：倚肩，或将手臂放在别人肩上。

②微哦：犹微吟。

③丝桐：指琴。古时多以桐木制琴，练丝为弦，故称。

④桓伊：东晋人，字叔夏，曾与谢玄大破苻坚于淝水。善吹笛。谢安功高被谗，孝武帝疑之，会帝召伊饮宴，安侍坐，伊请弹筝，歌《怨诗》“为君既不易，为臣良独难。忠信事不显，乃有见疑患……”，安泣下沾襟，帝则有愧色。后以之为善用乐曲传达心曲之典。奈何：怎么样，怎么办。

【品评】

“相思字”大概是分别后双方所写表达相思的情书之类。上片以男女双方凭肩共读“相思字”这一幸福、温馨而又特别的相会方式，表达双方情感的深厚。“一片高歌”三句，勾画出他们沉浸在痛苦与幸福的交织情感中而自我陶醉的声态。只缘于太多情，情太多。下片，“人生只为多情老”一句，可能是“相思字”中的话，刚读到此处，说到情多，她便皱起了双眉，触动了伤心之事。这时候，她多么想得到桓伊之笛，一表心曲啊。“欲学桓伊”句反应上片末句，上言不用乐器，双方的读音自然相和，下言没有乐器，心事又怎能曲曲传达呢。这心思的瞬间变化和正反矛盾，反映出“多情”二字的触人之深。这首词通过对共读场面的描写和读到“多情”处情绪变化的细节描写，细腻、生动地刻画出女主人公多情善感的内心世界。

卜　算　子

山向眼前横，水向云涯去。行到山穷水尽头①，都有人行处。　　朝色送人来，暮色留人驻。暮暮朝朝马上看，磨尽英雄路。

【注释】

①行到句：唐王维《终南别业》：“行到水穷处，坐看云起时。”词由此出。

【品评】

这首词将人生置放在行走的马背上，放置在漂流的舟船中，以几幅动态画面，传达一种生命不息、行役不止的羁旅之感。上片着眼于空间的无穷：山不断向眼前横出，水不停地向天涯流去，可即使山到头了，水到头了，还是有人在行走。下片主要立足于时间的悠悠：朝霞送人出门，夕阳留人驻足，朝朝暮暮，人都是在路上度过，仿佛要将这路磨尽。“英雄”二字透着力度、长度、毅力和耐力。词中，“行”字张盖整个空间四方上下，充塞所有时光未来古今，从而将那份感觉也扩大到整个人生。这个感觉，可能是个人的真实遭遇，是他疲惫心灵的写真，也可能是“旁观者”的感慨，有着哲理的高度和凝炼。

陈元鼎（1815—?）

字芰裳，号实庵。钱塘（今浙江杭州）人。道光二十七年（1847）进士。改庶吉士，授翰林院编修。后困顿都门，穷愁抑郁而终。于词律有所究心，所作亦能恪守韵律，风格绮丽。曾选《词畹》八卷，辑《词律补遗》。有《鸳鸯宜福馆吹月词》《同梦楼词》等。

望 海 潮

沪 滨 书 感[①]

旌旗风卷，帆樯云拥，重溟互市初开[②]。魔舞翠眸[③]，蛮妆绀发[④]，飙轮驾海争来[⑤]。嘘气幻楼台[⑥]，尽玉蜕窗掩[⑦]，珠蛎墙排[⑧]。异种芙蓉[⑨]，暗香飞处遍铜街[⑩]。　南征旧事堪哀[⑪]，叹修罗浩劫[⑫]，碧血长埋[⑬]。妖雾昼迷[⑭]，明星夜陨[⑮]，英雄热泪空揩。和议本柔怀[⑯]，问钓鳌龙伯[⑰]，谁是边才？醉把吴钩[⑱]，细看虹彩锈成苔[⑲]。

【注释】

①沪：指上海。

②重溟：本指海。词中代指海外诸国。互市：相互往来贸易。

③翠眸：碧眼睛。代指洋人。

④绀发：红发。代指外国人。

⑤飙轮：指外国汽轮，速度甚快，如御风而行。

⑥嘘气句：海市蜃楼，古人往往误以为是蜃吐气形成的，故称。嘘气：吐气。

⑦玉蛛：亦作“玉桃”“玉珧”，海蚌之属，长二寸，广五寸，肉柱为海味珍品。玉珧窗指以玉珧壳磨薄后作镶嵌而成透明的窗户。

⑧珠蛎：指牡蛎，长七尺。其壳烧制成灰，可以刷墙，功用与石灰同。珠蛎墙即指粉墙。

⑨异种芙蓉：似指阿芙蓉，即鸦片，用罂粟液制成，有毒。

⑩铜街：洛阳铜驼街的省称。借指闹市。

⑪南征旧事：相传周穆王南征，一朝尽化，君子为猿为鹤，小人为虫为沙。词中借指在外国侵略之下，将士、人民因战乱而死。

⑫修罗：梵语译音“阿修罗”的省称。古印度神话中一种恶神，常与天神作战。修罗浩劫指外国军队发动的侵华战争。

⑬碧血：指忠臣志士为正义而洒的血。

⑭妖雾：指侵略者点起的战火硝烟等。

⑮明星：即金星，也叫启明、太白。

⑯柔怀：犹怀柔，招来安抚。指统治者笼络外国。词中柔怀又指软弱无能。

⑰钓鳌龙伯：古代神话传说，有巨人之国名龙伯之国，其人长数十丈，举足不盈数步，而及于五山之所，一钓而连六鳌。

⑱把：把玩，赏玩。吴钩：代指利剑。

⑲虹彩：犹彩虹，指剑上发出的光芒。

【品评】

这首词的背景是外国侵略者以枪炮打开中国大门，上海等被辟为通商口岸，被迫与之进行贸易往来。词的上片描写的就是互市情景，但指明外国人用来交易的却是万恶的鸦片，它的毒香遍布整个市场。下片是词人由这种互市所引起的思考。这首词将志士鲜血、英雄热泪与妖雾昼迷、当局“柔怀”的现实联系在一起，表达了词人对侵略者的无比痛恨，对清廷假“和议”之幌行媚敌之实的不满，也表达了他怀才不遇，空有报国之心却无报国之机的内心愤懑。全词境界阔远，意象峥嵘，情感悲愤沉郁。

王拯（1815—1876）

原名锡拯，字定甫，一字少如，号少鹤，又号龙壁山人。马平（今属广西）人。道光二十一年（1841）进士，历官户部主事、郎中、军机章京、大理寺少卿、太常寺卿，至通政司通政使，署左副都御史。尝从梅曾亮习古文法，所作宗桐城派，与龙启瑞齐名。诗则与朱琦并驱。词开近代粤西词群先声，主情写意，细于声律，论者以为“金粱梦月”（周之琦）替人。有《龙壁山房文集·诗集》《龙壁山房词二种》等。

瑞　鹧　鸪

过茶亭堡

那日萧郎独去时①，一春新雨发棠梨②。河山渺渺人空返③，生死悠悠路岂知④。　　眼底浮云成过客，天涯落日望归期。休言驷马怜行道⑤，嫁女征夫只别离⑥。

【注释】

①萧郎：女子对爱慕的男子的美称。

②棠梨：俗称野梨，开白花，果呈球形。

③渺渺：远貌。空返：犹言未返。

④悠悠：遥远貌。词言路途远，难知生死消息。

⑤驷马：驾一车之四马。泛指战马。

⑥嫁女句：杜甫《新婚别》：“嫁女与征夫。不如弃路旁。”

【品评】

此词为代言体。以思妇心灵独语形式，表达她对丈夫的思念、牵挂之情，也从一个侧面反映了战争给人民群众带来的痛苦。别离的情景历历在目，可是，人去后，音信茫茫，生死未卜。眼底的过客如浮云一般，就是不见他的身影，日落西山，栖鸟归巢，她仍望眼欲穿，……词通过这一系列思绪活动和望归的造型，刻画出一个坚贞而不幸的思妇形象。词着力渲染河山辽远、路途漫漫、归程无期的时空悠悠氛围，以衬托长分离时那种生死不定、天地茫茫的失落和迷惘，那种人很渺小、无力掌握自己命运的痛苦意绪。“眼底浮云”二句，与温庭筠《望江南》“过尽千帆皆不是，斜晖脉脉水悠悠”之句，有同构之妙。

杜文澜（1815—1881）

字小舫，秀水（今浙江嘉兴）人。少孤贫，得舅氏教，为幕多年。入赀为县丞，从征湘桂苗猺，积军功，署两淮淮北监掣同知、海州分司运判，改通州分司运判等，累升至两淮盐运使，加布政使衔。有干才，得曾国藩称赏。深谙音律，推誉万氏《词律》及戈氏《词林正韵》，认为"词仍当以韵律为主"，与蒋春霖等唱和，而工力相当。所作"词清笔婉，言外殊多感慨"。有《采香词》《憩园词话》等。

谒　金　门

残漏苦，灯影伴愁无语。檐外云阴窗欲曙，雁程归尚阻。

漫道愁如秋雨，历乱万丝千缕。雨到天涯还解住，忆君无尽处。

【品评】

词的上片写思妇孤独、寂寞、辗转难眠的相思情怀，下片写天阴而雨，她的思念也如零乱的雨丝一样，千头万绪；雨毕竟还有停住的时候，而人不归来，她的思念就永无尽处。"雨"在词中是真实景物，同时具有比喻、象征义，词借景抒情，自然清新。另外，词中言漏苦、灯影伴愁等等，将人之情感折射到物上，使物"皆著我之色彩"，从而烘托了愁苦的抒情氛围。

端木埰（1815—1887）

字子畴，江宁（今江苏南京）人。道光末年优贡生。得大学士祁寯藻荐，除内阁中书。光绪十二年（1886）充会典馆总纂，升侍读。工书，善诗。词宗王沂孙，以为“露气之下被者为瀣，以是为碧山之唾余可也，为中仙之药转可也。若以为‘花外’嗣音，则不敢也。”因名其词曰《碧瀣》，其中颇多时世之咏，心志披现，高洁峻劲，深得王鹏运推许。另有《宋词赏心录》等。

暗　　香

春深之后，新绿骤长，野塍篱落间作种种香气，非草非华，历夏徂秋，芬馥未已，用暗香调写之[①]。

翠阴如沐。趁槿篱数转[②]，芳塍环曲。种种妙香，不辨蘅芜与熏陆[③]。清味才通鼻观[④]，浑疑入诸天香国[⑤]。又恰似远水深山，兰意澹空谷。　　芬郁。傍翠麓。恰艳扫晚华，粉腻新竹。露溥云绿[⑥]。襟袖过时染清馥。还胜春风绚烂，偏媚此闲中幽独。待采采[⑦]，归去也，不盈一掬[⑧]。

【注释】

①塍（chéng）：田间土埂。徂：往，到。

②槿篱：植槿木以为篱。

③蘅芜：香草。熏陆：即薰陆香，乳香。

④清味：此即清香。鼻观：鼻孔。指嗅觉。

⑤天香：对芳香的美称，特指桂、梅、牡丹等花香。天香国谓遍种

香草香花之处。又，佛书言欲、色、无色三界共有三十二天，总谓之诸天。词中戏言天香国亦为其一。

⑥漙（tuán）：露水多貌。

⑦采采：犹言采。《诗·周南·卷耳》："采采卷耳"。

⑧不盈一掬：不满一把。

【品评】

此词调动人的各种感官，去描摹野外混和着花草泥土气息的香味，极力将无形之气味凸现出来。词中，作为暗香的陪衬，出现了蘅芜、熏陆、兰、竹、露、云等具体可感之物；又使用了翠（二见）、粉、绿、绚烂等颜色字，以增强可视度。此外，整个词境清空高远，尤以首三句和"又恰似"二句写得幽远深雅，这无疑拉开了词中境界与尘世的距离，增加了无形、无体而又无处不在的暗香的神秘性，为将这种香塑造成清幽高雅、可远赏而不可近侮（采、掬）式的高人形象，渲染了气氛。

蒋春霖（1818—1868）

字鹿潭。江阴（今属江苏）人。寄籍大兴。幼侍父宦游，父殁，奉母游京师，屡不得志，遂弃举子业，就两淮盐官，复权富安场大使，咸丰七年（1857）遭忧去官，居东台。后访宗源瀚，道卒于吴江垂虹桥。少工诗，有“乳虎”之目，沉雄悲壮。中岁一意于词，伤离悼乱，每多感慨之语。谭献称其词为词人之词，与纳兰性德、项鸿祚鼎足而观。有《水云楼词》。

甘　州

余少识刘梅史于武昌，不见且二十年。辛亥余为淮南盐官，梅史自吴来访，秋窗话旧，清泪盈睫，其漂泊更不余若也[①]。

怪西风、偏聚断肠人，相逢又天涯。似晴空堕叶，偶随寒雁，吹集平沙[②]。尘世几番蕉鹿[③]，春梦冷窗纱。一夜巴山雨[④]，双鬓都华。　笑指江边黄鹤[⑤]，问楼头明月，今为谁斜？共飘零千里，燕子尚无家。且休卖、珊瑚宝玦，看青衫、写恨入琵琶[⑥]。同怀感、把悲秋泪，弹上芦花。

【注释】

①辛亥：指清咸丰元年（1851）。

②平沙：广漠的沙原。

③蕉鹿：喻人世真假不定，得失无常。

④一夜巴山雨：唐李商隐《巴山夜雨》：“……巴山夜雨涨秋池……却话巴山夜语时。”巴山：泛指四川境内的山。

⑤江边黄鹤：指武昌黄鹤楼，濒长江边。

⑥看青衫句：唐白居易《琵琶行》：“座中泣下谁最多？江州司马青衫湿。”青衫：唐之官八品九品服以青，故指官职卑微。

【品评】

上片就久别重逢之事，引发出尘世多变、世事难料的人生感慨。久别重逢，又是在他乡聚集，本是人生一大快事，此词却情调悲伤，感慨特深，仿佛不愿意相逢。这就令人沉思。综合词中“断肠”“天涯”“双鬓都华”“尚无家”“青衫写恨”“悲秋”等词语视之，盖当时双方都在仕途上不太如意，而又年岁渐老，深感时间已过二十年，彼此竟无进展，故感慨系之。再结合序中所言“辛亥”（1851）前后的国势，“悲秋”的内涵便十分明显。总之，这首词抒发了浓浓的个人身世坎坷之叹和国家形势之悲，富有哲理和思想深度。

谒　金　门

人未起、桐影暗移窗纸。隔夜酒香添睡美，鹊声春梦里。

妆罢小屏独倚，风定柳花到地。欲拾断红怜素指，卷帘呼燕子。

【品评】

这首词用平淡的语言，白描女子的睡眠与行为，不涉及其心理、情感，仿佛这女子无思无虑，无喜无愁，仿佛这词也极平淡，极平面化。但实际上，她的慵睡不起，并不是春困嗜睡，并不是真的不胜酒力；她的不拾落花，也并非怜爱素手。她做了一个绮丽的梦，与心上人相会，或是出去的人要回来了，等等，等等。这也揭示了“怜素指”潜在内因：起来了，春梦醒了，仍是一个人，小屏风也只能“独倚”，那飘零的花瓣不正像她这逝去的青春，她又何忍去拾起那片片伤心。……这首小词很淡，却很值得咀嚼回味，应该说，这也是绚烂之极式的平淡，是一种丰富的平淡。

浪 淘 沙

云气压虚阑①，青失遥山。雨丝风絮一番番，上巳清明都过了②，只是春寒。　　花发已无端，何况花残。飞来蝴蝶又成团。明月朱楼人睡起，莫卷帘看。

【注释】

①虚阑：栏杆。

②上巳：节日名。古时以农历三月上旬巳日为“上巳”。

【品评】

这首词以微婉手法，传达女子的孤独相思之情。上片言清明节过去了，还是让人感到寒。这“春寒”，虽有自然界的天气寒，但更多的恐怕还是人物情感心理上的寒。景物的变迁，节令的更替，在她的心里引不起任何涟漪。这种超常的“稳定性”，也暗示了其心灵深处必潜存着超乎花开花落之类更令她关心的情结。这又是什么？词仍不做正面回答，却穿插蝴蝶群飞这一意象。蝴蝶翩翩，恍若外来客，作者此处，也堪称神来之笔。蝴蝶的“成团”，团者，团圆也。蝶成团，而人孤单，这就是她心灵深处的那个愁结。一道超常稳定的心理防线，刹那间崩溃，可见出这动情之物的力量，见出她心中那份孤独、相思的深沉。这首词摒弃常见的伤春伤别模式，充分利用人物心理变与不变的矛盾，抓住变的契机，其构思是相当精妙的。谭献《箧中词》记人言“此词本事，盖感兵事之连结，人才之惰窳而作”，提供了另一赏鉴路线。

金和（1818—1885）

字弓叔，一字亚匏，别号湖上老渔。上元（今江苏南京）人。早年就读江宁惜阴书院，以为文不合程式，屡试不中，不得仕进。太平军攻占南京，谋作清军内应，不济。晚年游幕入广东。光绪初，进上海招商局。回乡后，贫困而终。以诗、文名。词亦不同于凡近。有《秋蟪吟馆诗钞》等。词名《来云阁词钞》。

忆 秦 娥

何曾睡？雨声提起惊心事。惊心事，只如春梦，绝无首尾。　何曾睡又何曾醉？虫声催落填胸泪。填胸泪[①]，便如中酒[②]，那般滋味。

【注释】

①填胸：充满胸膛。

②中（zhòng）酒：本为酒酣，后多以指醉酒。

【品评】

此词由中夜难眠引发构思，上下二阕又分别从雨声、虫声着手，雨声惹起了惊心事，虫声催落了填胸泪，惊心事到底是什么，泪水填胸又是为何，词人却含而不答，各以一个比喻了结，而这二喻又属于感受型的，只可意会，难于言传，故实际仍是答非所答，言而未言。这种吞吞吐吐、欲语还休的表情方法，加上词调特有的循环、变沓的语词结构方式，使词情益增一唱三叹之致，得波澜摇曳之美。

江　神　子

临行不觉黯朱颜[1]，在人前，且无言。自从今夜、两下定无眠[2]。也识相离能几夜[3]？才一夜，已如年。

【注释】

①黯：暗淡无光。

②两下：两处。代指两个人。无眠：不能入睡。

③识：知道。

【品评】

此词写女子的惜别心理，细腻生动。它不作景物描写，不以他物相衬，开篇直接抓住“临行”这一时间段，将最令人难堪的时刻呈现出来，让人回避不得。所以，下文中，女主人公的反应也是纯粹情绪型的。“不觉黯朱颜”以容颜的变色写情绪的激烈动荡，“在人前”二句又以人前人后表现的不同，见其性情温柔，明事理，为“也识”三句作铺垫。“自从今夜、两下定无眠”，将时间段延伸到今夜以后，以分离必然引起的后果，言今日之不可分。“也识”一句照应“在人前”二句，本身又为末二句作衬托：我也知道相离没有几夜——故意退后一步；可是，哪怕是一夜，都感觉像一年那样长——反跳得更远，更有力！词通过这种种的情感活动历程，摹刻了女子不忍别的心灵轨迹，曲折自然，丰富而不驳杂，热烈而不熟俗。

薛时雨（1818—1885）

字慰农，一字澍生，晚号桑根老农。全椒（今属安徽）人。咸丰三年（1853）进士。出知浙江嘉善，迁杭州府，兼署督粮道，代行布政、按察两司事。以疾辞官，历主杭州崇文，江宁尊经、惜阴书院。为词不媚不荡，直抒真情，颇多“心志春梦”之语。有《藤香馆诗钞》《藤香馆词》等。

望江南

新　月

新月上，影恰二分宜①。两地情怀凭管领②，一分照我一分伊③。脉脉此相思④。

【注释】

①二分：十分之二。因是新月而非满月，故言。

②管领：领受。

③伊：她或他。

④脉脉：含情不语貌。

【品评】

词中，“二分”本是描画新月之小，恰如满月之十二，“恰”“宜”二字，见出词人对新月的喜爱之情。但以下诸句，词人却将“二分”巧妙地过渡到“一分为二”，写处在两地的两个人，看到这“二分”的新月，产生同样的思念之情。词将相思之情，通过新月表达出来；尤其是借用文字技巧，构思是很新颖的。此词尚涉及中国古代文学中一个抒情母体，那就是见月怀人。明乎此，可知作者此词并非仅做文字功夫，而是出于传统积淀中的情感的自然表达。至于相思双方是朋友、情人，抑或夫妇，则各人自有各人的解读。

踏　莎　行

余　杭　道　中①

苦竹沿溪②，青莎贴水③。斜阳黯道遥山翠④。一声欸乃送轻舟⑤，行人渐入芦花里。　　打稻场连⑥，剥棉天霁。桑麻而外无闲地⑦。村居风景旧关心，句将一片乡思起⑧。

【注释】

①余杭，今浙江杭州。

②苦竹：竹的一种，干矮节大。四月中生笋，味苦不能食。

③莎（suō）：即莎草，多生于潮湿地区或河边沙地。叶细长，深绿色，夏季开穗状小花。

④黯：暗淡无光。

⑤欸乃：象声词，状行船摇橹声。

⑥打稻句：打稻，把稻子收割后在场上晒干再进行脱粒。场：场地。

⑦桑麻：本指桑和麻，代指农作物。

⑧句：同“勾”，勾惹。

【品评】

此词描写农村风光和农事活动，文笔朴实，风格清新。上片是舟行途中所见景物，带有江南农村水乡特色；下片是舟行所见农村忙碌场面，富有浓厚的生活气息。结尾二句将笔墨荡至乡思上，实即回归溪行之上，溪行而见旧曾关心的村居风景，见此风景而思念亦有此风景的家乡，故三者环环相扣，互为表里。“旧关心”透出作者的熟识感，这也是对目前景物的认可与喜爱，所以，词末的“乡思”就非一般的客愁之可比，它仿佛含着丝丝的温暖。

浪淘沙

夜舟听雪

一夜响萧骚[①]。玉碎珠跳[②]。打篷声急浪花飘[③]。比似芭蕉窗外雨，分外魂销[④]。　　孤客太无聊。短鬓空搔[⑤]。一灯明灭映船梢。今夕杭州应有梦，隔住江潮。

【注释】

①萧骚：象声词。词中状风吹雪花声音。

②玉碎：玉破碎之声。形容声音清脆。珠跳：珠子滚动声。二者皆以比拟雪落之声。

③篷：船篷。

④分外：格外，更加。

⑤短鬓：短发，稀少的头发。指老年。

【品评】

这首词写羁旅客愁。上片着眼于声音的摹拟，紧紧扣住题目。“分外魂销”四字，总写听雪的感觉，并将词境过渡到下片，写羁旅之苦。“一灯明灭”句切实描写客船孤独寂寞之状，以景传情，同时将境界转至船梢，转至外面空间，自然引出末二句写遥远之外的杭州。孤舟夜雪而思杭州，见出客愁之浓。夜舟而及杭州，杭州自是虚物，又将这虚物放进梦中，更是虚中之虚。梦亦被江潮隔住，益见客里之苦。作者是非常善于虚处传情的。而“杭州应有梦”可以是指作者本人的回到杭州的梦，也可以是其妻子在杭州思念他而做的梦，这后者又专从对面着想，不言我之思家，反言家人思我，直有老杜《月夜》“今夜鄜州月，闺中只独看”之妙。

鹧　鸪　天

江中望九华山[①]

不为看山不挂冠[②]。布帆无恙度云关[③]。匡庐九叠都看过[④]，九子重看画里山[⑤]。　　天澹澹[⑥]，水漫漫[⑦]。隔江岚翠袭衣寒[⑧]。轻舟不住梅根浦[⑨]，爱向中流数髻鬟[⑩]。

【注释】

①江：指长江。九华山：在安徽省青阳南。

②挂冠：指辞官。

③云关：云雾笼罩的关隘。

④匡庐：庐山，在江西九江。相传为匡裕先生成仙后所止之处。其山九十余峰，蜿蜒不绝。“九叠”盖即指此。

⑤九子：九华山本名九子山，山有九峰，李白游江汉，见九峰如莲而改。

⑥澹澹：广漠貌。

⑦漫漫：广远无际貌。

⑧隔江句：岚翠，山气所呈现的翠色。

⑨梅根浦：即梅根港，在安徽贵池，西五里为梅根冶。浦：河流注入江海之处。此指渡口。

⑩髻鬟：发髻。词中比喻山如发髻状。

【品评】

此词写舟中望九华山所见所感。它交待了望山的两个背景：一是欣赏了庐山峰峦叠嶂的经历，二是为看山而辞官的心理经历。故词中“天澹澹”二句，虽是扣住“望”字写大景以衬九华山，同时也含有摆脱俗务、获得自由的情感心理。词对九华山的描写，先是赞叹性的“画里山”，接着是感（触）性的“岚翠袭衣寒”，最后才是描绘性的“髻鬟”。由映象而见颜色，产生触觉感，而出现形状，山的形象渐趋分明，但同时又不离开“望”字。这首词描写很有层次，用词较准（如“寒”字等），比喻形象。

周闲（1820—1875）

字存伯，一字小园，号范湖居士。秀水（今浙江嘉兴）人。弱冠就郡县试，列前茅。但遇父殁等不幸，弃举子业，游幕浙东，为草军檄，推为不凡器；道光末年再游楚北，旋返吴中佐戎幕，以军功得六品衔。同治三年（1864）官江苏新阳知县，忤大吏，挂冠隐吴门。精书法、丹青，擅古文词，著述甚丰，多毁于战火。所作情韵飞扬，感慨深沉。有《范湖草堂词》。

水　龙　吟

渡　海

海门不限萍踪①，危樯直驰东南去②。怒涛卷雪③，轻舟浮叶④，乘风容与⑤。浪叠千山、天横一发⑥，鱼龙能舞⑦。向船舷叩剑，舵楼酾酒⑧，何人会⑨，茫茫绪？　　遥指虚无征路⑩。望神州、琼烟霏雾⑪。汪洋弱水⑫，惊魂萦目，蓬莱犹故。绝岛扬尘⑬，孤帆飘羽，重渊垂暮。且当杯散发，中流击楫，放斜阳渡。

【注释】

①海门：海口，内河通海之处。萍踪：浮萍的踪迹。喻行踪漂泊无定。词中指海上战斗生涯。

②危樯：高桅竿。

③雪：喻浪花白如雪。

④叶：树叶。喻船在水中之轻。

⑤乘风：乘风势。容与：从容闲舒貌。

⑥一发：极喻天际微茫。

⑦鱼龙：鱼和龙。泛指水中动物。

⑧酾（shī 或 shāi）：滤酒。指饮酒。

⑨会：理会，明白。

⑩虚无：天空清虚之境。词中亦有空虚渺茫之义。

⑪神州：中国。琼烟：喻烟之色泽晶莹如琼。霏雾：飘拂的云雾。

⑫汪洋：水宽广无际貌。弱水：古代神话传说中称险恶难渡的河海。

⑬扬尘：相传仙人麻姑谓王方平云：已见东海三为桑田，蓬莱水亦浅于往时。方平笑云："圣人皆言海中复扬尘也。"词喻岛小如飞尘。

【品评】

道光二十年（1840）农历六月和次年农历八月，英军两次入侵浙江定海，县城沦陷，县令姚怀祥和总兵葛云飞等三人先后殉国。时作者在前线佐幕，此词即作于这段时间里。它写的是一次渡海军事行动。上片直接描写渡海之事。词人用重笔浓墨，极力渲染海上的险恶环境，同时塑造出乘风破浪、仪态容与、叩剑酾酒的抒情主人公形象。下片就渡海征战之事展开议论和想象，结句"放斜阳渡"绾合全部景、事、情境，以景结篇，亦有乘时而进、及时努力之义。全词意象雄奇，境界远阔，笔意恣肆，气魄雄伟，表达了作者捍卫祖国神圣疆域的壮烈心态。

俞樾（1821—1906）

字荫甫，一字中山，号绚岩，晚号曲园居士。德清（今属浙江）人。道光三十年（1850）进士。改翰林院庶吉士，任编修。简放河南学政，被劾罢职，侨居苏州。后主讲紫阳书院等处，任杭州诂经精舍院长达三十余年。又总办浙江书局。博学渊深，为朴学大师。诗文却能独抒性灵。词尤少书袋气，任情多趣，开朗豁达。著述宏富。有《春在堂全书》等。词名《春在堂词录》。

河　满　子

观傀儡戏①

一样歌衫舞袖②，偏宜小小排当③。几缕红丝烦月老④，倩伊暗里牵将⑤。莫笑形骸槁木⑥，居然优孟冠裳⑦。　队队鱼龙曼衍⑧，声声箫管悠扬。锦幔低垂看不尽，消磨半角斜阳。为语郭郎鲍老⑨，大家傀儡登场。

【注释】

①傀儡戏：用木偶进行表演的戏剧。即木偶戏。

②歌衫舞袖：歌舞时穿的衣服。

③排当：本指帝王宫中安排的饮宴。泛指一般宴饮。

④几缕句：相传唐人韦固夜经宋城，遇一老人倚囊而坐，囊中有赤绳，云以绳系夫妻之足，虽仇家异域，此绳一系，终不可避。见唐李复言《续幽怪录》。词用此典。

⑤倩：请。伊：他。牵将：犹牵。

⑥形骸槁木：词中指木偶的形体骨头，俱是木头的。

⑦优孟冠裳：优孟是春秋时楚国艺人。相传楚相孙叔敖死，其子贫困无依，优孟即著叔敖衣冠扮之，与楚庄王抵掌谈语，庄王感之，遂封叔敖子。见《史记·滑稽传》。词中指木偶模仿人登台演戏。

⑧鱼龙曼衍：古百戏杂耍名。由艺人执所制珍异动物模型表演，有幻化情节。

⑨郭郎：木偶戏中的丑角。鲍老：亦傀儡戏脚色名，盖即引戏。

【品评】

此词吟咏木偶戏表演。它生动地记叙了一个戏剧婚姻过程：由月老牵线，到戴冠著裳成婚，到百戏箫管庆贺，到锦幔低垂，……充满生活情趣，俚而不俗。“一样”“偏宜”“莫笑”“居然”数语，为场外语，含一定评论，亦为清醒语，有“画外音”效果。“锦幔”二句，尤有“跳出庐山”的冷观距离，含着一定生活哲理。当然也不排除它有讽刺时俗之义。

叶衍兰（1823—1897）

字兰台，号南雪。番禺（今广东广州）人。咸丰六年（1856）进士，改庶吉士，官户部主事、军机章京。与上司不合，辞归，主越华等各书院讲席。早年以诗鸣，晚专攻词，与汪瑔、沈世良称“粤东三家”。所作绵丽密涩，寄托遥深，谭献推为南宋正宗。有《海云阁诗钞》《秋梦庵词》等。

菩萨蛮

甲午感事，与节庵同作[①]

遥山暗淡春阴满，游丝飞遍梨花院[②]。野草罥闲庭[③]，红棠睡未醒[④]。　华筵歌舞倦，帘外流莺唤。锦帐醉芙蓉，边书不启封[⑤]。

【注释】

①甲午：光绪二十年（1894），日兵突袭清军，双方宣战，清兵终败，大连、旅顺等地失陷。“感事”之事即指此。节庵：梁鼎芬之号。梁亦番禺人，工诗词。

②游丝句：唐张祜诗：“梨花静院无人见，闲把宁王玉笛吹。”词化用之。游丝，飘动着的蛛丝。

③罥（juàn）：挂。

④红棠句：相传唐明皇召杨妃同宴，贵妃宿酒未醒，帝曰：“海棠睡未足也。”苏轼《海棠》“只恐夜深花睡去”。词暗用此事。

⑤边书：寄自边地的战事文书。

【品评】

题曰《甲午感事》，词中一语不及甲午之事，甚至不涉“感”字，只将春日人家庭院内外环境景物细细写来，上片以游丝恣意飞、野草任意长等，突出庭院之静，下片以“华筵歌舞倦”补写“静”之原因，让人想象歌舞疯狂之状，“倦”进一步写“静”，而“帘外流莺唤”又转以动反衬静，一切静皆缘于人静：“锦帐醉芙蓉”。词若至此煞住，怕是算得上一幅绝妙的美人春睡图了，那春意的浓烈，美人的慵困，令人历历想见，其慵困之因也足以让人做多样的猜测。可是词人却加了一句“边书不启封”，于是也将对词意的猜测收归一线：主帅耽于享乐宴嬉，不问边事，致使甲午大败！于是，这词里的歌舞便成了“歌舞升平”的责斥，词里“静”的一切成了举国死气沉沉的象征。这也正是词人对战事的“感”，是最真切、最有见地的“感”，这是不写之写。而以一句统帅七句，篇末点旨，尤见铺衬之妙。

张景祁（1827—?）

字孝威，号韵梅（或作蕴梅），又号蘩甫，别号新蘅主人。浙江钱塘（今杭州）人。同治十三年（1874）进士。官福建连江知县。晚年渡台湾，宦游淡水、基隆等地。出薛时雨门下。工诗词。有《研雅堂诗》《蘩圃集》等。词名《新蘅词》。

望 海 潮

基隆为全台锁钥①。春初海警猝至，上游拨重兵堵守。突有法兰兵轮一艘入口游奕，传是越南奔北之师，意存窥伺，越三日，始扬帆去，我军亦不之诘也。

插天翠壁，排山雪浪，雄关险扼东溟。沙屿布棋，飙轮测线②，龙骧万斛难经③。笳鼓正连营。听回潮夜半，添助军声。尚有楼船，鲎帆影里矗危旌④。　　追思燕颔勋名⑤。问谁投健笔⑥，更请长缨⑦。警鹤唳空⑧，狂鱼舞月，边愁暗入春城。玉帐坐谈兵。有僮花压酒⑨，引剑风生。甚日炎洲洗甲⑩，沧海浊波倾？

【注释】

①锁钥：锁和钥匙。比喻军事防守的重镇。

②飙轮：古指御风而行之车。词中指轮船。

③龙骧：大船。万斛：形容容量极大（古时一斛十斗）。

④鲎（hòu）帆：鲎是一种节肢动物，俗称鲎鱼，生活在海底，其

腹部甲壳可以上下翘动，上举时，人称鲎帆。

⑤燕颔：《后汉书·班超传》载相者谓超曰："生燕颔虎颈，飞而食肉，此万里侯相也。"超后率三十六人出使西域，使西域五十余城国获得安宁，封定远侯。

⑥谁投健笔：班超少时家贫，常佣书供养，尝辍业投笔叹曰："大丈夫无它志略，尤当效傅介子、张骞立功异域，以取封侯，安能久事笔研间乎?"

⑦请长缨：自请从军杀敌为请缨。

⑧警鹤：相传白鹤性警，八月间夜闻草露滴声，即高鸣相警，徙所宿处。

⑨僮（zhuāng）：南方少数民族，即"壮"。花：娼妓之类的女子。或以为即指花卉。压酒：以米酿酒，待其将熟时，压榨以取酒。

⑩炎洲：传说中的十洲之一，在南海。泛指岭表以南之地。洗甲：洗藏兵器，谓停止战争。

【品评】

词的上片着眼于实景描写。前六句为全景式的鸟瞰，描写了基隆崖岸作为"雄关"的雄壮气势。接着三句，从听觉方面，写笳鼓声、潮声、军声；下二句再从视觉方面，用楼船、危旌，来渲染、衬托这种雄壮，点出防守的严密，给人固若金汤之感。下片前三句先出以议论，言像班超那样慨然报国，从军南荒、建立功勋的人物，现在看不见了，叹息空有天险和雄兵而无良将，这就为下文定下调子。"玉帐"三句所现，则是一些只会饮酒作乐、纸上谈兵的蠢材，好像是使雄关建立在浮壤之上，让人顿生危险之感，也使"愁"字的份量显得更重。末二句固是透露了词人的和平愿望，但"甚日"二字却将那"愁"字拉伸得更远更长，使和平之望极其渺茫。此时，法军尚未进攻基隆，词人先见预谋，洵为难得。

曲　江　秋

马江秋感[1]

寒潮怒激。看战垒萧萧，都成沙碛。挥扇渡江[2]，围棋赌墅[3]，诧纶巾标格[4]。烽火照水驿。问谁洗、鲸波赤？指点鏖兵处，墟烟暗生，更无渔笛。　　嗟惜，平台献策[5]。顿销尽、楼船画鹢[6]。凄然猿鹤怨，旌旗何在？血泪沾筹笔[7]。回望一角天河，星辉高拥乘槎客[8]。算只有鸥边，疏荭断蓼[9]，向人红泣。

【注释】

①词作于光绪十一年（1885）秋。前一年，法国兵舰来犯，大败马江舰队。词为追述凭吊之作。马江：即马尾，又作马头江，在福建。

②挥扇渡江：《晋书·顾荣传》载荣与周玘、甘卓等起兵攻陈敏，废桥敛舟于南岸，敏率万余人出，不获济，“荣麾以羽扇，其众溃散”。

③围棋赌墅：《晋书·谢安传》载：淝水之战前，谢玄入问谢安计，安夷然答曰：“已别有旨。”遂命驾出山墅，方与玄围棋赌别墅，玄素胜安，此日惧，不能胜。及谢玄等破敌，驿书至，安方对客围棋，览书而置之，了无喜色。词中借以指清兵统帅张佩纶等空谈误兵。

④纶巾：青丝带做的头巾。相传诸葛亮所戴，又称诸葛巾。标格：风度。

⑤平台献策：平台，在紫禁城内，明代为皇帝召见群臣之所。又，河南商丘有平台，相传春秋时宋皇国父筑，汉梁孝王与邹阳等文士游于其上。

⑥楼船：大战船。画鹢：指船。鹢为水鸟，古时常画鹢形于船首以厌水神。

⑦筹笔：筹笔驿，在四川绵谷北，三国时，诸葛亮出兵攻魏，曾驻扎于此，以筹划军事。

⑧乘槎客：相传海通天河，有人在海边，见海上木筏来，登而达天河，见到牛郎织女。词中以乘槎客指何如璋。

⑨荭（hōng）：一种水草，似蓼而叶大，叶浅红成穗。

【品评】

此为凭吊马江战事而作。盖马江之役，主要由于闽督何璟及张佩纶、何如璋之流，儒将无谋，纸上谈兵，贻误军机，致使我军惨败。词用“挥扇渡江”“围棋赌墅”“纶巾标格”“平台献策”等典故，将历史上风流倜傥、指挥若定的儒雅主帅形象着上负面色彩，反拨琵琶，别有感慨。尤其“平台献策，顿销尽、楼船画鹢”二句，更具惊心动魄的警示效果，可谓婉而多讽。同时，词将当时血战的景象与今日凄凉、萧瑟之景状叠映在一起，深沉悲慨，极富感染力。

秋　霁

基隆秋感[①]

盘岛浮螺[②]，痛万里胡尘[③]，海上吹落。锁甲烟销[④]，大旗云掩，燕巢自惊危幕[⑤]。乍闯唳鹤，健儿罢唱从军乐。念卫霍，谁是汉家图画壮麟阁[⑥]？　　遥望故垒[⑦]，毳帐凌霜[⑧]，月华当天，空想横槊。卷西风、寒鸦阵黑，青林凋尽怎栖托。归计未成情味恶。最断魂处，惟见莽莽神州，暮山衔照，数声哀角。

【注释】

①词作于光绪十年（1884）秋。该年六月至九月，法舰数攻基隆，

皆受创，转以五艘犯基隆后路沪尾（离台北三十里），清兵因弃基隆拔队回援，法军遂据基隆。词写于基隆失陷后。

②盘岛浮螺：指台湾岛，状如浮出海面之翠螺。

③胡：对外国侵略者的泛称。词中胡尘指法兵侵台燃起战火。

④锁甲：锁子甲，铠甲，其甲五环相互，其一环受镞，诸环拱护，使箭不得入。代指武器和装备。

⑤燕巢句：指基隆失守后台湾民众皆有燕巢危幕之感。

⑥念卫霍二句：卫，卫青。霍，霍去病。二人皆汉名将，与匈奴作战，屡建战功，但二人之像未入麒麟阁。麒阁：麒麟阁，宣帝甘露三年，图画功臣霍光等十一人像于阁上。

⑦故垒：指基隆炮台。时作者在淡水，故曰"遥望"。

⑧毳（cuì）帐：毡帐。借指军帐。毳：粗糙的毛织物。

【品评】

此词以基隆被法军攻陷为背景，抒发了词人存身艰难、归家无计的痛苦情怀，并进而表达了对大清帝国行将衰落的哀伤，对神州命运的忧虑。万里胡尘、销毁锁甲的浓烟、掩蔽大旗的密云，使全词笼罩在硝烟战火氛围之中；危燕、唳鹤、寒鸦，别增末路途穷、失家势危之意；严霜、冷月、西风、残照，顿添凄清荒凉之感；黑、青，以及落照之"红"，在词中极其刺目，色之深，反衬情绪之低沉；痛、惊、恶、断魂、哀，直接抒发悲抑的情怀。这首词"笳吹频惊，苍凉词史，穷发一隅，增成故实。"（谭献《箧中词续》）

齐　天　乐

台湾自设行省，抚藩驻台北郡城，华夷辐凑，规制日廓，洵海外雄都也。赋词纪胜①。

客来新述瀛洲胜[2]，龙荒顿闻开府[3]。画鼓春城，瑰灯夜市[4]，娖队蛮靴红舞[5]。莎茵绣土[6]。更车走奇肱[7]，马徕瑶圃[8]。莫讶琼仙，眼看桑海但朝暮。　　天涯旧游试数。绿芜环废垒。啼鹃凄苦。绝岛螺盘，雄关豹守[9]，此是福州庭户。愿洗净兵戈，卷残楼橹。梦踏云峰，曙霞天半吐。

【注释】

①据《清史稿·地理志》：光绪十三年（1887），台湾改建行省。抚藩：即指台湾巡抚、台湾布政使。辐凑：（人或物）聚集在一起。廓：开拓，扩大。洵：实在，诚然。

②瀛洲：传说中海上三神山之一，代指台湾。

③龙荒句：龙荒泛指北部荒漠地区。词中代指台湾。开府：开建府制。词谓清廷在台湾建行省置巡抚。

④瑰灯：指电灯。

⑤娖（chuò）队：排列整齐的舞队。蛮靴：用麂皮制成的舞鞋。红舞：连横《台湾通史·风俗志》载：台湾妇女以红为瑞。红舞盖即指衣红而舞。

⑥莎茵绣土：莎，莎草。茵：茵陈，一种草，经久不凋。

⑦车走奇肱：《山海经·海外西经》载有奇肱之国，其人一臂三目。词中指光绪十二年（1886）动工兴建的台北至基隆、新竹的铁路，其火车各自有名号，如御风、掣电之类。

⑧瑶圃：美丽之园地。指神仙居处。

⑨雄关豹守：严加防守台湾之意。亦指设省后台湾的防守将得到进一步加强。

【品评】

词由台湾设行省以来的繁荣景象，引出对昔日中法战后残败景象的对比，强调设立行省、巩固台湾以保护神州门户的重要性，并乘势畅想渴望和平、清弭战乱的美好未来。这首词自首至尾，一路昂扬而下，情调愈来愈高，事件愈来愈大，境界由实返虚，在结尾处顿入梦境，空间亦由台湾而神州而终至半天，曙霞满天，一片灿烂。梦境加上瀛洲、奇肱、瑶圃、琼仙、桑海的固有神话，以及电灯的新异、蛮靴红舞的奇物，使词真幻相杂，虚实相生，绚丽多姿，极富浪漫色彩。

冯煦（1843—1927）

字孟华，号蒿庵，晚号蒿叟、蒿隐。江苏金坛人。光绪十二年（1886）进士。授翰林编修，历官至安徽巡抚。宣统元年（1909）上书，忤权贵，罢归。入民国，受命督办江淮赈务，应聘修《江南通志》。有《宋六十一家词选》十二卷、《蒿庵词话》一卷。词名《蒙香室词》，一名《蒿庵词》。

南　乡　子

一叶碧云轻，建业城西雨又晴①。换了罗衣无气力、盈盈。独倚阑干听晚莺。　　何处是归程，脉脉斜阳满旧汀②。双桨不来闲梦远、谁迎③，自恋蘋花住一生。

【注释】

①建业城西：指秦淮河，在南京西。

②汀：水边平地。

③双桨句：宋姜夔《琵琶仙》："双桨来时，有人似、旧曲桃根桃叶。"此化用其意。谁迎：王献之《桃叶》："但度无所苦，我自迎接汝。"词反用之。

【品评】

这首词似续写桃叶故事：桃叶驾一叶小舟，自己来到秦淮河畔，脉脉斜晖洒满上次她与王献之分手的小汀，听着晚莺的鸣啭，她的耳畔同时回响起那首被千百代人唱着的歌："桃叶复桃叶，度江不用楫。但度无所苦，我自迎接汝。"可是，始终不见有双桨前来相迎。……自然，词中所写，未必就是桃王情事，但可以说，它们是与此大致类似的一个故事，词中所传达的，同样是一种如约前往却发觉根本就不存在什么“约”的人生体验，一种境同人事非的熟悉的陌生感，更是一种不知自身归属的茫然失落感。对方的爽约，不是主要的，词所着重表现的，是她命运的多舛和身世的不幸。轻云般的小船，盈盈的河水，单薄的罗衣，柔弱的女子，使词境充满六朝烟水的迷离色彩和凄怨哀婉的感伤情调。从这个意义上说，它又正是秦淮桃叶的故事，是钱唐苏小的传说。

王鹏运（1848—1904）

字幼霞，一作佑霞，又作幼遐，号半塘，晚号鹜翁、半塘僧鹜。广西临桂（今桂林）人。祖籍浙江绍兴。同治九年（1870）举人，历官内阁侍读、监察御史、礼科给事中，直言陈疏，声震天下。二十八年（1902）南归，主扬州仪董学堂。“清季四大词人”之首。汇刻《花间集》迄宋、元诸家词为《四印斋所刻词》。著有《袖墨》《虫秋》《味梨》《蜩知》等词集，晚年删定为《半塘定稿》，附《剩稿》。

念 奴 娇

登旸台山绝顶望明陵[①]

登临纵目，对川原绣错，如接襟袖。指点十三陵树影，天寿低迷如阜[②]。一霎沧桑，四山风雨[③]，王气消沉久。涛生金粟[④]，老松疑作龙吼。　　惟有沙草微茫，白狼终古[⑤]，滚滚边墙走[⑥]。野老也知人世换，尚说山灵呵守。平楚苍凉[⑦]，乱云合沓[⑧]，欲酹无多酒[⑨]。出山回望，夕阳犹恋高岫[⑩]。

【注释】

①词作于光绪十九年（1893）。旸台山：在北京西北，山麓有大觉寺，乃游览胜地。明陵：即明十三陵。

②天寿：天寿山，在昌平北，十三陵所在地。阜：土丘。

③四山风雨：元唐珏《梦中作》：“亲拾寒琼出幽草，四山风雨鬼神惊。”本记僧人杨琏真伽发掘越中宋六陵，唐为收骸掩葬之事，此仅用以写朝代兴衰、死后凄凉。

④金粟：金粟山，在陕西蒲城东北。唐玄宗泰陵在此。因山有碎石如金粟而得名。玄宗见其有龙盘虎踞之势，便定为陵墓之地。

⑤白狼：或以为指白狼河，即大凌河，在辽宁西。然词中似即指白色的狼，古人往往以为祥瑞。

⑥边墙：指长城。

⑦平楚：楚指丛生之木。登高远望，见树末齐平，故曰平楚。

⑧合沓：重合相叠。

⑨酹（lèi）：以酒浇地为祭。

⑩岫（xiù）：峰峦。

【品评】

此为怀古词，唯作者凭借空间高度和时间距离，遂使词具有相当的历史深度。词人站在旸台山绝顶上，但见埋藏明代十三位皇帝陵墓的万寿山如土阜般低迷，故当时选择陵址时所谓的虎踞龙盘之势便形同于无，只有老松们发出龙吼样的涛声。又由于词人是站在相当的时间距离上，故感到明代几百年的历史如刹那风雨，转瞬即过，当时的“王气”消沉已久，象征王者祥瑞的白狼却在长城边的沙草中奔走（一说白狼指白狼河）。所以，这首词的怀古，即是伤今，“野老也知人世换”，“人世换”三字是词人对清王朝衰败命运的预感，也是预吊。苍凉、恋等词，传达了词人的哀伤情怀。时空高度赋予词境以苍茫的气势；而老松、沙草、平楚、乱云，意象衰飒；沧桑、王气、龙、白狼、山灵，具神话色彩；王气消沉、人世换，见出岁月的无情。全词苍远辽阔，悲凉沉雄。

临　江　仙

枕上得“家山”二语，漫谱此词。梦生于想，歌也有思，不自知其然而然也。

歌哭无端燕月冷，壮怀销到今年。断歌凄咽若为传，家山春梦里，生计酒杯前。　　茅屋石田荒也得，梦归犹是家山。南云回首落谁边[1]，拟呵湘水壁，一问左徒天[2]。

【注释】

①南云：晋陆机《思亲赋》："指南云以寄钦，望归风而效诚。"陆云《九愍》："眷南云以兴悲，蒙东雨而涕零。"后人据文章内容，以南云为思亲或怀乡之典。

②拟呵二句：化用呵壁问天典。相传屈原被放逐，彷徨山泽间，见楚先王庙及公卿祠堂，壁间画有天地山川神灵及古圣贤等，因作《天问》书于壁上，呵而问之，以泻幽愤。湘水：在湖南，屈原被流放于沅湘一带。左徒：战国楚官名，屈原曾为楚怀王左徒，因代指屈原。

【品评】

词由"家山"二字入手，上片写欲归家山的情感背景：壮怀销蚀的惆怅，下片抒发思归家山的情怀，兼泻胸中幽愤。故家山是触发其心中不平的契机，思念家山是表达现实苦闷的变相方式，二者相为表里。词中反复吟唱"歌哭无端""断歌凄咽"，两次出现"家山春梦里""梦归家山"，"南云"二句实际也是"壮怀销到今年"的展开，这样前后照应，上下片相互申发，较为深刻地传达了词人内心思绪的激烈、动荡。

满　江　红

送安晓峰侍御谪戍军台[1]

荷到长戈[2]，已御尽、九关魑魅[3]。尚记得、悲歌请剑[4]，更阑相视[⑤]。惨淡烽烟边塞月，蹉跎冰雪孤臣泪。算名成、终竟负初心[⑥]，如何是？　　天难问，忧无已。真御史，奇男子。只我怀抑塞，愧君欲死。宠辱自关天下计，荣枯休论人间世。愿无忘、珍惜百年身，君行矣。

【注释】

①安晓峰，即安维峻，甘肃秦安人，光绪六年（1880）进士，授编修，十九年转御史，二十年，先后上六十余疏，弹劾李鸿章，并微辞讽及慈禧，遂被遣谪。军台：在张家口，为清代西北两路传达军报及官文书之处。

②荷（hè）：肩负。

③九关：天门九重。九关魑魅：喻指当朝的奸党。

④尚记得句：盖指光绪十九年（1893），作者任江西道监察御史，曾与安维峻联名共劾李鸿章事。请剑：指极谏。

⑤更阑：谓夜深。

⑥名成：《清史稿·安维峻传》："维峻以直言获罪，直声震中外，人多荣之。"初心：本来的心愿，词中指铲除奸党、拯救国运的宏愿。

【品评】

此词气势雄壮。"荷到长戈，已御尽、九关魑魅"，起首即把安晓峰直谏遭贬说成是御尽了朝中奸党，再荷戈去戍边，赋予谪戍可伤之事十分壮丽的光辉，使对方的形象崇高起来，也为词奠定高昂基调。接着，下文进一步将安氏个人的荣辱得失与"天下计""人间世"联系起来，劝他为国而珍惜自身，这样，友朋间的送别私事被升华到国家、民族的高度，整首词自始至终洋溢着正气、勇气，所关者大。在此基础上，再抒发友情，描写边塞苦寒，表达心中的忧思与愧意，显得动荡起伏，悲慨沉雄，深得南宋辛稼轩诸人遗风。

三 姝 媚

次珊：读唐人《息夫人不言赋》，有感于“外结舌而内结肠，先箝心而后箝口”之语，赋词索和，聊复继声，亦“盍各”之旨也[①]。

蘼芜春思远[②]，采芳馨愁贻，黛痕深敛。薄命怜花，倚东风罗袖，泪珠偷泫。暝入西园[③]，容易又、林禽声变。那得相思，付与青萍，自随蓬转。　惆怅罗衾扪遍。便梦隔欢期，旧恩还恋。芳意回环，认鸳机锦字[④]，断肠缄怨[⑤]。缕缕丝丝，拚袅尽、香心残篆。漫想歌翻璧月[⑥]，临春夜满。

【注释】

①次珊：清张仲炘，字慕京，号次珊，湖北江夏人。有《瞻园词》，为词学周邦彦。《息夫人不言赋》，唐白敏中撰。盍各：《论语·公冶长》有“盍各言尔志”语，后遂以“盍各”为歇后语，亦即各怀己志、各述己怀意。

②蘼芜：一种香草。

③西园：汉上林园的别称。又，曹操在邺都建有西园。代指宫苑、禁苑。

④芳意二句：鸳机，绣具。锦字：前秦窦滔被徙流沙，其妻苏氏思之，织锦为回文旋图诗以赠滔，凡三百四十字，可宛转循环而读。词甚凄惋。

⑤缄怨：寄书于人，书中言相思之苦。

⑥璧月：圆月（如璧）。

【品评】

词以息夫人事楚子而无言本事为背景，以“采芳馨愁贻”为契机，进入她的内心世界，并打破上下片界限，先在东风西园、林禽声变的春日中，展现她的春思，并将它付与青萍和转蓬，接着（下片）又将这思念打点进梦境，缄入书札，袅在香篆上，描写她的思念无处不在，无时不生。蘼芜、欢期、旧恩、鸳机锦字等典故和语词，暗示了她的身份，以及思念的性质。但息夫人本息国夫人，国灭而事楚，故她的“箝心”“箝口”，特别是思念之情，是对故夫的思念，同时也是对故国的思念，而后者，恰是词人的本意，这也就是词《序》中所说的“盍各之旨”，亦即借男女夫妇之情达故国之思。由于它纯行以缠绵之笔，且融入千古思妇、弃妇的共同情感心理和悲剧命运，故意境迷离，景象凄婉，本意难彰而悲恻动人。

浪　淘　沙

自题《庚子秋词》后①

华发对山青，客梦零星，岁寒濡呴慰劳生②。断尽愁肠谁会得，哀雁声声。　　心事共疏檠③，歌断谁听？墨痕和泪渍清冰。留得悲秋残影在，分付旗亭④。

【注释】

①光绪二十六年庚子（1900）七月，英、美、德、法等八国联军攻占北京，慈禧挟光绪帝西逃至西安。秋，作者与朱祖谋、刘福姚共集北京宣武门外教场头条胡同寓宅，相约填词，成《庚子秋词》二卷。

②濡呴：呴（xǔ），吐出。濡呴犹谓吐沫以相济，比喻人同处困境而互相帮助。劳生：辛劳的生活。

③疏檠：镂花灯架。代指灯。

④旗亭：酒亭。

【品评】

此为题写词集之作。上片，“华发”表年龄老大，“客梦”言为客处境，“岁寒”点出秋日季节，三者相互映衬，相互深化，交待了《庚子秋词》创作者们个人的遭遇和情感心境。“哀雁”则暗示了庚子国变，致使人民流离失所这一创作的时代历史背景，“哀雁声声”进一步概括了《庚子秋词》的基本内容，揭示出《词集》的代众人抒写失家失国之悲的性质。下片言他们用心血与泪水写成的悲秋之作，是那段伤心历史的永久纪念。词以寒、劳、愁、哀、悲、残等字，附着在具象或记、叙性的词语上，使抒情、叙事融为一体，创造一个凄凉哀伤的意境，形象地再现了词集的情感内涵。

玉 漏 迟

望中春草草[①]，残红卷尽，旧愁难扫。载酒园林，往日游情倦了。几点飘零花絮，做弄得、阴晴多少？归梦好，宵来犹记，骖鸾空到[②]。　　尾长翼短如何[③]？算愁里听歌，也伤怀抱。烂锦年华，谁信春残恁早。留取花梢日在，休冷落、旧家池沼。吟思悄，此恨鹧鸪能道[④]。

【注释】

①草草：匆促。

②骖鸾：骖，驾御。

③尾长翼短：《晋书·苻坚载记》：“坚之分氐户于诸镇也，赵整因侍，援琴而歌曰：‘阿得脂，阿得脂，博老旧父是仇绥，尾长翼短不能

飞。远徙种人留鲜卑，一旦缓急语阿谁?’坚笑而不纳。”

④鹧鸪能道：相传鹧鸪多对啼，其鸣声如曰“行不得也哥哥”。

【品评】

词描写暮春残败萧条之景，及人之倦怠伤感情状。盖人之伤感，既为伤春惜春，亦为归家不得。游情、飘零、归梦、旧家池沼，见思归心切；骖鸾空到、尾长翼短，见欲归无计；“旧愁”又显得难归之愁久长。而春去春残，一叹时光流逝之速，一伤自己青春年华之消失。春已残，人已老，归仍无计，词人反复吟唱着思归的歌谣，一唱三叹，直令人回肠荡气。但“也伤怀抱”，似乎又非归思可包笼，词人于春事、旧家当别有寄托。

文廷式（1856—1904）

字道希，号云阁，一作芸阁，又号芗德，更号罗霄山人，晚号纯常子。江西萍乡人。光绪八年（1882）举人，十六年（1890）进士。授翰林院编修，充国史馆协修，会典馆纂修，擢翰林院侍读学士。名列“强学会”，因被劾落职。光绪二十六年（1900）去日本，回国后于沪上参与筹组“爱国会”。淹通经、史、哲、文及佛藏。有《纯常子枝语》等。词名《云起轩词钞》。

鹧　鸪　天

赠　　友①

万感中年不自由，角声吹彻古梁州②。荒苔满地成秋苑，细雨轻寒闭小楼。　　诗漫与③，酒新篘④，醉来世事一浮沤⑤。凭君莫过荆高市⑥，滹水无情也解愁⑦。

【注释】

①词作于光绪二十四年（1898）。

②梁州：唐曲名。

③诗漫与：杜甫《江上值水……》：“老去诗篇浑漫与。”

④篘（chōu）：漉取酒。

⑤醉来句：浮沤：水面的泡沫。喻变化无常的世事。

⑥荆高市：《史记·刺客列传》载荆轲至燕后，“日与狗屠及高渐离饮于燕市，酒酣以往，高渐离击筑，荆轲和而歌于市中，相乐也。已而相泣，旁若无人者。”

⑦滹水：即滹沱河，出山西，经河北、大津入海。

【品评】

词借与友人分别之机，抒发胸中磊落抑塞之气。上片交待中年送别之事，并描写送别时的环境景物，下片写饯别场面，“醉来”“凭君”画出了词人的声口形态，结尾二句道出感慨的根源：不仅仅在于别时角声里吹奏着凄怨的送别曲子，不仅仅在于细雨轻寒、芳春却如秋日的恼人天气，甚至不仅仅在于世事无常，更主要的原因是他想起了燕赵之地的慷慨悲歌之士。这首词通过景境描写、世事议论，多方渲染、衬托胸中的不平之气，却于不平事不加一语道破，“欲说还休”，愈见感慨的深沉。其风格则偏于低抑悲愤。

贺　新　郎

别拟西洲曲[①]，有佳人、高楼窈窕，靓妆幽独。楼上春云千万叠，楼底春波如縠。梳洗罢、卷帘游目。采采芙蓉愁日暮，又天涯芳草江南绿。看对对、文鸳浴。　　侍儿料理裙腰幅，道带围，近日宽尽，眉峰长蹙。欲解明珰聊寄远[②]，将解又还重束。须不羡、陈娇金屋[③]。一霎长门辞翠辇[④]，怨君王已失苕华玉[⑤]。为此意，更踯躅。

【注释】

①别拟句：乐府《杂曲歌辞》中有《西洲曲》，无名氏作，写女子对所欢的忆念，首句为“忆梅下西洲”。此因别有寄托而异于《西洲曲》原辞，故曰“别拟”。

②明珰：以珠玉串成的耳饰。

③陈娇金屋：汉武帝为太子时，长公主欲以女陈阿娇配帝，帝曰：“若得阿娇作妇，当作金屋贮之。”见《汉武故事》。

④一霎句：阿娇为汉武帝皇后，后失宠，退居长门宫，愁闷悲思，后人为作《长门怨》。见《汉武故事》等。翠辇：帝王的车驾，代指帝王（汉武帝）。

⑤怨君王句：苕华玉代指宠爱的女子。或以为词中指光绪帝的瑾、珍二妃，八国联军攻占北京，慈禧挟光绪西逃，瑾妃被弃留宫中，珍妃被投井死。

【品评】

此词物象明晰，词境清朗，而词旨较晦涩。词写一窈窕佳人，盛饰靓妆，芳春之时，偶见文鸳对浴，触动心事，自叹青春将逝，为此憔悴不堪；欲解明珰寄远，不禁又深思犹疑：陈皇后有金屋藏娇之宠，终遭长门锁怨；当今君王也失去珍、瑾二妃。自己天生丽质，万一"一朝选在君王侧"，君王非托身之人，宫廷亦非栖身之所，岂不……？词采用言此意彼的构思方式，以女子择配之事引出皇宫中后、妃们命运的反复无常及毫无保障，暗讽光绪帝珍、瑾二妃的遭际。词笔曲折隐晦，又非比喻、象征之可同视，实为词中别体。石狮头儿《词话》云："……'别拟西洲曲'云云，读者每不得其解。先生曰：此为珍、瑾二妃作也。'一霎……'（二句）云云，辞意显然。……"这段话对理解词意有提示作用。

翠　楼　吟

岁暮江湖，百忧如捣，感时抚己，写之以声[①]

石马沉烟[②]，银凫蔽海[③]，击残哀筑谁和[④]？旗亭沽酒处，看大艑、风樯舸峨。元龙高卧[⑤]，便冷眼丹霄，难忘青琐[⑥]。真无那，冷灰寒柝，笑谈江左[⑦]。　一笴，能下聊城[⑧]，算不如呵手，试拈梅朵。苕鸠栖未稳[9]，更休说、山居清课[10]。沉吟今我，只拂剑星寒，欹瓶花妥。清辉堕，望穷烟浦，数星渔火。

【注释】

①词作于光绪二十三年（1897）。此年，德国人借口山东曹州巨野县有人杀两个德国传教士，兵船入胶州湾，占领炮台，并提出六项条款；再借口曹州又驱教士杀洋人，复要求租借胶州湾。时作者在上海，作此词。

②石马：石刻之马，多列于陵墓前。

③银凫：皇帝陵墓中陪葬物。或谓银凫是白色的水鸟，代指德国军舰。

④击残哀筑：战国时，燕太子丹遣荆轲刺秦王，众人送至易水上，高渐离击筑，轲和而歌。

⑤元龙高卧：三国时陈登，字元龙，豪放之士，许汜过之，元龙久不相与语，自上大床卧，使汜卧下床。汜言于刘备，责元龙无客主意，备曰："如小人，欲卧百尺楼上，卧君于地，何但上下床之间邪？"见《三国志·魏·张邈传》。

⑥青琐：汉宫门名，在南宫，代指朝廷。

⑦江左：代指南朝，因其都于建康，偏安江左。

⑧一笴二句：笴，箭杆。代指箭。聊城：在山东。《战国策·齐六》载燕将攻下齐之聊城，保守之而不归齐，齐田单率士攻城一年多，士卒多死，而城不下。鲁仲连写书致燕将，陈说利害，缚在箭上射入城，燕将见书自杀，聊城收复。

⑨苕鸠句：喻处境甚危。

⑩清课：本指释家日常的修行课程。代指日常修习。

【品评】

作者原稿注云："此感德人占胶澳事。"显为时事而发，然时事只是引子，词的主体在于抒发自己身在江湖、心存社稷的矛盾心理，以及欲有所作为，却自身危殆，更不能拯救国难的痛苦情怀。词中，德军的暴行和横行海上的嚣张气焰，元龙高卧、一笴下聊城的高自相许，及剑的形象，使词境呈具阳刚之气；而辛弃疾“醉里挑灯看剑”式的“只拂剑”而不能用剑，又平添几分悲壮色彩；结尾三句全出以清辉、冷浦、寒火等荒寞之景，复将悲壮化归凄婉，词情愈来愈弱，形象地透露出词人心绪的失意、心境的黯淡，以及对国势的悲观。

郑文焯（1856—1918）

字俊臣，一字叔问，号小坡，又号大鹤山人，别号冷红词客。奉天铁岭（今属辽宁）人，隶汉军正黄旗。光绪元年（1875）举人。官内阁中书。中年旅食苏州，为江苏巡抚幕客。晚筑樵风别墅于苏州。为文工书简，兼长书画，尤精音律。善词，“晚清四大家”之一。有《词源斠律》《绝妙好词校释》，并批校《花间集》《东坡乐府》《清真集》《梦窗词》《白石道人歌曲》。所作有《冷红词》四卷、《比竹余音》四卷、《苕雅余集》一卷、《瘦碧词》二卷，晚年删定为《樵风乐府》九卷。

月下笛

戊戌八月十三日宿王御史宅，夜雨，闻邻笛，感音而作，和石帚[①]

月满层城[②]，秋声变了，乱山飞雨。哀鸿怨语[③]，自书空[④]、背人去。危阑不为伤高倚，但肠断、衰杨几缕。怪玉梯雾冷，瑶台霜悄，错认仙路。　　延伫。消魂处，早漏泄幽盟，隔帘鹦鹉[⑤]。残花过影，镜中情事如许！西风一夜惊庭绿，问天上、人间见否？漏谯断[⑥]，又梦闻孤管[⑦]，暗向谁度？

【注释】

①戊戌，即光绪二十四年（1898）。八月初五日，袁世凯出卖维新派谭嗣同等，向荣禄告密。次日，慈禧囚禁光绪帝，自己临朝训政。十三日，谭嗣同等六君子被杀害。词即作于是日闻噩耗之后。王御史，即

王鹏运，其宅在北京。作者自此年便“感愤弃官，游吴而家焉”（康有为所作《墓表》）。邻笛：晋向秀与嵇康、吕安交善，后嵇、吕被害，秀经其旧宅，日暮时，闻“邻人有吹笛者，发声寥亮，追思曩者游宴之好，感音而叹”，而作《思旧赋》。见向秀《思旧赋序》。因以指追昔怀旧。石帚：指姜夔。这是沿用旧说，今人已辨其非。

②层城：代指帝都京城。

③哀鸿：指流离失所的难民。

④书空：以手指在空中写字。暗寓“咄咄怪事”之义。

⑤早漏泄二句：影指袁世凯将谭嗣同与他的密约出卖给荣禄一事。唐朱庆余《宫词》：“含情欲说宫中事，鹦鹉前头不敢言”。又，唐时长安民杨崇义家养鹦鹉，杨妻刘氏与邻李弇私通而谋杀杨，埋尸枯井，县官至杨家，架上鹦鹉忽声屈，问其故，曰：“杀家主者，刘氏李弇也。”见《开元天宝遗事》。

⑥漏：更漏，古时报时装置。谯（qiáo）：谯楼，即鼓楼，城门上的望楼，亦报更。漏谯为谯楼上的铜漏。

⑦孤管：即序中所言邻笛。

【品评】

词为“戊戌六君子”被害而作。它设置了一个寒秋、冷月、乱山飞雨的荒凉之境，象征着“风雨如晦”的形势。玉梯、瑶台，本是仙境，词中指宫廷，冷、悄、错认云云，实指光绪帝难以成事，维新派错投依靠。隔帘鹦鹉指袁世凯告密，出卖维新党。“残花”二句指政变很快失败，事如影幻。天上人间云云，言自己与死去的志士阴阳路隔，不能相见。词以夜境起，以夜境结，中间穿插仙境、幻境和冥境，交杂着秋声、雨声、鸿声、风声、漏声、笛声，幻幻奇奇，幽暗骇怪，将种种惋惜、痛恨、鄙视、怅惘、哀悼之情，逐层推出，感人至深，堪为一部戊戌政变的词史和心史。

谒金门三首[①]

行不得[②]。黦地衰杨愁折[③]。霜裂马声寒特特[④]，雁飞关山黑[⑤]。　目断浮云西北[⑥]，不忍思君颜色[⑦]。昨日主人今日客，青山非故国。

又

留不得。肠断故宫秋色[⑧]。瑶殿琼楼波影直[⑨]，夕阳人独立[⑩]。　见说长安如弈[⑪]，不忍问君踪迹。水驿山邮都未识[⑫]，梦回何处觅。

又

归不得。一夜林乌头白[⑬]。落月关山何处笛[⑭]，马嘶还向北[⑮]。　鱼雁沉沉江国[⑯]，不忍闻君消息。恨不奋飞生六翼，乱云愁似幂。

【注释】

①此三首词是八国联军侵占北京时，作者在苏州所作。

②行不得：相传鹧鸪啼鸣作“行不得也哥哥”。此仅用“行不得”三字叹行路艰难。

③黦（yuè）：黄黑色。词中作动词用。

④特特：马蹄声。

⑤雁飞句：唐卢纶《塞下曲》：“月黑雁飞高。”温庭筠《菩萨蛮》：“雁飞残月天。”

⑥目断句：目断，尽目力远望。西北：指慈禧、光绪逃亡西北事。

⑦思君颜色：杜甫《九日寄岑参》："思君令人瘦。"《解闷十二首》之十："京中旧见君颜色。"词中君指光绪帝。

⑧故宫：旧时宫殿。

⑨瑶殿句：瑶殿，指宫廷。琼楼：华丽的宫中楼房，亦代指宫殿。

⑩夕阳人独立：晏几道《临江仙》："落花人独立。"

⑪长安如弈：长安，似亦用本意，因清帝避难在长安。弈：围棋。杜甫《秋兴》："闻道长安似弈棋，百年世事不胜悲。"

⑫水驿：水路的转运站。山邮：山中的邮传。

⑬林乌头白：喻事情难以实现。《史记·荆轲传赞》注引《索隐》："燕太子丹曰：'丹求归，秦王曰：乌头白，马生角，乃许耳。'丹乃仰天叹，乌头尽白，马亦生角。"唐李商隐《人欲》："秦中已久乌头白，却是君王未备知。"

⑭落月句：杜甫《洗兵马》："三年笛里关山月，万国兵前草木风"。又，《关山月》是汉乐府横吹曲名，多写边塞士卒久戍不归及家人伤别思远之情。

⑮马嘶句：古诗："代马依北风，越鸟巢南枝。"

⑯鱼雁：代指书信。鱼、雁均可传书。沉沉：谓音信不通。

【品评】

这三首词为八国联军侵占北京，慈禧携光绪帝逃奔西安而作。词人关切的对象自是光绪皇帝而非慈禧太后。三首词采用相同的结构，即上片从光绪帝方面着笔，下片则从自己方面立意，而三首之间又构成一个相对完整的系列。就上片言，分别拟写光绪帝逃亡西安途中的坎坷艰辛（行不得），到西安后对京城故宫的思念（留不得），以及京城西安之间山高途远欲归而不得的愁苦（归不得），形象传达了光绪帝进退维谷的艰难处境，完成了对人物在整个逃亡事件中心灵世界的刻画。就下片言，词人先是遥望君王逃奔方向，目断浮云，接着是听人传说西安的情况，最后连一点消息也打听不到。伴随着事件的发展，把词人极端关心而终不忍问、闻的矛盾心情表现了出来，语意十分沉痛。而在下片的自我书怀中，最后两句又有着从对方着笔、为君王设想的性质，这样，每首词都有三分之二的篇幅是为君王设辞，而中间自抒情怀的两句，也是全部的思君之辞，故全词不论从结构，还是从内容，表现的都是对君王的思念、忠心，回环往复，宛转深沉。

朱孝臧（1857—1931）

谱名祖谋，字古微，号沤尹，又号彊村。浙江归安（今湖州）人。光绪八年（1882）举人，九年进士。改庶吉士，授翰林院编修，累至侍讲学士、礼部侍郎兼署吏部侍郎。光绪三十年（1904）出为广东学政，与两广总督龃龉，引疾归，寓苏、沪间。清四大家之一。尝校刻唐至元人词百六十余家为《彊村丛书》，又辑《湖州词征》《国朝湖州词征》《沧海遗音集》，并选《宋词三百首》。所作词，晚年删定为《彊村语业》。

声 声 慢

辛丑十一月十九日，味聃赋落叶词见示，感和①

鸣螿颓墄②，吹蝶空枝③，飘蓬人意相怜④。一片离魂⑤，斜阳摇梦成烟。香沟旧题红处⑥，拚禁花、憔悴年年⑦。寒信急，又神宫凄奏⑧，分付哀蝉⑨。　　终古巢鸾无分⑩，正飞霜金井⑪，抛断缠绵。起舞回风⑫，才知恩怨无端⑬。天阴洞庭波阔，夜沉沉、流恨湘弦⑭。摇落事⑮，向空山、休问杜鹃⑯。

【注释】

①辛丑：光绪二十七年（1901）。味聃：洪汝冲，字味聃，湖南宁乡人，有《候蛩词》《蜕庵词稿》。前一年，庚子国变，珍妃被害，成为宫廷惨剧。金兆蕃、曾广钧等以诗词赋悼，洪汝冲作《声声慢·落叶》词示作者，作者写此词为和。

②螿：蝉。墄（cè）：台阶。

③蝶：状落叶下飘貌。喻指落叶。

④飘蓬：飘转的蓬草。比喻人身世飘零。

⑤离魂：用唐陈玄祐《倩女离魂》中倩女离魂典。言衡州张镒女倩娘与镒甥王宙相恋，镒将女另许他人，女抑郁成疾，宙则被遣去四川，夜半，倩娘之魂赴船，二人同行，五年后归家，房中病女闻声出迎，两女合为一体。

⑥香沟句：相传唐宣宗时，卢渥应举赴京，于御沟拾得红叶，上题诗四句。后宣宗放出部分宫女，渥得一人，即题诗红叶者。见《云溪友议》。

⑦禁花：宫禁中之花，指珍妃。

⑧神宫：《史记·封禅书》有“神君寿宫”。

⑨哀蝉：指《落叶哀蝉曲》。《拾遗记》载：汉武帝爱妃李夫人早卒，帝思念不已，因赋《落叶哀蝉曲》。

⑩鸾：传说中凤类神鸟。

⑪飞霜金井：金井，宫廷中施有雕栏之井。词中指珍妃死处。

⑫起舞句：宋宋祁《落花》：“将飞更作回风舞。”

⑬恩怨无端：似指珍妃姊妹先是入宫为贵嫔，旋升贵妃，复降贵人，又复妃号，至珍妃被害等遭遇，反复无常，皆出于慈禧之意。

⑭天阴二句：舜南巡，死于苍梧之野，二妃娥皇、女英追之，溺于湘水，是为湘神。

⑮摇落：零落，凋谢。兼指叶之飘落及人之殒谢。

⑯杜鹃：相传古蜀帝杜宇失位之后，死而魂化为杜鹃。

【品评】

词以落叶为兴，咏写珍妃的悲剧。它描写一个由秋日、斜阳、飞霜、天阴、夜深深之时间，颓城、空枝、神宫、波阔、空山之空间构成的颓败衰废的意境，渲染出无限伤惋的环境氛围，于中安排着鸣蜇、哀蝉、无分巢鸾、流恨湘弦、凄怨杜鹊，让它们奏出共同的悲哀之声，并把落叶飘零之悲，同红叶题诗之怨、神宫哀蝉之痛、洞庭潇湘之恨结合在一起，表达了词人对珍妃之死的沉痛哀悼。词中典故均关合宫廷或帝妃，人物命运皆有悲伤之处，所有物象显得凄惨，所有声音发出怨恨，故全词写得缠绵悱恻，动人心弦。

洞　仙　歌

丁　未　九　日[①]

无名秋病，已三年止酒[②]，但买萸囊作重九[③]。亦知非吾土，强约登楼[④]，闲坐到、淡淡斜阳时候。　　浮云千万态，回指长安，却是江湖钓竿手[⑤]。衰鬓侧西风[⑥]，故国霜多[⑦]，怕明日、黄花开瘦[⑧]。问畅好、秋光落谁家[⑨]？有独客徘徊[⑩]，凭高双袖[⑪]。

【注释】

①丁未：光绪三十三年（1907）。时作者寓居苏州。

②三年：指作者自光绪三十一年广东学政任上弃官北归至今。止酒：戒酒。

③但买句：古人每于重阳日作绛囊盛茱萸，系于臂上，饮菊花酒，登高，以祛邪避灾。见《续齐谐记》。

④亦知二句：非吾土，因作者是浙江湖州人而寓居苏州，故言如此。登高：即指重九登高避邪之举。

⑤浮云三句：李白《登金陵凤凰台》："总为浮云能蔽日，长安不见使人愁。"唐杜牧《途中》："惆怅江湖钓竿手，却遮西日向长安。"词合用之。长安：代指清都北京。"浮云"云云，可能指太后派控制局势，气焰嚣张，光绪帝（日）则无能为力。江湖钓竿手是词人自指，因此时他已隐退。

⑥衰鬓句：暗用晋孟嘉重阳于龙山登高风吹帽落典。

⑦故国霜多：杜甫《九日》："旧国霜前白雁来。"词化用之。

⑧怕明日句：苏轼《九日次韵王巩》："明日黄花蝶也愁"，李清照《醉花阴》："莫道不消魂，帘卷西风，人比黄花瘦"，此合用之。

⑨畅好：真好，大好。

⑩独客徘徊：独客，作者自称。

⑪凭高：登临高处。

【品评】

词写重九登高之事，叙述到词人自己止酒、买萸囊、指、徘徊、双袖揩泪等行为，描写了斜阳、浮云、西风、霜、黄花、秋光等秋日景物，但词的主旨显然不在于此。他的无名之病，既非一般的悲秋，他的故国之思也并非缘于客愁。词中，"浮云"云云，来自"浮云蔽日"的古语，表达出词人对太后势力过于强大的愤慨和对君王的担忧，"秋光落谁家"更是为国家的前途命运深表忧虑。而一句"却是江湖钓竿手"，则又包含着词人内心多少怀才不遇的失意和感慨！全词意象排列疏稀，境界疏阔，运用象征、比喻手法，又以已、但、亦、却等虚词斡旋语气，遂使词风疏宕，颇近东坡之作。

夜飞鹊

香港秋眺，怀公度①

沧波放愁地，游棹轻回。风吹乱点行杯。惊秋客枕，酒醒后，登临倦眼重开。蛮烟荡无霁②，飐天香花木③，海气楼台④。冰夷漫舞⑤，唤痴龙、直视蓬莱⑥。　　多少红桑如拱⑦，筹笔问何年⑧，真割珠崖⑨？不信秋江睡稳⑩，掣鲸身手⑪，终古徘徊⑫。大旗落日⑬，照千山、劫墨成灰⑭。又西风鹤唳⑮，惊笳夜引，百折涛来。

【注释】

①一作“甲辰九月舟过香港倚船晚眺寄公度”。甲辰，指光绪三十年（1904），时作者在广东学政任上，因事过香港，作此词寄黄遵宪（字公度）。香港自道光二十二年（1842）割于英，至此已达六十余年。

②蛮：古时对南方少数民族的泛称。香港本属广州，故称蛮。

③飐（zhān）：风吹物动。

④海气楼台：即指海市蜃楼。

⑤冰夷句：冰夷，即冯夷，又名冯迟，河神名，即河伯。

⑥痴龙：《法苑珠林》引《幽明录》载：神话传说洛中有洞穴，有误坠穴中者，见大羊，羊臂有珠，其人取而食之。后出以问张华，华曰：“此痴龙也。”蓬莱：传说海上三神山之一，代指香港及其附近被外敌侵占的中国岛屿。

⑦红桑：传说中神桑。见《拾遗记》。

⑧筹笔：筹笔驿，在四川绵谷北，为诸葛亮出兵攻魏途中筹划军事处。

⑨珠崖：即海南岛。

⑩秋江睡稳：杜甫《秋兴》：“鱼龙寂寞秋江冷，故国平居有所思。”

⑪掣鲸身手：称赞黄遵宪的能力。

⑫终古徘徊：终古，《楚辞·离骚》：“余焉能忍与此终古。”徘徊：指黄遵宪自归乡后未曾再度出来，踌躇不前。

⑬大旗落日：杜甫《后出塞》：“落日照大旗，马鸣风萧萧。”词中大旗指香港上空的英旗。

⑭劫墨成灰：《高僧传·竺法兰》：“昔汉武穿昆明池底得黑灰，问东方朔。朔曰：‘可问西域梵人。’后竺法兰至，众人问之，兰曰：‘世界终尽，劫火洞烧，此灰是也。’”

⑮西风鹤唳：用“风声鹤唳，草木皆兵”典。

【品评】

此词将背景放在海面上，使用海气楼台、冰夷、痴龙、蓬莱、红桑等与海（水）有关的神话传说，描写了沧波、游棹、风叶、百折涛等海上景观和蛮烟、天香花木等南国景物，意象密集，境界奇幻，表达了词人对祖国领土被割让的愤懑不平，“百折涛来”让人联想到词人的心潮澎湃。但词笔并不单纯，词的一开头就提到他的“愁”，接着又是“客”思，“倦”意，“筹笔”云云，是对朋友不能展其怀抱的不平，“不信”云云，分明又持有几分希冀，“大旗落日”二句无穷感慨，“西风鹤唳”复归苍凉悲怆，词气贯下，而掣鲸、终古、大旗、千山、百折，又挟大力以内转，遂使词境沉雄遒劲。

高 阳 台

花朝渝楼，同蒿叟作①

短陌飞丝②，长波皱曲，市帘江柳争青③。中酒年光④，买春犹是旗亭⑤。彩幡长记花生日⑥，甚绿窗，儿女心情。尽安排，画桁吴缣⑦，钿阁秦筝⑧。　　白头未要相料理⑨，要哀吟狂醉，消遣余生。无主东风⑩，博劳怨不成声⑪。朦胧几簇东阑雪，算今年，又看清明⑫。怕相逢，社燕归来，还诉飘零⑬。

【注释】

①花朝：旧俗以农历二月十五为百花生日，名花朝。渝楼：即俗称川菜馆。蒿叟：冯煦字。时二人均客沪上。

②飞丝：飞动的蛛丝之美。

③市帘：指酒旗。

④中酒：谓酒酣。以其不醉不醒，故谓之中。后则指醉酒。

⑤买春：犹言买酒。唐宋人多以“春”名酒。

⑥彩幡：护花幡。

⑦画桁（héng）：雕饰华美的挂字画的横木架。吴缣：吴地所产的缣素。以精美著称。

⑧钿阁：涂金色或以金银贝壳等作镶嵌的画阁。秦筝：即筝，相传出于秦地而名。

⑨白头句：料理，本指安排，引申为排遣。杜甫《江畔独行寻花》之二：“诗酒尚堪驱使在，未须料理白头人。”词化用杜诗。

⑩无主：杜甫《江畔独步寻花》之五：“桃花一簇开无主。”

⑪博劳：即伯劳，亦称䴗。乐府《东飞伯劳歌》：“东飞伯劳西飞燕，黄姑织女时相见。”后称朋友别离为劳燕分飞。词中指与冯煦分别。

⑫朦胧三句：苏轼《和孔密州东栏梨花》：“惆怅东栏一株雪，人生看得几清明。”词化用之，雪则泛指白花。

⑬怕相逢三句：宋史达祖《双双燕》：“过春社了，度帘幕中间，去年尘冷。”此暗用之。社燕：旧俗于立春后五戊为春社日，立秋后五戊为秋社日，祭祀社神。燕子春社日来，秋社日去，故称社燕。

【品评】

上片写春时景物和花朝旧事，下片由上片的“儿女心情”引出“白头”的心事：“哀吟狂醉”，见遭际不偶；博劳泣别，伤友朋相别；“又看清明”，叹时光流逝；“还诉飘零”则是悲彼此身世。上片以景胜，下片以情胜；上片多用写笔，略为疏朗，下片多用叙笔，较显浓密。但上片的格调影响了下片的叙情，使词仿佛成为惯经世事者的浅语低述，隽永而深厚。

况周颐（1859—1926）

原名周仪，字夔笙，又作葵孙，号蕙风，又号玉楳词人。广西临桂（今桂林）人。光绪五年（1879）举人，官内阁中书。后应邀入张之洞、端方幕。民国时，居上海，以遗老终。“晚清四大家”之一。尝辑《薇省词钞》《粤西词见》等，撰《蕙风词话》。自作词有《新莺》《玉梅》《锦钱》等九种，合刊成《第一生修梅花馆词》五卷，又删定为《蕙风词》二卷。

减字浣溪沙

绿鬓还堪照酒卮[①]。青袍随分被寒欺[②]。隔年春事玉梅知[③]。　　冻树翻鸦疑叶坠，惊风卷雪作尘飞。门前车马意迟迟[④]。

【注释】

①绿鬓：乌亮的鬓发。酒卮：酒杯。

②青袍：青色之袍。唐时八九品官服青。指官职卑微。随分：照例，照样。

③玉梅：即梅，形容其花洁白如玉。作者词集有名《玉梅词》者。

④迟迟：犹豫。

【品评】

此词意旨隐微，大致是舒泄胸中沉积的郁闷。“绿鬓”句言自己虽然头发未白，但已不堪对酒，言下之意是说年岁也老大了。“青袍”句自叹职卑位微。“隔年春事玉梅知”，暗指往年的壮志消磨净尽，已无人知晓。下片，冻树、惊风，似说敏感多疑，此事会被说成彼事——这既可指自己，在种种失意中变得多疑，也可指自己常被别人误解，从全词看，后者似较胜。结尾一句言他受到冷落、孤寂的折磨。这首词似含有本事，索解不易，但它选用生活中常见物事作譬喻，传达的也是人生中常遇见的不平感慨，加上冻树翻鸦、惊风卷雪等意象自身颇富美感，故整首词读来也并不枯燥，反具一种独特的艺术魅力。

苏武慢

寒夜闻角

愁入云遥，寒禁霜重，红烛泪深人倦①。情高转抑，思往难回，凄咽不成清变②。风际断时，迢递天涯，但闻更点。枉教人回首，少年丝竹③，玉容歌管④。　凭作出、百绪凄凉，凄凉唯有，花冷月闲庭院。珠帘绣幕，可有人听？听也可曾肠断？除却塞鸿，遮莫城乌，替人惊惯⑤。料南枝明日⑥，应减红香一半。

【注释】

①红烛句：杜牧《赠别》："蜡烛有心还惜别，替人垂泪到天明。"

②清变：变指变声，七音中之变徵、变宫。

③丝竹：弦乐器和竹管乐器。泛指音乐。

④玉容：美好的容颜。多指女性。歌管：唱歌奏乐。管：管乐器，泛指乐器。

⑤除却三句：塞鸿，即塞雁，边塞之雁。遮莫：犹言尽教。唐宋时俗语。唐温庭筠："惊寒雁，越城乌，画屏金鹧鸪。"为此三句所本。

⑥南枝：树的向南枝。先暖。

【品评】

此词写深夜闻角的感受。上片出以几个具体物象，形象描绘角声由高转抑的过程，表现词人听角时愁怨凄凉的情怀。下片带议论色彩，由闻角的环境，引出环境背后的人，词人不禁怀疑，那些在珠帘绣幕中的人，是不是也有人听到这样凄凉的角声？听了之后，他们是不是也伤心断肠？两个“可”字引出两个问句，实际却表达否定的意思；而不听角声，不断肠，又见出其人的无心、无情，这又该含着谴责了。但这些内涵，词中并未明言。作者写作此词时，国势日非，以角声立意，且言及塞鸿，恐是有感而发，讽喻存焉。其婉委的笔法，凄凉的境界，清旷闲远的意绪，直令人回肠荡气。王国维《人间词话》评此词为蕙风集中第一力作，王鹏运也曾为之击节，足见其非同一般的成就。

摸　鱼　儿

咏　　虫[①]

古墙阴、夕阳西下[②]，乱虫萧飒如雨[③]。西风身世前因在，尽意哀吟何苦？谁念汝，向月满花香，底用凄凉语[④]？清商细谱[⑤]。奈金井空寒[⑥]，红楼自远[⑦]，不入玉筝柱[⑧]。　闲庭院，清绝却无尘土。料量长共秋住[⑨]。也如玉砌雕栏好[⑩]，无奈心期先误[⑪]。愁漫诉，只落叶空阶[⑫]，未是消魂处。寒催堠鼓[⑬]，料马邑龙堆[⑭]，黄沙白草，听汝更酸楚。

【注释】

①此词约作于光绪二十年（1894）甲午战事后的秋天。

②夕阳西下：用元马致远《天净沙》中成句。

③萧飒：同“萧瑟”，状声音。

④底用：何用，怎用。

⑤清商：古五音之一，商声。又，南北朝时，中原旧曲及江南吴歌、荆楚四声，统称清商。

⑥金井：加有雕栏之井。多用以指宫廷中井或园林中井。

⑦红楼：红色的楼。泛指装饰华丽的楼房。

⑧玉筝柱：筝、瑟等乐器，其柱往往以玉为之。代指高雅音乐。

⑨料量：犹言料想、预料。

⑩玉砌雕栏：南唐李煜《虞美人》："雕栏玉砌应犹在，只是朱颜改。"

⑪心期：心中期许之人。

⑫落叶空阶：唐温庭筠《更漏子》："梧桐树，三更雨，……一叶叶，一声声，空阶滴到明。"

⑬堠（hòu）鼓：古时边境上守望时用以报警的鼓。堠：望军情的土堡。

⑭马邑：战国时赵地，在今山西朔县境内。龙堆：白龙堆，在新疆以东，天山南路。

【品评】

此词咏虫，上片先从虫鸣叫的时间、存身的地点，写其身世之可悲，再虚引月满花香之时、红楼金井之处，相与对照，反衬其不得时、地之可怜。下片则先退一步，言虫亦知玉砌雕栏处之好，无奈它本没有如此奢望，接着再退一步，言它在落叶空阶上鸣叫，还不是消魂之处，想想那遥远的龙堆马邑，那黄沙白草，才是凄楚呢。全词围绕着时间、空间进行构思，或把虫的现实处境同美好的时空作比较，见现状的凄惨；或将现实空间与更恶劣的环境作比较，见此时情况的聊可维持。左比右量，前拉后引，实际上虫的处境不可能改善，只有更加恶化而已，词人所哀怜的，则是它的不自知、不自识，"何苦""谁念汝""底用"颇有相责意，可谓"哀其不幸，怒其不争"。关于词意，赵尊岳《蕙风词史》云："甲午事亟，主和主战者，两不相能，驯至败绩。其于和战纷呶之际，先生咏虫以喻之，作《摸鱼儿》，其结拍云云，则其指战事之必败可知。”专就词的结尾立言，未尝不可。

蝶　恋　花

柳外轻寒花外雨，断送春归，直恁无凭据①。几片飞花犹绕树，萍根不见春前絮②。　　往事画梁双燕语③。紫紫红红④，辛苦和春住。梦里屏山芳草路⑤。梦回惆怅无寻处⑥。

【注释】

①直恁：竟然这样。

②萍根句：古人以为杨花落水即化为浮萍。《本草纲目》：“杨柳，……叶落而絮出，如白绒因风而飞，子著衣物，能生虫，入池沼，即化为浮萍。”词本此。

③往事句：宋史达祖《双双燕》：“试入旧巢相并。还相雕梁藻井，又软语商量不定。”此化用之。

④紫紫红红：泛指繁春美景。

⑤屏山：如屏之山。

⑥梦回句：杜甫《归梦》：“雨急青枫暮，云深黑水遥。梦归归未得，不用楚辞招。”词化用之。

【品评】

这首词构思颇见精巧。上片言春归之无情，下片写画梁双燕辛苦与春同住，如今春归了，失了天壤间的紫紫红红，它们仿佛也失却了归家的路径。词不直言伤春、惜春，却借双燕之口，写出春归的惆怅；且又将“禽语”拉杂成具体情景，故能翻空出奇。而燕之被抛弃感，那种梦里、梦回的惆怅，未尝不具有普遍的人生意义，倘再结合词人的身世，说春喻清王朝，春归喻清之亡，燕是词人自喻，燕之惆怅是词人对清亡的失落感，——这样说，似乎亦不算太过穿凿。

黄人（1866—1913）

初名振元，字慕韩，号慕庵，中改名人，字摩西。昭文（今江苏常熟）人。十六岁成诸生。光绪二十六年（1900），东吴大学堂建立，任文学教习。与吴梅交契。尝与庞树柏等结“三千剑气社”；宣统元年（1909）又入“南社”。撰有《石陶梨烟室遗稿》《中国文学史》等。词名《摩西词》。

木　兰　花

问情为何物，深似海，几人沉？算麝到成尘[①]，蚕虫遗蜕[②]，生死相寻。英雄拔山盖世，也喑哑叱咤变哀吟[③]。何况痴男怨女，天荒地老愔愔。　沾襟，有千丝万缕系双心。总慧多福少，别长会短，欢浅愁深。无论人间天上，便一般、煮鹤与焚琴[④]。牛女离长间岁[⑤]，纯狐寡到如今[⑥]。

【注释】

①麝到成尘：雄麝脐下有香腺，其分泌物干燥后呈颗粒状或块状，加工后成麝香粉。

②蚕虫遗蜕：谓蚕虽然蜕皮壳，但蚕丝不断。

③英雄二句：用项羽典。项羽被刘邦围在垓下，兵败粮绝。四面楚歌，乃作《垓下歌》。喑哑叱咤：怒吼声。

④煮鹤与焚琴：喻糟踏美好事物。

⑤间岁：隔一年。

⑥纯狐：古时部族名，相传后羿相寒浞妻系纯狐氏女。词中似指嫦娥，即传说中后羿之妻。

【品评】

上片礼赞忠贞爱情的美好动人，以海喻其深，以麝成尘而不减香、蚕蜕皮而不断丝喻其坚刚无悔、生死相许，并举项羽的盖世英雄盖世情为例，拉天地荒老作衬，从时间的长度、人生多变化诸方面歌颂爱情的伟大。下片笔锋一转，写相爱不能相见的爱情悲剧，这里也分出慧多福少即爱而不能结合、别长会短、欢浅愁深几个层次，叹惜美好事物的不美好结局，读来令人伤惋。全词感情充沛，气势强烈，不论是相爱的美好，还是离别的痛苦，都有动人心弦的艺术感染力。

金　缕　曲

双鬓萧萧矣①，问千年、古人满眼，疏狂谁似②？火色鸢肩空自负③，一个布衣而已。算造物、生才多事。云气压头风雨恶，拥琴书、歌哭空山里④。泪化作，一江水。　　少年旧梦无心理，再休提、龙标画壁⑤，羊车过市⑥。李志曹蜍生气绝⑦，若辈安能相士？只当作、挥金荡子。哀乐伤人真不值⑧，剩此身、要为苍生死，愁万斛⑨，且收起。

【注释】

①萧萧：稀疏貌。

②疏狂：不受拘束，豪放。

③火色鸢肩：两肩上耸像鸱，面有红光。古时相术以为是飞黄腾达之相。

④琴书：琴和书籍，文人雅士常伴之物。

⑤龙标画壁：龙标，今湖南黔阳。唐诗人王昌龄曾左迁龙标，为龙标尉，故人以龙标代称之。《集异记》载：王昌龄、高适、王之涣同饮

旗亭，有伶官与妓续至，三人约视诸伶所讴，若为己诗者，各画壁记之，高得一，昌龄得二，后之涣亦得一。以王昌龄诗最多。

⑥羊车过市：《晋书·卫玠传》载玠“总角乘羊车入市，见者皆以为玉人，观之者倾都。”借指少年貌美。

⑦李志曹蜍：晋李志，字温祖，江夏钟武人。曹茂之，字永世，小字蜍，彭城人。二人皆善书，然为人无可争，时人不重之。《世说新语·品藻》载，庾道季云：“廉颇蔺相如虽千载上死人，懔懔恒如有生气，曹蜍李志虽见在，厌厌如九泉下人。”词句本此。

⑧哀乐伤人：《晋书·王羲之传》载谢安尝对羲之说：“中年以来，伤于哀乐。”

⑨万斛：极言其多。

【品评】

词人由自己“双鬓萧萧”的垂暮之态，抚今追昔，引出种种感慨。它展开了少年时的超人才华、自我期许与现今处境、相士的预言与真实情况之间的双重对比：才高，亦有“富贵”之“命”，却偏偏“布衣”一生，从而抒发出怀才不遇、生不逢时的内心愤懑。词中，抒情主人公与古人为伍，疏狂恣肆，而拥琴书入空山的形象，具有强大的人格力量，表现出对造物者、对现实社会的否定。指责相术之士，实际也是批判现实。“剩此身、要为苍生死”一句，直吐心事，又使前面所说少年的壮志得到补充和升华，表明其所怀并非一己之荣辱升迁，而是天下苍生，使其“愁”获得崇高的悲剧色彩。

刘毓盘（1867—1921）

字子庚，号椒禽。浙江江山人。光绪二十三年（1897）拔贡，知陕西云阳。后任北京大学教授以终。著有《词律斠注》《词学斠注》《唐五代宋辽金元词校辑》《词史》等。词名《濯绛宧词》，一名《噙椒词》。

卜 算 子

半晌换轻容①，虚阁先秋到。不为无人不下来，只有斜阳好。　旧日素心花，今日红心草②。写作鸳鸯自忖量，个个成颠倒。

【注释】

①轻容：宋周密《齐东野语·轻容方空》："纱之至轻者，有所谓轻容，出唐《类苑》，云：'轻容，无花薄纱也。'"

②红心草：草名。或以为即红心灰藋。唐沈亚之《异梦录》载：唐代王炎梦侍吴王，久之，闻宫中葬西施，吴王悲悼不已，立诏词臣作挽歌，炎应教作《西施挽歌》，中有"满地红心草，三层碧玉阶"之句。后用以为美人遗恨之典。

【品评】

这首词通过对一个女子行为的解释，来刻画她的心理。"红心草""鸳鸯"暗示出这是一个思妇或弃妇。"素心花"象征着她昔日的青春、美丽，也象征着欢乐的时光、幸福和团圆，"红心草"则包含着一个伤心的梦境和一个凄丽的传说，用在这里，可见出这位女子身世、处境的悲惨。她写成的“鸳鸯”字，个个是颠倒的，表面上看是她心绪紊乱造成的，但“自忖量”三字有思量平生的意思，则所谓“个个成颠倒”暗示的是她与所遇、或所适之人，都未做成鸳鸯，不能相伴终生。这首词所写，就是一个女子的悲剧命运，它无一语涉及导致这一结局的原因，从而使它具有更为广泛的代表性。它采用平淡不露声色的语气，缓缓叙说，透出一种冷漠，又与整首词所营造的气氛十分和谐。

浣　溪　沙

旧恨空中记不全，一窗花落又今年。玉珰缄札诉缠绵。未必有情成眷属，明知无路访神仙。芳尘如梦梦如烟。

【品评】

这首词的抒情主人公似为一男子，在一个落花时节，他邂逅了一个女子，双方暗中生情，但最终未成眷属。今年又到了花落的时节，他望着窗外，望着空中出神。旁边放着女子的书信，用她的耳珰为封，信中倾诉着她的缠绵。而她的踪迹却如梦一般缥渺，如烟一般迷茫。词中表明女子身份的“神仙”一语，有几种解释，一是出家人、尼姑之类；一是达官贵人的内眷，常人望若神仙，而不可即；一是形容其貌美，若神仙。前二种“神仙”的身份同时就决定了他们不能成眷属的命运。这样的爱情悲剧、相思的痛苦，颇有点像李商隐一些爱情诗中所写，有着无比美好、值得回忆的过去，却没有同样美好的未来，然同时对人又充满着无穷的诱惑。这是一种境界，有时不限于爱情。

张鸿（1867—1941）

初名澂，字映南，一字师曾，号璠隐，别号蛮公、燕谷居士等。江苏常熟人。光绪十五年（1889）举人，援例得内阁中书职，迁户部主事。光绪三十年（1904）进士，以原职归班，旋改外务部主事。记名御史，出为驻日本长崎、神户理事。归，办教育以终。撰《续孽海花》。诗词合称《蛮巢诗词稿》。

霜花腴

辛丑九月入都，至永定门，破郭颓垣，凄凉满目。轮车直达正阳门，时回銮斯近，城楼荡然，将建彩殿以复旧观①。

重来望眼，怅风城、斜阳一角红残②。断郭沙埋，废楼苔上，西风怕忆当年。泪珠暗弹，问暮云、如此江山。甚秋魂、化鹤飞归③，翠芜千里怯霜寒。　只恨道旁杨柳，倚春波，轻薄作絮漫天。水冷萍枯，霜乾箨扫④，二更啼剩红鹃⑤。梦中采莲，剖苦心、芳薏难传⑥。纵千门万户萧条，沧田遮暮烟。

【注释】

①辛丑：指光绪二十七年（1901），上一年（1900），八国联军侵入北京，大肆掠夺。词中所写，即以此为背景。永定门：旧北京外城南门，对永定河。正阳门：北京前门。回銮：庚子事变时，光绪帝和慈禧太后逃至陕西，此时欲回京，故言回銮。

②凤城：京都，京城。相传秦穆公女弄玉，吹箫引凤，凤降京城，故后称京城为凤城。

③化鹤：相传辽东人丁令威学道于灵虚山，后化鹤归辽，集城门华表柱。言曰："有鸟有鸟丁令威，去家千年今始归。城郭如故人民非，何不学仙冢累累。"见晋陶潜《搜神后记》卷一。

④箨（tuò）：竹笋皮。

⑤红鹃：相传蜀王望帝失国后化为杜鹃，哀鸣不已。

⑥芳薏：谐"芳意"，春意。

【品评】

这首词以清末庚子国变为背景，描写京城遭受外敌浩劫后残败荒凉的景象，抒发内心的悲痛。它先用秋日中西风、斜阳、暮云、霜、冷水枯萍、败箨等自然意象，渲染出浓重的衰飒氛围，再以辽东化鹤、杜鹃啼血、沧海桑田的神话传说进一步烘托乾坤巨变的悲慨情绪，在此基础上，用"断郭沙埋，废楼苔上"和"千门万户萧条"三句点面结合刻画京城的荒废衰败，从而传达出对国变的无限伤心之情。词中的"怅""怕""怯""恨""冷""苦"等字，在写景中，也直接抒情。斜阳之"残""红"，啼鹃之"红"，在冷、淡的背景上特别显目，给人"血"的感受，一定程度上使词中的悲痛更加深沉。

祝英台近

同柳公游大明湖[①]

晚烟平，斜日暮，画舫趁波去。怕上南山[②]，回首问何处？姮娥纵是无情，垂垂秋柳，更禁得伤心几度？　　长安路[③]，只见西北浮云[④]，危楼正风雨。如此河山，忍付冷萤舞？可怜十里荷花，苇田分据，更零落、红香无主。大明湖中，以荷为业者，俱以芦苇为界。

【注释】

①大明湖：在山东济南旧城北部，由珍珠泉等泉水汇成，有遐园、浩然亭等名胜古迹。

②南山：泛指南面的山。词中指大明湖附近的山。

③长安：代指清都北京。

④西北浮云：《古诗十九首》："西北有高楼，上与浮云齐。"浮云：暗喻外国侵略者。

【品评】

上片叙述游湖之事，描写日暮烟景，以"怕上南山"引出不敢登高怕触目伤心的心理，实际上是借事抒情，寓情于景。下片主要运用象征手法，以"西北浮云""危楼正风雨"象征敌人的战氛遮天蔽日、国势危急若风雨飘摇；以荷塘被苇田分据象征祖国大好河山遭受外族侵凌，"红香无主"暗示帝、太后奔避西北，国中无主。而这一切，并非机械的嫁接，而是出以具体可感的形象，尤其是斜日、晚烟、秋柳、浮云、风雨、冷萤、零落的红香，都真实地再现出词人游湖时的现实空间，但它们组合在一起，又同时勾画出古老帝国垂垂日暮的凄凉光景。

吴保初（1869—1913）

字彦复，号君遂，晚号瘿公。安徽庐江人。家有“北山楼”，人称北山先生。幼随父于军旅中，与范当世、朱铭盘、张謇等交，谊在师友间。长与谭嗣同、陈三立、丁惠康合称“清季四公子”。尝师宝廷学诗。有《北山楼集》，词附。

长　相　思

生别离，死别离，见面何如不见宜。伤心人不知。　　惜花枝，折花枝，莫待无花空折枝①。花开能几时。

【注释】

①惜花枝三句：相传唐代李锜常唱《金缕衣》曲云：“劝君莫惜金缕衣，劝君惜取少年时。花开堪折直须折，莫待无花空折枝。”词用此。

【品评】

这首词巧妙地将生离死别与珍惜时光两个主题糅合在一起，而以生死别离为背景，劝人珍惜相处共度的美好时光，尤能收到震撼人心的艺术效果。它多用前代成句，有“集句”痕迹，能以真情浇注，故不见“拼贴”之短，而自成佳构。唯其中“生别离，死别离”可能有词人自己悼亡的真切情感在，显得特别凄惋伤恻，结尾一句“花开能几时”几有泣不成声之恸。

梁启超（1873—1929）

字卓如，号任公，又号饮冰室主人，别号沧江。广东新会人。光绪十五年（1889）举人。尝任《时务报》总编、长沙时务学堂“中学”总教习。光绪二十四年（1898）以六品衔入京，举行变法。政变失败，亡命日本，游历欧陆。民国时，出任北洋政府司法总长、财政总长。晚年在清华研究院讲学。康有为弟子。二人合称康梁。博学，尤邃于史。能诗词。有《饮冰室诗话》《饮冰室词》等多种，合为《饮冰室合集》。

浣　溪　沙

台湾归舟晚望

老地荒天閟古哀①，海门落日又崔嵬②。凭舷切莫首重回③。　费泪山河如梦远④，凋年风雨挟愁来⑤。不成抛却又徘徊。

【注释】

①老地荒天义同“天荒地老”。閟（bì）：掩藏。

②海门：海口。内河入海之处。

③凭舷句：唐孙鲂《湖上望庐山》：“辍棹南湖首重回，笑青吟翠向崔嵬。”此反用之。

④费泪山河句：南唐李煜《菩萨蛮》：“故国梦重归，觉来双泪垂。”

⑤凋年：岁暮。

【品评】

甲午海战（1894年）后，台湾被日本侵占。宣统三年（1911）二月，作者有台湾之游。这首词写于自台湾归来途中，它以天地、海门、落日、山河、风雨等沉重、崇高而凄凉的审美意象，及“老”“荒”“古”“哀”“凋”“愁”等表示时间久长、情感悲怨之类的字眼，表达了词人对祖国失去大好河山的无限沉痛之情。“老地荒天”和“切莫首重回”两处，用倒装方式组词，突出表现了词人异常强烈的悲苦之情。

金缕曲

丁未五月归国，旋复东渡，却寄沪上诸子①

瀚海飘流燕②。乍归来、依依难认，旧家庭院。唯有年时芳俦在③，一例差池双剪④。相对向、斜阳凄怨⑤。欲诉奇愁无可诉，算兴亡、已惯司空见⑥。忍抛得，泪如线。　故巢似与人留恋，最多情、欲粘还坠，落泥片片。我自殷勤衔来补，珍重断红犹软。又生恐、重帘不卷。十二曲阑春寂寂，隔蓬山、何处窥人面？休更问、恨深浅。

【注释】

①作者于光绪二十四年（1898）八月流亡日本，丁未（光绪三十三年，1907）回国，次年再赴日本。词当作于光绪三十四年（1908）。沪上：上海。

②瀚海句：瀚海，指大海。

③年时：当年。芳俦：佳友。即题中所言“沪上诸子”。

④一例：一律。差（cī）池：参差不齐貌。双剪：指燕尾之形。

⑤相对向句：《晋书·王导传》等载：西晋末中原战乱，过江人士

每至暇日，相约至新亭饮宴。元帝时，王导尝与客宴于新亭，周颛中座而叹：“风景不殊，举目有江河之异。”诸人皆相对流涕。词暗用此事。

⑥算兴亡句：惯司空见，即司空见惯。

【品评】

此词咏燕以寄托自己的愁思。上片，燕子飘流归来，对旧家有一种陌生之感，且见旧时友伴，皆相对泣怨，象征词人的自国外归来，发现形势发生很大变化，而旧时志同道合的战友，却因形势不利而皆精神不振，这在一定程度上也暗示了当时国内的恶劣环境，为下片张本。下片写燕殷勤恋旧之情。这里故巢象征着故国，燕之衔泥来补，象征着词人的“变法”等等一系列行为，希望能为故国补偏救弊，这有“女娲补天”的影子，而情感却更加缠绵，情调也更加低沉凄怨，至“十二曲阑”二句，始及“留恋人”之题，却又点到而已，这里的“人”，可能指光绪皇帝，“十二曲阑”“蓬山”等，既指不能见的空间距离，也指不能见的各种复杂的其他原因，“春寂寂”象征着毫无生机的局势。全词以燕自比，咏燕自托，情感凄恻，真挚动人。

贺 新 郎

昨夜东风里。忍回首、月明故国①，凄凉到此！鹑首赐秦寻常梦，莫是钧天沉醉②。也不管、人间憔悴。落日长烟关塞黑③，望阴山、铁骑纵横地④。汉帜拔⑤，鼓声死⑥。　物华依旧山河异⑦。是谁家、庄严卧榻，尽伊鼾睡⑧！不信千年神明胄⑨，一个更无男子⑩。问春水、干卿何事⑪？我自伤心人不见，访明夷、别有英雄泪⑫。鸡声乱，剑光起⑬。

【注释】

①昨夜东风里二句：南唐李煜《虞美人》：“小楼昨夜又东风，故

国不堪回首月明中。”此用其句意。

②鹑首二句：《文选》张衡《西京赋》：“昔者大帝悦秦缪公而觐之，飨以钧天广乐，帝有醉焉，乃为金策，锡用此土，而剪诸鹑首。”鹑首：朱鸟七宿中的井宿，当秦之分野，代指秦地。钧天：钧天广乐，天上之音乐。

③落日句：范仲淹《渔家傲》：“千嶂里，长烟落日孤城闭。”杜甫《梦李白》：“魂来枫林青，魂返关塞黑。”词合用之。

④望阴山句：阴山，在内蒙古。铁骑：指匈奴兵马，词中指外敌。

⑤汉帜拔：《史记·淮阴侯列传》：“拔赵帜，立汉赤帜。”此反用之。

⑥鼓声死：指军败。

⑦物华：自然景物。

⑧是谁家二句：北宋开宝八年，宋军围逼金陵，李后主遣徐铉入朝，言其事宋之礼甚恭，奈以病不能朝谒，太祖曰：“不须多言，江南有何罪，但天下一家，卧榻之侧，岂可许他人鼾睡！”见《类说》引《谈苑》。

⑨胄：后代。

⑩一个句：五代后蜀主孟昶妃花蕊夫人，于宋亡后入宋宫，宋太祖曾召之赋诗，有“十四万人齐解甲，更无一个是男儿”之句。

⑪问春水句：南唐冯延巳《谒金门》词有“风乍起，吹皱一池春水”句，中主李璟戏之云：“吹皱一池春水，干卿何事?”见《南唐书·冯延巳传》。

⑫访明夷句：明夷，六十四卦之一，词中指乱世遭受艰难的贤人。

⑬鸡声乱二句：用“闻鸡起舞”典。《晋书·祖逖传》载逖与刘琨交善，共被同寝，“中夜闻荒鸡鸣，蹴琨觉曰：‘此非恶声也。’因起舞。”

【品评】

此词作于光绪二十八年（1902），《辛丑条约》在前一年签订，时作者在日本横滨。词开篇即引用李煜失国之事，表达词人眼看祖国被列强瓜分时痛苦悲愤的心情。“鹑首”三句直斥统治者只顾自己沉醉，而不管人民憔悴。语气十分愤慨。“落日长烟”四句，则描写列强们在中华大地耀武扬威，无所顾忌，而中国军队惨败不敌。“汉旗拔，鼓声死”二句无限悲伤，呜咽欲绝。下片却忽转高昂，面对外人鼾眠于我之卧榻，词人禁不住振臂高呼，号召有血性的男儿，号召流泪的英雄，励精图志，奋发有为，恢复祖国的旧山河。全词气势雄伟，魄力较大，将种种愤激、愤慨、愤怒、愤发之情运抟成剑，发出国人积郁心底的龙吼，闪现出夺目的光芒，极富阳刚之美。

潘之博（1874—1916）

原名博，字若海，又作弱海，号弱庵。广东南海人。少弃举子业，一度从军粤西，后师事康有为，供职于民政部，旅居沪渎。民国三年（1914）入冯国璋幕，与麦孟华共谋倒袁（世凯），袁侦知而欲捕，遂亡命香港，后呕血死。有《弱庵词》。

浣　溪　沙

晓过小姑山①

破晓扁舟过小姑，睡鬟春困未全苏②。临流照影二分癯③。
战伐纵横余往迹④，乾坤牢落到今吾⑤。山灵无语答长吁。

【注释】

①小姑山：在江西彭泽北长江中。
②鬟：妇女的环形发髻。喻指山形。苏：苏醒。
③癯（qú）：瘦。
④战伐：战争、征战。
⑤牢落：无卿、孤寂。今吾：现在的我。

【品评】

这首词借助于神话传说和奇妙的想象，将清晨的小姑山写成一位春睡未醒的女子，又想象山的神灵仿佛理解他的心思，虽不说话，却发出“长吁”，这样就在舟过小姑山的一瞬间，借与小姑、山神的心灵对话形式，将郁积在心中的感慨抒发出来。“战伐纵横余往迹”，多少有些缅怀往昔的幽愁，“乾坤牢落到今吾”则主要是个人奔走于国事的寂寞，以及壮志未遂的浩叹。“山灵无语答长吁”一句，可有两种理解，一种即上面所说山灵虽无语却答以“长吁”，这自然也是想象之词；别一种则是山神无语来回答词人的“长吁”，这与上片小姑山“春困未全苏”又可以作为一个统一体看，它们构成一种冷淡、不相沟通的屏障，象征着冷漠的外部世界，更加反衬出词人内心的孤寂。

解　连　环

丁未六月，东游扶桑，归国有日，赋此留赠任公①

唾壶敧缺②，问楚兰心事③，有谁能说？正杜宇、啼遍春红④，又芳草天涯⑤，一声鸣鴂⑥。伤别伤秋，易过了、西风时节。只食牛意气⑦，射虎情怀⑧，不随消歇。　　华发易惊小劫⑨，堕沧桑影事⑩，尊畔重叠⑪。拼身世、付与扁舟，算随地江湖，尽堪栖息。故国平居，恨最恨、早生华发。卧沧江、鱼龙寂寞，夜潮自咽。

【注释】

①丁未：指光绪三十三年（1907）。任公：指梁启超。

②唾壶敧缺：《晋书·王敦传》载敦每于酒后咏曹操“老骥伏枥，志在千里；烈士暮年，壮心不已”之诗，以铁如意击唾壶为节，壶尽缺。

③楚兰：兰，因盛产于楚，屈原《楚辞》中又多歌咏兰，故称为楚兰。词中楚兰心事则隐以屈原为比。

④正杜宇句：用杜鹃啼血典，前已有注。

⑤天涯：代指日本。

⑥鸣鴂：即鶗鴂三月即鸣，至夏不绝。常喻春逝。

⑦食牛意气：喻雄心壮志。

⑧射虎情怀：形容英雄豪气。

⑨小劫：灾祸、磨难。亦谓天灾人祸中较轻者。

⑩影事：佛教谓世界一切皆虚幻如影。

⑪尊畔：即酒杯边。尊：同“樽”。

【品评】

这首词激昂慷慨、悲壮沉雄。词人将伤秋伤别的人事之痛、个人壮志未酬鬓先斑的暮年之叹，不为世人理解、知音难觅的孤寂之感，种种心事，杂糅在一起，奏出一曲繁音复节、顿挫激扬的心声。其中，永不消歇的雄心壮志，无疑为最高音，而江湖扁舟又有士大夫常见的遁世之病。不过，词人的五湖之思，并不十分消极，它表达的是退一步的打算，实际上主要还是热爱祖国、准备回国效力，认为即使在故国退隐江湖也值得。这是很动人的爱国感情。鱼龙寂寞的沧江，可以当作死气沉沉的国家局势看待，“夜潮自咽”则仿佛是词人的心灵在悲啼。词人归国在即，心情是复杂而激动的。

张尔田（1874—1945）

一名采田，字孟劬，一字遁堪。钱塘（今浙江杭州）人。初官刑部，后以候补知府分发江苏。入民国，预修《清史稿》。历任交通、政治、北京大学等校教授，晚为燕京大学国学总导师。渊源于家学，而尤邃于史学。尝与郑文焯研求声律。有《蒙古源流笺证》《史微》《玉溪生年谱会笺》等。词名《遁庵乐府》。

虞　美　人

天津桥上鹃啼苦[①]，遮断天涯路。东风竟日怕凭阑，何处青山一发是中原[②]？　　酒醒梦绕屏山冷[③]，独自恹恹病[④]。故园今夜月胧明[⑤]，满眼干戈休照国西营[⑥]。

【注释】

①天津桥：古浮桥，在今河南洛阳西南，隋大业迁都时，因洛水贯都，有天汉津梁气象，遂建此桥，名曰天津桥。金以后废圮。邵伯温《闻见前录》："康节先公治平间与客散步天津桥上，闻杜鹃声，惨然不乐。客问其故，则曰：'洛阳旧无杜鹃，今始至，有所主。'客曰：'何也？'康节先公曰：'不二年，上用南士为相，多引南人，专务变更，天下自此多事矣。"词中指天下乱。

②青山一发是中原：宋苏轼《澄迈驿通潮阁》："杳杳天低鹘没处，青山一发是中原。"词用其成句。

③屏山：屏风。

④恹（yān）恹：精神萎靡貌。

⑤月胧：即胧月，明月。

⑥满眼句：杜甫《月》："干戈知满地，休照国西营。"词用其成句。

【品评】

这首词以啼鹃、东风、明月、冷屏等意象和伤春伤别式的悲剧气氛，表达一种浓郁的战乱中的故国情思。词中，"天津桥上""遮断天涯路""何处""故园今夜"数处，刻画了一个屹立遥望的关注形象，流露出对干戈遍地、中原不宁的深切忧虑。"苦""怕""冷""恹恹"将笔触直入情感深处，使物象著上凄寒色彩，情景合一，相融无间。全词意境悲凉，颇有老杜安史乱中诗歌气象。

秋瑾（1875—1907）

字璇卿，号竞雄，又号鉴湖女侠。浙江山阴（今绍兴）人。少长于闽中，后随父宦湖湘，适湘乡王氏。曾游历日本。回国后密谋起义，事泄被害。著作被编为《秋瑾集》。

满 江 红

小住京华①，早又是，中秋佳节。为篱下、黄花开遍，秋容如拭。四面歌残终破楚②，八年风味徒思浙③。苦将侬、强派作蛾眉，殊未屑。　　身不得，男儿列。心却比，男儿烈。算平生肝胆，因人常热。俗子胸襟谁识我？英雄末路当磨折。莽红尘、何处觅知音？青衫湿。

【注释】

①小住京华：指作者随夫王廷钧寓居北京不久。

②词中借指外国列强侵入中国。

③风味徒思浙：暗用晋张翰在外思故乡菰菜、莼羹、鲈鱼脍典，指思念家乡浙江。

【品评】

这首词写于作者随夫暂住京城时。中秋佳节，是传统的团圆节，词人却不能回到阔别八载的故乡，此事引出她心中固有的对身不能作男儿的愤慨不满。她自认比一般男儿更有激越热烈的雄心壮志，可惜大千世界无人能识其胸襟，从而表达知音难觅的感慨。词中秋绪、乡思只是“引子”，男女不平等的现实使她不能像男子一样建功立业的“不平之气”才是根本，伴随着这一情感发展线索，词笔开始时比较平直、舒缓，至“四面楚歌”几句，开始渐渐升高，先用两个大致对称的七字句，整齐而具有气势，情感强烈。“身不得”四句，句短气促，声情迸发，为最高音。

鹧鸪天

祖国沉沦感不禁，闲来海外觅知音。金瓯已缺总须补①，为国牺牲敢惜身？　　嗟险阻，叹飘零。关山万里作雄行。休言女子非英物，夜夜龙泉壁上鸣②。

【注释】

①金瓯：喻国家疆土完固。

②龙泉：宝剑名。《晋书·张华传》载雷焕于丰城掘狱地得宝剑，其一即为龙泉。传说有不平事或异事发生事，剑自鸣。

【品评】

此词气雄意健，格调高昂。它以直抒胸臆的方式，表达了词人为寻求救国之道，不畏艰难险阻，不惜牺牲一切的爱国热忱。词中既流露了词人战胜险阻的雄心，克服异国飘零之苦的豪气，也明确表示了对“女子非英物”世俗观念的挑战。“祖国”“海外”“金瓯”“关山万里”展现了极为广阔辽远的空间境界，“补”天、“为国牺牲”、“作雄行”及壁上龙泉剑的啸鸣，则响彻着无比激昂的时代高音。

王国维（1877—1927）

字伯隅，号静庵（亦作静安），又号观堂。浙江海宁人。以诸生留学日本。光绪二十九年（1903），任通州、苏州师范学堂教习，三十三年（1907）赴京，任学部所属图书局编译名词馆协修。辛亥（1911）冬，居日本。民国五（1916）回国。十二年（1923）充逊帝溥仪南书房行走。后任清华研究院教授。自沉于颐和园昆明湖。通经学、史学、文字学、音韵学，尤以甲骨文字研究贡献突出。于小说、戏曲、词的研究亦多创见。著作有六十余种，四十二种收入《海宁王静安先生遗书》。其《人间词话》为词话中巨作。词名《人间词甲乙稿》，一名《观堂长短句》。

蝶　恋　花

独向沧浪亭外路①，六曲阑干，曲曲垂杨树②。展尽鹅黄千万缕，月中并作濛濛雾。　一片流云无觅处，云里疏星，不共云流去。闲置小窗真自误，人间夜色还如许。

【注释】

①沧浪亭：在苏州南门外。原为吴越中吴军节度使孙承祐别墅，北宋庆历间，为苏舜钦所有，临水筑亭，命名为沧浪亭。南宋初，成韩世忠住宅。词写于作者任教苏州师范学堂时。

②六曲二句：宋晏殊《蝶恋花》："六曲阑干倚碧树，杨柳风轻，展尽黄金缕。"此用其意。

【品评】

此为即兴写景之作。上片写沧浪亭外，杨柳垂垂，其千枝万缕的嫩黄色，组成一片迷人的光海，与蒙蒙的月色溶融在一起，如梦如幻。下片写回到室内所望天空之景：一片流云缥缈来去，几颗疏星闪烁不定，“云里疏星，不共云流去”，是将毫无关系的云和星强拉上瓜葛，饶有情趣。上片有朦胧之美，下片见喜悦之色。全词清新明丽，流露出词人对自然风光的喜爱，对自然美的追求。

点　绛　唇

暗里追凉[①]，扁舟径掠垂杨过[②]。湿萤火大，一一风前堕[③]。　　坐觉西南，紫电排云破[④]。严城锁[⑤]，高歌无和[⑥]，万舫沉沉卧[⑦]。

【注释】

①追凉：纳凉。

②掠：轻轻擦过。

③一一风前堕：宋周邦彦《苏幕遮》“水面清圆，一一风荷举。”

④紫电：紫色闪电。排云：排开云层。

⑤严城：夜间禁戒的城池。

⑥高歌无和：宋玉《答楚王问》说：有人歌于郢中，先歌《下里》《巴人》，国中属而和者数千人；歌《阳春》《白雪》，属而和者数十人；“引商刻羽，杂以流徵，国中属而和者，不过数人而已。是其曲弥高，其和弥寡。”

⑦舫：游船。沉沉：寂静无声。

【品评】

词的上片写晚间扁舟纳凉情景及所见，垂杨、萤火、风等物，如行云流水，轻松澹如。至下片却平地风雷，先是一道紫色的闪电冲破云层，划亮夜空，接着是词人高歌直上云霄，这二者遂将词境变得奇壮雄放，使词情波澜奔涌。盖夏天夜间，天气沉闷，词人追凉水上，渐渐地风大起来，萤火虫在风中坠堕，天上乌云层层，这分明是雨前景象，故有“万舫沉沉卧”之事，终于，一道闪电刺破云层，大雨就要来临。但是，词中所写，则另有怀抱在内。“严城锁”“万舫沉沉卧”，是一个封闭、死气沉沉的社会的象征，是令人窒息的环境的化身，词人沉闷的心灵终于借那电闪之机，以高歌而得到倾泄解脱，而严城、万舫之中竟无和者。其实，也只有在这样的无人旷野中他才得以高歌！这是时代的悲剧，是词人的不幸。它让我们看见了词人“金刚怒目”的一面。

蝶　恋　花

昨夜梦中多少恨，细马香车①，两两行相近。对面似怜人瘦损，众中不惜褰帷问②。　　陌上轻雷听渐隐③，梦里难从，觉后那堪讯。蜡泪窗前堆一寸，人间只有相思分④。

【注释】

①细马香车：细马，骏马，也指小马，为男子所骑。香车：用香木做的车。代指华美的车，为女子所乘。

②褰帷：撩起帷幕。

③轻雷：喻车声。

④蜡泪句：宋陆游《秋风亭拜寇莱公遗像》：“蜡泪成堆又一时。”

【品评】

此为记梦之词，梦中之殷勤女子，大概是其妻子。作者伉俪情深，这首词可能是初至京城时忆内而作。上片写梦中相遇，不但情境分明，而且细节感人：他在马上，她在车内，二人并行，她不惜于众人当中褰帷相问，问他如何消瘦。但梦中竟也难以相从，车声渐远，直至听不清楚；下片便写梦醒后的孤独相思之苦。醒也不能相见，梦也不能相从，一个梦魂萦绕的爱情，一种刻骨铭心的相思。

减字木兰花

乱山四倚①，人马崎岖行井底。路逐峰旋，斜日杏花明一山。　　销沉就里，终古兴亡离别意。依旧年年，迤逦骡纲度上关②。

【注释】

①四倚：向各个方面偏倾。

②迤逦（yǐlǐ）句：迤逦：缓行貌。骡纲：驮载货物结队而行的骡群。上关：龙口城，故址在云南大理北上关，亦称龙首关、何首关，泛指交通要道。

【品评】

这首词开篇即出以“乱山四倚”的苍莽景象，显得突兀不凡，而全幅画面即以崎岖的山路、参差的峰峦为主体，再点缀着行进的人马和骡群，尤给人苍凉之感。“终古”“依旧年年”极力将这画面、这感觉向无穷的历史深处拉去；“兴亡离别”则又赋予它们国家民族的、社会人生的背景和意义：就在这关口，就在人们眼前，偏偏闪现着一出出霸权争夺、朝代兴衰的戏剧，叠映着一幕幕人间离别的场影。而这些，又都是以“画外音”的形式出现的，格外有一种超脱的冷漠和悲慨。“斜日杏花明一山”乃神来之笔，“斜日”笼罩着这山、这关、这人、这马，也笼罩着历史、现在和未来，故它所洒下的暮色悲意更加深沉。而漫山的杏花在斜日中“明”丽照人，一方面与那苍凉形成对比，另一方面也以生命的存在昭示着岁月的无情冷酷。词虽小，意却丰富无比。

蝶　恋　花

落日千山啼杜宇[1]，送得归人、不遣居人住[2]。自是精魂先魄去[3]，凄凉病榻无多语。　往事悠悠容细数，见说他生、又恐他生误[4]。纵使兹盟终不负，那时能记今生否？

【注释】

①杜宇：杜鹃鸟，相传为古蜀国望帝魂魄所化，啼声凄苦。

②送得归人句：传说杜鹃啼声为“不如归去”。

③精魂先魄去：古人以为精神能离形体而存在者为魂，依形体而存在者为魄。词谓人接近死亡。

④他生：来生，下一世。

【品评】

此为夫妻生死相别之词。对方缠绵病榻，光景凄凉，他不由得想起了往事，想起他们的山盟海誓，感到今生既不能相伴，来世也怕难以永远，即使不辜负誓言，但那时还能记得今世吗？这实际是以对来世的否定、不信任，表达对今生爱情的执著、渴望。以近乎抱怨的形式，表达对爱侣即将离世的悲痛，一种痛不欲生的感受。“落日千山”二句，是借落日景象和杜鹃啼鸣起兴，创造悲伤的氛围，也可以看作是他当时心中所生的幻象，“千山”范围之广，足以连成一片悲痛的海洋，见出其心情的沉重凄凉。

蝶　恋　花

百尺朱楼临大道[①]，楼外轻雷[②]，不问昏和晓。独倚阑干人窈窕，闲中数尽行人小。　　一霎车尘生树杪。陌上楼头[③]，都向尘中老。薄晚西风吹雨到，明朝又是伤流潦[④]。

【注释】

①朱楼：红楼。泛指华美富丽的楼阁。

②轻雷：比喻车声。

③陌上：路上。楼头：楼上。词中指路上的行人和楼上的居者。

④明朝句：宋周邦彦《大酺》："行人归意速，最先念、流潦妨车毂。"流潦（lǎo）：地面流动的积水。

【品评】

此词试图以绝对超越的局外人眼光，看待人世的行为，犹如一出现代派戏剧。词中有意安排了一些变与不变，两两相对的因素：百尺朱楼、大道，不变，而路上行人却川流不息，处在变化之中；昏、晓变移，这是时间在变，但是路上不断有人行走，却又是不变的；从尘生树杪，到西风吹雨陌上流潦，路是变化的，但人车还是要在上面走，这也是不变的。不论是时间、地点怎样变化，不管是这个人，还是那个人，人都是在路上行走着，这就得出一个结论：人是摆脱不了行旅的，人生就是过客，匆匆来，匆匆去，仅仅在楼下"亮个相"而已。楼是词人特意安排的观察点，是人生命的某一站。至于楼上的女子，在词中，她似乎超越于人生的旅程之外，冷观众生相，不在红尘中，可是，殊不知她也是在词人更高的观照之下，一阵车尘，便使她和那些陌上之人一起埋没了，这说明她也逃脱不了"老"的命运。这是残酷的，却又是真实的。这种冷静的观察揆露了人生的本来面目，富有相当的哲理意义。但是，这个无情的结论，这种冷面的观照方式，本身又流露出一种悲天悯人的愁恨，是人生的无奈叹息。

蝶　恋　花

窗外绿阴添几许？剩有朱樱[①]，尚系残春住。老尽莺雏无一语[②]，飞来衔得樱桃去。　　坐看画梁双燕乳。燕语呢喃，似惜人迟暮。自是思量渠不与[③]，人间总被思量误。

【注释】

①朱樱：樱桃。

②老尽莺雏：宋周邦彦《满庭芳》：“风老莺雏，雨肥梅子。”

③渠：他。

【品评】

这首词交用反衬和象征手法，以乐景写哀，以物写人。上片是残春景象，惜春情怀，却偏以莺衔樱桃这一趣味事件表现出来。下片是迟暮之感，却借燕子的呢喃表达出来。而这种迟暮之感，实际上是相思离别的结果，正因为“渠”不在，她的青春才如春天一样老却；正因为她在“思量”，才会那么敏感地观察到最后一点残春维系在樱桃上，樱桃被莺衔走，春便一点不剩；正因为是在相思，她才能从双燕的呢喃中听出对迟暮的叹惜之声，……所有这些，所有惜春之怀、迟暮之感，都是相思之苦。

周曾锦（1883—1921）

字晋琦，号卧庐。江苏南通人。光绪三十二年（1906）优贡生。尝与里人结“大镛诗社”，相与唱酬为乐。工弈，精篆刻。有《木樨庵印存》《藏天室诗》《卧声词话》等。词名《香草词》。

水 龙 吟

世间那有神仙，世间那有长生草？世间那有，金丹玉液，服之不老？笑煞当年，秦皇汉武，痴肠愚脑。被两三方士，万千诳语，欺惑得，颠还倒。　　三百童男童女，更远寻、十洲三岛①。十洲三岛，原来都是，虚无缥缈。我道神仙，非灵非异，亦非奇妙。但无荣无辱，一歌一曲，即神仙了。

【注释】

①三百二句：《三国志·吴志·吴主传》：“长老传言秦始皇遣方士徐福将童男童女数千人入海，求蓬莱神仙及仙药。”三百大概只是形容数量多，非确指。十洲三岛：传说中神仙所居之地，俱在海上。

【品评】

词一开篇，即连用三个“世间那有”组成排比句式，将一切神仙、金丹、长生不老之事，全部否定掉，气势逼人。接着采用铺叙手法，将秦始皇受方士欺惑，派童男童女下海求仙之事展开叙述，以渲染其荒谬，并尽情加以嘲弄、批判。词的结尾一个段落，正面提出词人自己的“神仙”，那就是实实在在的“无荣无辱，一歌一曲”，也就是自由、淡泊、洒脱的生活方式。从全篇看，词人的主意在于表达自己的这种人生态度，但从结构上看，它是先破后立，而且，“破”的篇幅倍于“立”，也更有感染力。同时，这首词的语言接近白话，明白易懂，这在一般词人那里，是很少出现的。

吴梅（1884—1939）

字瞿安，一作癯庵，号霜厓。江苏长洲（今苏州）人。南社成员。历任北京大学、中山大学、东南大学、中央大学教授二十余年。抗战起，转徙湘桂间，卒于云南大姚。深究南北曲，制谱、填词、按拍，一身兼擅。能诗文，工于词。有《霜厓三剧》《南北词简谱》《霜厓诗录》《霜厓读书录》《词学通论》等。词名《霜厓词录》。

临江仙

短衣羸马边尘紧①，五年三渡桑干②。漫天晴雪扑归鞍。旗亭呼酒，黄月大如盘。　　苦对南云思旧雨③，杏花消息阑珊。新词琢就付双鬟。紫箫声里，看遍六朝山④。

【注释】

①短衣羸马：杜甫《曲江》之三："短衣匹马随李广。"边尘：似指日兵侵华的战火。

②五年句：比喻自己频年旅行。桑干：水名，源出山西桑干山，流入永定河。

③南云：南方之云。怀乡之词。旧雨：代称故人。

④六朝山：泛指南方之山。东吴、东晋、宋、齐、梁、陈皆建都建业（今南京），在南方。

【品评】

此词以战争为背景，抒写内心的漂泊之苦和乡思之情。上片充满战争氛围，人的装束有风尘之色，其行为也颇见豪气。下片一派明丽：杏花、双鬟、紫箫，以及南方清秀的山，“南云”“旧雨”本即指眼前景物，这些意象组成一幅江南的杏花春雨小景，与上片迥异其趣。但二者的结合又如此完美，盖上片豪而不粗，短衣羸马毕竟不同于“金戈铁马”，边尘黄月也不同于大漠黄沙，再加上雪的滋润和“归”字的柔化，遂使词境带些苍凉的情思，与下片糅合成一整体。

洞　仙　歌

出居庸关，登八达岭①

万山环守，一线中原走。茸帽冲寒仗尊酒②。正长城饮马③，大漠盘雕④，羌笛里，吹老边庭杨柳⑤。　雄关霄汉倚⑥，俯瞰神京⑦，紫气飞来太行秀⑧。天末隐悲笳⑨，残霸山川，容易到、夕阳时候。甚辇路荆榛戍楼空⑩，对眼底旌旗，几回搔首。

【注释】

①居庸关：在北京昌平西北居庸山上，地势险要，为古九塞之一。八达岭：在北京延庆南。

②茸帽：用柔软兽毛做成的帽子。

③长城饮马：古时以饮马指战争将在某地爆发。

④大漠：沙漠。盘雕：即雕盘。盘：盘旋回翔。

⑤羌笛二句：羌笛：笛，因源出古羌族而得名。杨柳：指乐曲《折杨柳》，古为横吹曲，多伤春惜别之辞。

⑥雄关：雄伟险要之关隘。词中指居庸关。霄汉倚：即倚霄汉。霄汉：天河，借代指天空。

⑦神京：京城，即北京。

⑧紫气飞来：相传老子西游，（函谷）关令尹喜望见有紫气浮关，而老子果乘青牛过关。紫气：紫色云气，古时以为祥瑞。太行：太行山。居庸径为穿越太行山脉的所谓“太行八径”之一。

⑨天末：天边。悲笳：悲凉的笳声。

⑩辇路：天子车驾所经过之路。荆榛：词中指长满荆榛。戍楼：边塞上的瞭望楼。

【品评】

这首词描写了居庸关的雄奇高峻，及其在所处边塞中的地理环境，但词人不是把它作为孤零零的一个关隘来写的，而是把它放在与中原相联系的整体位置上加以描写。同时，词中所着意强调的是边塞的荒凉、羌笛吹《折杨柳》，以及悲笳，渲染的是哀怨伤感气氛，“残霸山川”“辇路荆榛戍楼空”则暗示雄关仿佛失却往时的战略防守意义，已不被人们所重视，而这一点才是词末“几回搔首”所要传达的对时局的隐忧。全词境界阔远，意象雄奇衰飒，情调苍凉悲慨。

蝶　恋　花

虮虱浮生同一梦①，横海功名②，才大难为用③。试问刍尼谁作俑④？可怜闲坐醯鸡瓮⑤。　　颠倒天吴翻紫凤⑥，浪说通侯⑦，不及书城拥⑧。和泪送穷穷不动⑨，白杨风里铭文冢⑩。

【注释】

①虮虱：虱及其卵。喻指卑贱或微小。浮生：指人生漂浮不定。

②横海功名：《史记·卫将军骠骑列传》：“将军韩说……元鼎六年，以待诏为横海将军，击东越有功，为按道侯。”横海功名指军功。

③才大难为用：指怀才不遇。

④刍尼：喜鹊。宋许觊《彦周诗话》："后因读藏经，呼喜鹊为刍尼。"作俑：本指制作殉葬用的偶像，后转称创始、开先例为作俑。

⑤醯（xī）鸡瓮：酒瓮，比喻狭小的天地。醯鸡：即蠛蠓，古人以为是酒醋上的白霉变化而成。

⑥天吴：水神名。紫凤：传说中的神鸟。

⑦通侯：一种爵位。

⑧书城拥：即拥书城。《魏书·逸士传·李谧》载谧博览群书，不乐仕进，家产全花在收集书籍上，并细加审订。尝自言："丈夫拥书万卷，何假南面百城。"

⑨送穷：古时驱送穷鬼的一种习俗。

⑩白杨：树，古人多种于墓地。文冢：埋文稿之处。

【品评】

此词抒发怀才不遇、贫穷潦倒的内心感慨。它多用典故，引据故实，有时造成一定的障碍，使词义不甚明了。但通篇以典构成，倒也显得雅致，尤其是它以渊博的知识写牢骚之文，从而更易产生"不平则鸣"的共鸣。"颠倒"三句刻画知识分子的普遍心理，入木三分。因而，此词具有相当的代表意义。

高山流水

自题《霜厓填词图》

半生落落守寒毡①，写风怀、弹尽商弦②。无路诉相思，霜灯梦入壶天③。惊心处、锦瑟华年④。旗亭玄⑤，还记双鬟按笛⑥，泪咽尊前。似深秋戒露，独鹤唳荒烟⑦。　　停鞭，欢场忍回首⑧，花月地、换了山川⑨。衰鬓倚西风，水国饱听啼鹃。抱灵修、几误婵娟⑩。白门便⑪，重问乌衣影事⑫，巷陌凄然。算春愁病酒，哀乐付枯禅⑬。

【注释】

①落落：词中有飘流之意。

②风怀：抱负、志向。商弦：弹奏商调的丝弦，喻哀怨之音。

③壶天：壶中天，喻幻境。《后汉书·费长房传》载：传说费长房为市掾时，市中有老翁卖药，悬一壶于肆头，市罢，跳入壶中。长房楼上见之，知为异人，次日复诣翁，与俱入壶中，见玉堂严丽，旨酒美肴盈衍其中。

④锦瑟华年：唐李商隐《锦瑟》："锦瑟无端五十弦，一弦一柱思华年。"

⑤旗亭：用王昌龄、王之涣等旗亭画壁典，见黄人《金缕曲》词注。

⑥双鬟：青年女子。词中指歌女之类。

⑦似深秋二句：《艺文类聚》卷九十引晋周处《风土记》："鸣鹤戒霜，此鸟性警，至八月白露降，流于草上，滴滴有声，因即高鸣相警，移徙所宿处。"

⑧欢场：欢乐的场面或场景。忍：岂忍。

⑨花月地：景色美好的地方。

⑩灵修：美好的声名或操守。几误婵娟：柳永《八声甘州》："误几回、天际识归舟。"婵娟：明媚的月色。也代指美人。

⑪白门：江苏南京。六朝所都建康（南京），其正南门为宣阳门，俗称白门。

⑫乌衣影事：东晋时，王谢等望族子弟衣乌衣，居秦淮河南，称乌衣巷。影事：佛教谓人世间一切皆虚幻如影。

⑬枯禅：枯坐参禅。或指老僧。

【品评】

上片总结半生经历，感慨自己抱清操才识而穷途无路的遭遇，和华年已往的岁月之悲。下片对比往昔与今日，形成欢乐与悲伤的反差，抒发流离之苦。全词是自题其画，故脱略了对画面的描绘，而直入心灵深处，俯仰今昔，感慨纵横。在脉络上，上片用寒毡、商弦、霜灯、深秋鹤唳，下片用西风、啼鹃，上下一致，共同再现了图画中的环境背景和词人心目中的情感背景，营造出较为浓郁的伤感哀怨的意境。另外，商弦与锦瑟，前后照应，双鬓与婵娟，鹤唳与啼鹃，泪咽与凄然，也都呼和一致，从而加重了愁怨的份量。

鹧　鸪　天

咏 史 三 首（选一）

立马吴山意态骄①，荷花桂子想前朝②。重携银汉三千甲，来射钱塘八月潮③。　　刑白马④，珥金貂⑤，华灯车盖拥仙曹⑥。西兴渡口军容墨⑦，独跨疲驴过六桥⑧。

【注释】

①立马吴山句：立马，驻马。吴山：又名胥山，在浙江杭州西湖东南，俗名城隍山。南宋初年，金主亮南侵，扬言欲立马于此。

②荷花桂子：宋柳永《望海潮》："有三秋桂子，十里荷花。"相传金主完颜亮读见此句，"遂起吴山立马之思"。参《鹤林玉露》卷一。前朝：指（南）宋朝。

③重携二句：相传五代吴越王钱镠八月在钱塘江筑捍海塘，潮水正汹涌，版筑不成，乃造三千竹箭，命水犀军驾强弩五百以射潮，迫使潮头趋向西陵，遂奠基而成塘。见《北梦琐言》。银汉：银河，天河。三千甲则另有本事。春秋时，越败于吴，越王勾践卧薪尝胆，厉兵秣马，后以三千越甲兵灭吴。词合用二事。

④刑白马：用白马作为盟誓的牺牲。刑：杀，杀戮。

⑤珥金貂：自汉代始，侍中、中常侍之官，于武冠上加黄金珰，附蝉为文，貂尾为饰，称金貂。《汉书·谷永传》："戴金貂之饰。"借指皇帝左右的侍从贵臣。珥：插、戴。

⑥华灯：雕饰精美的灯。车盖：指车舆。仙曹：本指唐代尚书省属下各部曹，泛指朝廷官署。

⑦西兴渡口：在浙江萧山西北。本名固陵，春秋时越国范蠡于此筑城，五代吴越改名西兴。

⑧六桥：杭州西湖里湖及外湖苏堤上均有六桥，外六桥为苏轼建，里六桥为明杨孟瑛建。见《西湖游览志·孤山三堤胜迹》。

【品评】

此词杂糅春秋、五代、南宋时代发生在杭州一带的事件，而以南宋之孱弱受金侵凌为暗中主线，"重携"二句显是希望能有强力者如越王勾践复仇，如吴越王钱镠射潮，以赶回立马吴山的外敌，但是，"刑白马"的盟誓换来了苟安，君臣们仍旧纵欢行乐，奢靡无极。"西兴渡口军容墨"一句，既是对南宋当日京城防守不力的描写，也流露出词人对现实形势的隐忧，在咏史怀古之中，表现出深沉的现实意识。

叶玉森（1885—1932）

字中泠，号荭渔（一作葒渔）。江苏丹徒（今镇江）人。宣统元年（1909）优贡，历知安徽滁县、颍上、当涂。后寓上海、苏州，南社成员。工书法，尤精甲骨文。亦善诗词小说。有《阿娜恨史》等。词名《啸叶庵词》，含《樱海词》《桃渡词》二种。

甘　　州

夜渡太平洋

乘长风[1]，夜渡太平洋，狂歌太平谣[2]。听雷鸣雪吼，挟舟龙健，破浪鲸豪。那管珊瑚礁岛，逸气入云高[3]。把剑低徊看[4]，海若应逃[5]。　　试问雄飞战史[6]，有几家血泪，几种哀潮？是分明祸水，飓母扇惊飙[7]。待何时、波魂涛魄，化中流、铜柱压天骄[8]。楼钟震，早榑桑晓[9]，海日红烧[10]。

【注释】

①乘长风：宗悫少时，言其志曰："愿乘长风，破万里浪。"见《宋书》本传。

②太平谣：南北曲中皆有《太平令》曲，词中指关于太平洋的歌谣。

③逸气：超脱世俗的气度、气概。

④把：握持。低徊：徘徊、流连。词中有反复之义。

⑤海若：传说中的海神。

⑥雄飞：喻奋发有为。

⑦飓母：本指能预兆飓风将至的云晕，形似虹霓，代指飓风。惊

飙：突发的狂风，暴风。

⑧中流：水的中央。铜柱：神话传说中的天柱。天骄：汉时匈奴自称，词中指汹涌的海水，也指强盛的外敌。

⑨榑桑：同“扶桑”，传说中的神树，为日出处。

⑩红烧：燃烧着的火。

【品评】

这首词以一艘乘风破浪、不惧暗礁险滩的大船和昂立船头、把剑狂歌的壮士形象，表达了词人夜渡太平洋时，由大自然的雄奇景观所激起的凌云壮志。上片连用雷鸣雪吼、龙挟舟、鲸破浪几个比喻，描写船行之速，下片回顾太平洋上发生的战争，直斥它为祸水，引起人的血泪相倾化作哀潮，并希望能将波魂涛魄化作中流天柱，镇压住波涛的狂汹，气势雄伟，魅力宏大。词中出现鲸、飓母、惊飙等险奇的海上之物，引入龙、海若、魂魄的传说，虚实相映，直把太平洋面写得谲怪神秘，富有崇高之美。结合当时的社会情况看，特别是“几家血泪，几种哀潮”所流露出的感慨，中流铜柱的心愿当有遏制强敌侵我中华的赤子精忱在，这是最为雄壮的。

水调歌头

眉孙冒雨入城，梦书亦自邗江来，偕往酒家觅醉。越日晴霁，乃同游莫愁湖，桂轩、师孟、髯泽、芙均与俱，爰狂歌纪之[①]。

三万六千日[②]，过眼若奔雷[③]。醉乡大好[④]，何妨三万六千回[⑤]。况是六朝佳处[⑥]，难得一楼旧雨[⑦]，不醉更何为？寄语杜鹃鸟，休道不如归[⑧]。　君见否，原上草，绿离离[⑨]？少年行乐[10]，送春容易晓钟时。莫诵哀江南赋[11]，且唱大江东去[12]，铁板为君持[13]。杯酒忽然掷，天雨万花飞[14]。

【注释】

①眉孙：似指吴清庠（1878—1961），字眉孙，号寒芋。南社社友。与吟社蔡芝眉有“社中二眉”之称。词名《寒芋词》。余人不详。

②三万六千日：犹言人生百年。

③奔雷：本形容声音响亮，词中形容速度快。

④醉乡：醉酒后的境界。

⑤三万六千回：宋辛弃疾《渔家傲》“三万六千排日醉，鬓毛只恁青春地”，《鹊桥仙》：“好将三万六千场，自今日，从头数起。”

⑥六朝佳处：词人所游莫愁湖在南京，为六朝建都之处，故称六朝佳处。

⑦一楼旧雨：满楼老朋友。旧雨为老友代称。

⑧寄语二句：相传杜鹃鸣声为“不如归去”，后多用以为思归或催人归之词。

⑨原上草二句：唐白居易《赋得古原草离别》：“离离原上草，一岁一枯荣。”词化用之。离离：生长繁茂貌。

⑩行乐：消遣取乐。

⑪哀江南赋：庾信被留阻北周为官，常思故乡，哀梁之亡，作《哀江南赋》。遂为思乡之典。

⑫大江东去：苏轼《念奴娇》有“大江东去”句，为人传诵，后人因用以为《念奴娇》词调的别称。

⑬铁板句：铁板，铁绰板，歌时应节所用。

⑭天雨句：指酒在空中化作万千雨花飞舞。

【品评】

此词以“醉”为经线，以乡思为纬线，并将醉酒上升到人生高度，分别从人生短暂、“醉乡大好”、相聚地点之佳、老友相聚之难得几个方面，“阐发”醉酒的理由，激昂慷慨；下片一度跌入苍凉，言及伤别伤春之事，但紧接着又反弹起来，以唱“大江东去”和掷酒杯化作满天花雨，达到激情的高潮，并就势收束全篇，直有响遏行云之势。但词并不一味“豪”，盖其中人生短暂、朋友不能常相守、春去草盛等等，都同时包涵着深沉的人生大不幸，大痛苦，“不如归”和“哀江南赋”又暗中两次涉及乡思离愁，故词情是顺着狂放和悲慨两条线索发展的，而这两条线不但明暗相配，而且还相互映衬，相互激荡，从而成就了它的融豪放婉约于一炉的风格，而以结尾二句为最明显、最完美的表现。